黃色驚恐

絕對機密

基金會宣言

　　人類已經存在這世上將近二十五萬年，然而只有最近的四千年可以說是真正有意義的年代。

　　那麼，在這二十五萬年的大多數時間中，人類究竟如何度過呢？我們蜷縮在洞穴裡的小火堆旁，害怕著那些我們所不能理解的事物。這不僅是指如何解釋太陽的東昇西落，而是所有一切神祕的事物，包含有著人類頭顱的巨鳥、又或者獲得生命的石頭。然後我們總將不了解的事物視為「神明」或是「惡魔」的顯靈，乞求它們的饒恕，也祈禱獲得救贖。

　　隨著時間的流逝，不了解的事物減少了，而我們能掌控的增加了。於是這個世界開始變得更易於理解，然而無法解釋的事物永遠不會消失，就如荒謬和違背常理已是宇宙不可或缺的一環。

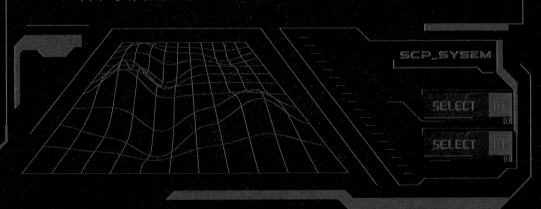

SCP_SYSEM

SELECT 01

SELECT 01

黃色驚恐

　　人類沒有理由回頭躲進恐懼的陰霾中。沒有東西會保護人類，所以我們必須為了自身群體挺身而出。

　　當人們處在光明時，我們必須在黑暗中與之抗爭，將它們收容並隔絕在公眾的目光之外，以便其他人類可以生活在一個可以理解而平凡的世界中。

　　我們控管，我們收容，我們保護。

SCP 管理部門  敬啟

項目分級

在此，所有需要特殊方式收容的項目、實體或現象都會被指定一個「項目分級」。這項目分級是SCP基金會收容標準程序的一部分，可以作為項目收容難度的簡略指標。

在SCP基金會宇宙中，項目分級是考量需要收容的程度、研究重要性、收容預算及其他方面的重大因素所做的綜合決策。雖然一個SCPs的項目分級會受多種因素影響，但以收容難度及收容意圖為最重要的影響因素。

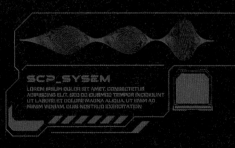

SCP_SYSEM

LOREM IPSUM DOLOR SIT AMET, CONSECTETUR ADIPISCING ELIT, SED DO EIUSMOD TEMPOR INCIDIDUNT UT LABORE ET DOLORE MAGNA ALIQUA, UT ENIM AD MINIM VENIAM, QUIS NOSTRUD EXERCITATION

IN UT
massa eu convallis
bibendum. 07-22 dignissiur-
na /m

SAFE

收容測試 如果你把它關進收容設施裡不做任何處置,沒有發生什麼糟糕的事,那它便應該是 Safe 級。

Safe 級的 SCPs 能相對輕易且安全的進行收容,一般來說這是因為管理部門已對該 SCPs 進行足夠多的研究,確認其不需要投入大量資源來收容;也可能是因為該項目要經由特定或蓄意的方式才會被觸發。然而,被指定為 Safe 級的 SCPs 並不代表在利用它或觸發它時不會造成危險。

EUCLID

收容測試 如果你把它關進收容設施裡不做任何處置,你不確定將會發生什麼事,那它便應該是 Euclid 級。

Euclid 級的 SCPs 通常需要投入更多資源收容,或是它的已知收容方式不一定可靠。一般來說這是因為該 SCPs 還未能被研究透徹,或是它本來就難以預測。Euclid 級是最廣泛的項目等級,當一個 SCPs 難以歸入其他標準項目等級時,通常就會被歸為此類。需特別注意是,當一個 SCPs 具有感知能力、智力、能夠自主,多會歸類為 Euclid 級,因為它們具備自我思考的行動能力,並且難以預測它們接下來的行動。

KETER

收容測試 如果你把它關進收容設施裡不做任何處置,它很容易便逃走了,那它便應該是 Keter 級。

Keter 級的 SCPs 極難持續或確實地收容,且收容措施往往是大規模和複雜的。因為對該 SCPs 的實際理解不足或缺乏技術,而難以對抗或控制住它,使得基金會往往無法順利的收容這類 SCPs。一個 Keter 的 SCPs 不一定代表該 SCPs 很危險,而僅是其非常難以收容或是收容代價極高。

THAUMIEL

收容測試 如果它就是那個收容措施、手段或方式,那它可能就是 Thaumiel 級。

Thaumiel 級的 SCPs 是指基金會用於收容或抵制其他 SCPs 或異常現象的 SCPs。Thaumiel 級項目的存在都是基金會的最高機密,而它們的位置、功能及現況都只有 O5 議會及其他少數基金會人員知道。

維安權限分級

人員所被授予的基金會維安權限，即代表著該名人員被准許接觸的最高資訊層級或種類。

5 級權限
(Thaumiel 級)

5 級維安權限被授予給基金會中最高階的管理人員，並實際上給予了他們權限來不受限制地接觸所有戰略性資料、以及敏感性資料。5 級維安權限通常僅由 O5 議會成員與最為優秀的職員所持有。

4 級權限
(最高機密級)

4 級維安權限被授予給需要接觸到整個站點和 / 或區域性情報、基金會運行和研究計畫有關的戰略性資料的高階行政人員。4 級維安權限通常由站點主任、維安主任，或機動特遣隊指揮官所持有。

3 級權限
(機密級)

3 級維安權限被授予給高階的維安人員與研究人員，意即需接觸到收容項目的來源、回收情形以及長遠計劃有關的資訊的人。大多數的資深研究職員、計劃主管、維安人員、應變小隊成員以及機動特遣隊幹員都持有著 3 級維安權限。

2 級權限
(受限級)

2 級維安權限被授予給需要直接接觸收容項目相關資訊的維安人員與研究人員。大多數的研究職員、外勤特工以及收容專員都持有 2 級維安權限。

1 級權限
(保密級)

1 級維安權限被授予給，在收容項目周圍工作但並未直接、間接或從資訊層面上接觸到它們的人員。1 級維安權限通常由設施中具備收容能力，或是必須經手敏感資訊的文書人員、後勤人員或清潔人員所持有。

0 級權限
(限官方使用)

0 級維安權限被授予給非必要人員，也就是那些無須接觸基金會收容的異常項目、實體有關資訊的人。0 級權限通常由不受保護的人員所持有，像是文書人員、後勤人員或清潔人員等無法接觸運作資料的人員。

黃色驚恐

人員是依據他們與潛在危險的異常項目、實體或現象的距離來進行分級。

● 管理員

一個神秘人物,在基金會內扮演著重要但模糊的角色。可能是異常的,也可能是多人的。

A 級人員

任何情況下都不被允許直接接觸異常。

● O5 指揮部

13 個人,對基金會及其機密擁有最終控制權。許多員工甚至不知道這群人的存在。

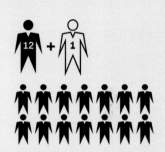

● 站點主任

在指定地點的最高層人員,負責站點的收容和安全運作。

B 級人員

僅被允許接觸接受隔離,並被清除掉任何潛在的精神影響與模因媒介的異常。

● 研究員

來自各領域的科學家,其任務是了解無法解釋的異常現象。

● 外勤特工

基金會的眼睛和耳朵。他們受過訓練來尋找和調查異常活動的跡象,通常是秘密的。

C 級人員

可以直接接觸大多數嚴格上來說不被認為具有敵意,或帶有危險性的異常。

● 收容專員

工程師、技術人員和其他負責對新發現的 SCPs 建立初步收容並且維護現有收容單位的人員。

● 戰術反應人員

訓練有素、全副武裝的戰鬥小組,負責護送收容團隊並保衛基金會設施抵抗敵對行動。

● 維安人員

現場警備人員負責確保基金會的實體安全和資訊安全。

● 機動特遣隊幹員

來自基金會內各個領域,經驗豐富的人員所組成的團隊,被組織來應對特定性質的威脅。

D 級人員

屬於消耗性人員,被用於處理極度危險的異常事物。人員通常為監獄中那些被以暴力犯罪所判刑的囚犯,尤其是死刑犯。

E 級人員

可以直接接觸大多數嚴格上來說不被認為具有敵意,或帶有危險性的異常。

WARNING

記憶消除劑指南

記憶消除劑是一些用來消除或修改記憶的藥物統稱。在基金會裡被廣泛地用於進行記憶修改，發揮維持其祕密層級的基石作用。記憶消除劑通常是在對某些 SCPs 項目所產生的物質，進行特殊開發的過程中伴隨而來。然而，目前則正在開發效力相同，但更便宜且更容易製造的合成性記憶消除劑。

記憶消除劑發揮效力的基本原理，取決於大腦中神經連結所產生的影響。所注射記憶消除劑當中的活性成分會進行一種反應，其產物會以某種程度破壞這些連結，或是將其完全摧毀；記憶消除劑的效力愈強，受其影響的連結就愈多。藥物的引入會刺激體內特定激素的分泌，進而加強其效力。可程式化的記憶消除劑有助於形成新的神經連結，方法類似聰明藥，其使用需要 [刪除內容]。

記憶消除劑會依據其特性、用途、效力強度，以及運用方式進行分類。

黃色驚恐

(A) 一般逆行性失憶
用於抹除最近和／或特定的情節記憶

雖然 A 級記憶消除劑會隨機破壞記憶，但其主要影響的是位於「記憶再穩固窗口（memory reconsolidation window）」中，五到六小時之內的記憶痕跡（engrams）。這些記憶通常在腦海中占據最重要的位置，對於高度獨特的情節記憶尤其如此，例如遇到異常現象。這些藥劑對消除剛形成的記憶是非常有效的，但對於已經形成一段時間的記憶來說，只要記憶消除員重新打開記憶再穩固窗口，先觸發想要消除的記憶後，就可以有效地清除該記憶。

(B) 後退式逆行性失憶
用於漸進式抹除近期記憶

B 級記憶消除劑首先破壞新形成的記憶，然後再朝較舊的記憶推進。記憶被抹除的範圍取決於劑量，七十五毫克劑量平均導致約二十四小時的記憶喪失。這些藥劑非常適合刪除時間超過六小時的近期記憶，而不必觸發特定記憶。

(C) 靶向逆行性失憶
用於移除任意時間點的特定記憶

C 級記憶消除劑與高解析度的神經成像和穿顱刺激結合使用。神經成像儀先定位出位於大腦內特定的記憶痕跡，並在記憶消除劑抵達那些特定的記憶痕跡時，使用精確且非侵入性的方法（通常是超音波或磁場）來活化記憶消除劑。

C 級記憶消除劑的好處在於無論記憶何時形成，它們如外科手術般精確地移除記憶，並且非常適合在 D 級人員或無效化的人形 SCPs 釋放前，清除他們在記憶中的機密資料。C 級記憶消除劑的主要缺點在於它所需要的設備攜帶不便。因此，在基金會站點裡施用 C 級記憶消除劑是最有效率的，而目前也正在開發移動式現場記憶消除診所。

D 前進式逆行性失憶
用於消除早期記憶

D 級記憶消除劑和 B 級恰恰相反。D 級先瞄準最舊的記憶，然後再向較新的記憶推進，效果取決於劑量。由於合適的應用範圍相當狹小，所以很少使用 D 級記憶消除劑。雖然在設計上，D 級記憶消除劑已經比其他類似物質的功效更強，但在使用上仍然需要極高的劑量。因此，它們的副作用風險非常高，可能導致生命的危險。應該注意的是，D 級記憶消除劑僅針對外顯記憶；內隱記憶，如個人在青年時期學到的技能，將不受影響。

E 倦怠感 Ennui
對異常現象引發心理上的順從

坦白說，在描述 E 級記憶消除劑在心理學的效用上，「倦怠感（ennui）」並不是一個正確的專有名詞，若描述為「抗懷舊（anti-nostalgia）」藥物會更準確。雖然藥劑仍然以記憶相關的神經路徑為目標，但 E 級記憶消除劑並沒有破壞記憶本身；而是僅僅弱化路徑，同時將記憶與正面或負面的任何情緒分離，消除任何會引起某記憶的刺激，從而讓記憶本身自然衰退。

E 級記憶消除劑在無法抑制異常的情況下最有效，所以為了維持常態，異常必須被視為正常。E 級記憶消除劑讓對象接受世界現在的樣子，並忘記它曾有過任何的異常。

F 神遊 Fugue
用於消除與重建對象的身分

與舊的 F 級一樣，這些記憶消除劑在對象身上引起神遊狀態（Fugue State），也就是一種解離性失憶症（dissociative amnesia）。對象將忘記他們的身分，可以由記憶消除員提供一個新的身分，或允許他們自己發展。

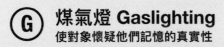

(G) 煤氣燈 Gaslighting
使對象懷疑他們記憶的真實性

G 級記憶消除劑誘發記憶的失實化（derealisation），讓記憶顯得不真實或夢幻，進而導致對象懷疑記憶的真實性。標準 G 級記憶消除劑主要針對的是異常記憶，最恰當的施用時機是對象的記述缺乏任何實質的證據，且當無法鎖定特定記憶的時候。然而，針對非異常記憶的 G 級記憶消除劑已經被倫理委員會禁止。目前依據 O5 議會的要求而正在開發中。

(H) 順行性失憶
防止形成新的記憶

H 級記憶消除劑可以防止對象形成新記憶，只要藥劑在有效期間就能阻止記憶穩固（memory consolidation）。持續時間取決於劑量，七十五毫克平均維持約二十四小時。

(I) 短暫型 Transient
用於誘導暫時性遺忘狀態

I 級記憶消除劑能透過阻斷負責長期記憶的神經路徑來導致暫時性失憶症，並且能暫時防止對象回憶過去。持續時間取決於劑量，七十五毫克平均維持約二十四小時。

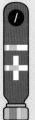

(W-Z) 記憶強化劑 Mnestics
防護逆模因或其他記憶性異常

W-Z 級是指記憶強化藥物（mnestic drugs），也就是防止或逆轉記憶消除的藥物，最常由逆模因部門使用。雖其功能與記憶消除劑相反，但兩者都是透過處理記憶的神經路徑來起作用，故有可能製造出非異常記憶強化藥物。

W 級記憶強化劑除了強化一般性的記憶以外，還可以使對象感知逆模因或保有逆模因的知識。X 級記憶強化劑恢復先前感知到逆模因的意識，或是恢復被壓抑的記憶。Y 級記憶強化劑賦予對象完美回憶在藥效持續時間內所獲得的記憶能力。Z 級記憶強化劑的單次劑量可以使對象終身在生理上不忘記任何事物。Z 級記憶強化劑是致命的，一般在數小時之內對象會癲癇發作導致死亡。

不建議將記憶消除劑與記憶強化劑合併使用。

目錄

AI PROCESSING POWER
ARTIFICIAL NEURAL NETWORKS
MACHINE LEARNING
SN/ 0000-0000-0001

TABLE OF CONTENTS

在 █████ 大地震前，附近站點目擊到的 SCP-ZH-002。

SCP-ZH-002

報告者__ Sancote

日 期__ ▮▮▮▮▮

臺灣獨角獸

圖像 __ 山米 Sammixyz

來源 __ scp-wiki.wikidot.com/scp-zh-002

特殊收容措施 ▶

　　項目當前未能有效收容。一旦出現項目目擊的紀錄時，應啟動玉山協議，並啟動基金會相關的自然災害應變程序，密切關注臺灣中央氣象局之流動數據。玉山協議的詳細資料僅限 4 級人員查閱。4 級以下人員與項目接觸時應遵守第四型與第七型異常實體對應守則，並立即通知站點維安主管。

描述 ▶

　　SCP-ZH-002 為一異常生物實體，展現基本奇蹟術能力[2]與神性輻射[3]。形態學上，SCP-ZH-002 已被檢測出十三項與其他臺灣本地動物物種相通的軀體特徵，包含：

- 臺灣梅花鹿[4]的茸角。
- 臺灣水鹿[5]踝部以下的足與蹄。

- 臺灣黑熊[6]胸口的 V 形白斑。
- 臺灣雲豹[7]與石虎[8]的花紋。
- 肩胛處有臺灣藍鵲[9]羽毛、臀部基部有雄性臺灣帝雉[10]尾羽。
- 臀部與踝部有臺灣穿山甲[11]的鱗片。
- 臺灣獼猴[12]的眼睛。
- 臺灣狐蝠[13]的耳朵。
- 與臺灣野豬[14]型態一致的獠牙。
- 臺灣鱒[15]的斑紋出現在項目的身側，表面保持潮濕。
- 鯨類的尾骨，推測其可能來自已滅絕物種臺灣鯨[16]。其後方附有帝雉的羽毛，呈散射狀。
- 臺灣森鼠[17]的門齒。
- 口中除了常態的哺乳類舌頭外，帶有六根蛇信，物種未知。

　　項目的額頭也長有一個約三十公分的藍色半透明結晶狀犄角，可用於展現奇蹟性能力。項目的神性幅射於 130 至 533 阿基瓦之間浮動，當前被歸類為自然神性實體。

　　SCP-ZH-002 在臺灣歷史上時不時有目擊紀錄，史料中記載的出現日期經常與臺灣大型本土天災發生的時間接近或吻合。目前基金會回收了多份與 SCP-ZH-002 相關的文獻，分別來自臺灣各殖民時代的異常相關組織，顯示 SCP-ZH-002 的現身與天然災害可能有高度相關性。

1. 改寫：SamScript（於工作人員取得原作者同意後進行改寫）。
2. 奇蹟術(thaumaturgy)，牽涉到生靈能量粒子(EVE)操縱的一類異常能力。類似俗稱的「魔法、奇蹟」。
3. 異常領域中可認定一實體是否屬於神性存在的參照性能量脈動，主要單位為阿基瓦(akiva)。
4. Cervus nippon taiouanus
5. Rusa unicolor swinhoei
6. Ursus thibetanus formosanus
7. Neofelis nebulosa brachyura
8. Prionailurus bengalensis chinensis
9. Urocissa caerulea

附錄 ZH-002-1：文獻摘錄 ▶

事件：約十七世紀，疑似是位於臺南玉井的山崩事件，傷亡人數未知

文獻來源：人類學部

摘錄：當地的零星文獻顯示舊時的大武壠族原住民對於一種「帶有藍色尾巴的鹿角奇獸」有所認知，並提及後堀溪口的大片山崖崩落，造成族人傷亡，迫使噍吧哖社搬遷到當前的玉井市區。當前未確認該不明生物是否即為 SCP-ZH-002，以及是否與該起山崖崩塌事件有關。

事件：一六五三年七月十三日，蔴荳社大地震，422 死

文獻來源：荷蘭東印度公司特別調查董事會

摘錄：「……估計有十幾名雇員受傷，蔴荳社 [18] 與目加溜灣社 [19] 哀鴻遍野。我們的砲手看到一隻有鹿角、彩皮跟艷羽的怪獸在蕭壠溪 [20] 的岩臺上注視我們，用猴子的眼睛露出凶光，然後飛入天空中消失。追擊的隊伍沒有收獲。這份檔案應呈交給巴達維亞的董事會據點，以防範福爾摩沙島上亦存有怪物的風險……」

---

10. Syrmaticus mikado
11. Manis p. pentadactyla
12. Macaca cyclopis
13. Pteropus dasymallus formosus
14. Sus scrofa taivanus
15. Oncorhynchus masou formosanus
16. Balaenoptera taiwanica
17. Apodemus semotus
18. 位於臺南麻豆的古西拉雅部落
19. 位於臺南善化的古西拉雅部落
20. 曾文溪在荷治時期的稱呼

事件：一七九二年八月九日，嘉義縣大地震，617 死

文獻來源：中國異學會

摘錄：「學會於孟夏之夜出訪，於他里霧莊[21]竹林見奇獸，燁藍瑩、彩斑斕，角鹿茸、披豹紋、坐甲鱗、曳長羽五六，目神兇如獼猿。道士見之，吩咐出走，聯絡莊里知悉，大劫將臨。問何故也，對曰：『乃一角獸也，方知天欲降色難，生靈不得不從。』」

「三更，東道候有光相伴，如雷如鳴，地動相隨，死傷無數。幸道士囑當夜不居，吾儔鮮有傷故。」

事件：一八四五年七月十一日，雲林沿岸大海嘯，估計 3000 死

文獻來源：清帝國臺灣省祕辛局

摘錄：「……出西螺保[22]漁民口而知，道光廿五有海嘯襲港，奪命三千，一時流離，百姓塗炭。後曉海嘯前夕，漁村有人家於溝灣之前見妖物立於海中，戴鹿角、前觭、後羽，注視漁船久久不散。日暮則地鳴，洪水相隨，餘生憶之，無不嗚呼……」

事件：一九〇六年三月十七日，嘉義縣梅仔坑[23]地震，1258 死，2385 傷

文獻來源：蒐集院

摘錄：「……村中有六七餘人於高山採筍，呼喝間睹一異獸，集七八特徵於一身，見第一折。地方研儀官高久有警，欲派員搜山，然見彩雲有異，按兵未動。翌日晨間，梅仔坑百獸齊逃，禽畜不寧，一時間地鳴大作，屋毀牆圮。蒐集院於此損失人員十二名，高久受裁。其異獸似為臺灣地區古妖怪，常於大災前現身。至今未有鎮降。」

事件：一九三五年四月廿一日，清水大地震，3276 死，11000 餘人傷

文獻來源：IJAMEA（日本帝國異常物質審查機構）

摘錄：「……事務處臺中州辦公室接獲電話，傳清水有妖怪現形，集鹿角、豹紋、彩尾、熊領、鱗甲於一身，觭角發光，走跳如飛。見異常描述同明治天皇三九年間梅山地震，傳令市政廳接應災震，市長未以為意。二日後，大震襲臺中州、新竹州，死傷慘烈。帝國雖重濟臺灣，然事務處忙於拓進南洋、建設滿洲，暫無心力捕捉臺灣異常動物。至今日計劃仍然懸持。」

事件：一九五九年八月七日，八七水災，1075 人死，942 傷

文獻來源：中華民國國安局第八處

摘錄：「……八月五日於仁愛鄉追獵共產黨奇術師期間，見一異常動物，帶有八九類臺灣省品種特徵。兩小隊進行追捕未果，亦偵測不到異常動物訊號……」

「民四十八年八月七日，臺灣省西部地區遭受洪水，國安局於災間巡視民間，搜查可疑匪幫、異常人士。一探員於草山鎮回報又見前日異常，於閃電間消逝。當前情報可否採用仍在商榷。」

事件：一九九九年九月廿一日，南投縣集集鎮 7.3 大地震，官方報告 2415 死，29 失蹤，11305 傷

文獻來源：基金會站點- ████

摘錄：基金會於九月二十日在埔里鎮臺灣地理中心碑附近接獲民眾通報，稱有一異常生物帶有多項臺灣特有種動物特徵。基金會在兩小時內派員抵達，並封鎖新聞採訪，對相關人士進行 C 級記憶消除。翌日的大型地震造成臺灣中部站點的四起收容失效，震災與收容失效共導致 3 人死亡，17 人受傷。

事件：二〇〇九年八月八日，八八水災，699 人死，33 傷

文獻來源：基金會 ZH 分部

摘錄：[已編輯，限 ZH 分部 4 級人員查看]

事件：二〇一六年一月十二日，北半球高強度寒流，122 死

文獻來源：基金會 ZH 分部

摘錄：項目於一月十日於新北山區現身，由登山民眾通報，後續記憶消除程序已完成，未有媒體採訪情事。

備註：這是項目第一次在可預測型天災前夕現身，屬於值得註記的特殊樣本。

---

21. 今雲林斗南一帶
22. 今雲林縣西螺鎮
23. 今嘉義縣梅山鎮

　　於二〇一█年███月二十四日，項目於站點-ZH-█████外郊林地被站點特工目擊，站內高層派出駐站機動特遣隊試圖收容，並有火力行為。項目展現奇術能力，捕捉行動宣告失敗。該事件為 ZH 分部第██次收容項目未果。翌日，事故地點方圓三公里內發生兩起化工廠爆炸案，同日內，SCP-ZH-█████第二十二次突破收容。當日案件內共四十七人死亡，一百三十三人受傷或殉職。

　　於二〇一█年███月五日，站點-ZH-█████收到一則不明訊息，內容應是用墨水手動書寫，紙張是非印刷出品的自然造紙，字跡接近康熙字典體。

> 基金會，
> 汝輩妄想囚錮山林兼生靈之神嗣。
> 蓬萊的子孫記得了。
> 蒼生輪迴有命，僭越惹致無情。
> 伊將回歸，汝等當銘記。
> 伊爲子嗣，直至大地沉沒。
>
> ── █████████

項目的收容必須性待三垣指揮部[24]重新研議。[刪除內容]

---

24. 即 SCP 基金會 ZH 分部 5 級權限指導團體，亦即 ZH 分部的實質領導階層。

報告結束

SCP-106

詭異老者

報告者__ Dr Gears

日 期__

圖像 ___ Ivan Efimov、Alexander Puchkov、Dan Temirov、Genocide Error

翻譯 ___ Lostwhat、Holy_Darknight

來源 ___ scp-wiki.wikidot.com/scp-106

特殊收容措施 ▶ 修訂版本 11-6

任何情況下都不得和 SCP-106 進行實體接觸。所有實體接觸都必須獲得 O5 議會至少三分之二以上的同意，並僅限於測試狀況。除了被授權去維護措施、重新檢查環境之外，所有人員（研究人員、維安人員、D 級人員等人）在任何時候都應與收容室保持二十公尺以上的距離。

收容室必須懸吊於第二層收容室中，第二層收容室的牆壁必須與第一層（或者說「主隔間」）收容室，維持至少三十公尺的距離。第二層收容室會保持監控，並保持燈火通明，以及清空的狀態。第二層收容室中若偵測到任何物體、移動跡象，或異常活動都會導致整個站點被封鎖。封鎖將持續到站點指揮官發布「情況正常」為止。

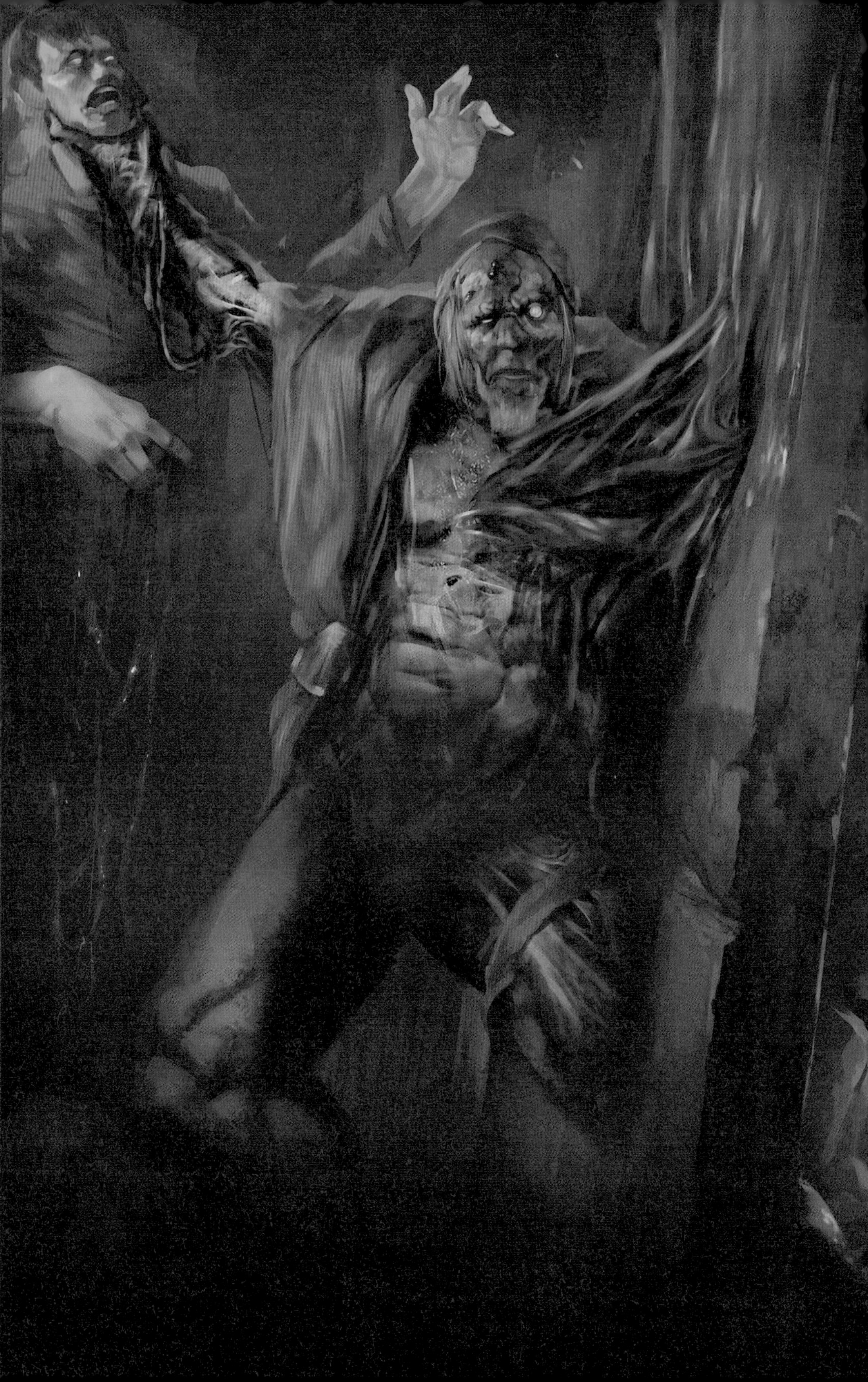

收容失效事件#[redacted]。監視器畫面。

在 SCP-106 周圍兩百公尺的第一層收容室、第二層收容室、員工身上或其他場所若發現腐蝕跡象，應立即報告給站點維安人員。被 SCP-106 捕獲的任何物體或人員都將視為失蹤 / KIA [1]。在任何情況下均不會嘗試救援。

因 SCP 不斷提高的脫逃率，當前的收容措施已被廢除。

SCP-106 不會實際「服從」。當它活動頻率降低或服從性提高，都應視為是 SCP-106 在採取激進行動前的一種誘騙手段，並進行應對。

特殊收容措施 ▶ 修訂版本 11-7

任何情況下都不得和 SCP-106 進行實體接觸。所有實體接觸都必須獲得 O5 議會至少三分之二以上的同意，並僅限於測試狀況。除非得到站點指揮官的直接命令，否則所有人員（研究人員、維安人員、D 級人員等人）在任何時候都應與收容室保持三十公尺以上的距離。

SCP-106 被收容在一個密閉容器裡，該容器由十六層鉛襯鋼板組成，除了最低限度的支撐軸以外，每層鋼板間隔至少 18 公分的空間。這個容器透過「連續電流」系統中的流體介質保持懸浮。該流體介質必須每 48 小時進行更換，並不斷檢測是否有「腐蝕」現象。

在 SCP-106 周圍兩百公尺內，無論是收容室表面、員工身上或任何場所中發現腐蝕跡象，應立即報告給站點保全人員。被 SCP-106 捕獲的任何物體或人員都將視為失蹤 / KIA。在任何情況下均不會嘗試救援。

SCP-106 不會實際「服從」。當它活動頻率降低或服從性提高，都應視為是 SCP-106 在採取激進行動前的一種誘騙手段，並進行應對。

由於收容室表面被多次的破壞，已被廢除。在破壞行動裡，它利用攪拌系統分散腐蝕的液體，最終導致收容室的多重破壞和全面收容失效。

對 SCP-106 的觀察顯示，當它穿過鉛或其他類似的金屬時，會產生輕微「阻力」。材質的厚度似乎沒有影響。另外，多層的薄材質似乎也會使 SCP-106「減速」，迫使他多次進入又重新出現。而流體似乎也會使 SCP-106 表現出暫時的「困惑」。

任何情況下都不得和 SCP-106 進行實體接觸。所有實體接觸都必須獲得 O5 議會至少三分之二以上的同意。任何互動必須在一般非必要的人員撤離後，在 AR-II[2] 最高安全站點進行。除非發生脫逃事件，否則所有人員（研究人員、維安人員、D 級人員等人）在任何時候都應與收容室保持六十公尺以上的距離。

SCP-106 被收容於一個使用鉛襯鋼板製成的密封容器中。該容器被密封於四十層的相同材料之中，每一層之間的間隔至少 36 公分。每層之間的支撐軸應隨機分布。該容器應被 ELO-IID 電磁懸吊系統懸吊於距離任何表面至少 60 公分的位置。

第二層收容區域應由十六個球形「房間」構成，每間充滿各種液體，並具有隨機構成的表面和支撐軸。第二層收容室裝有照明系統，能在無人操作的情況下，以至少 80000 流明的亮度立即照亮全區。兩個收容室均維持在二十四小時的監控。

在 SCP-106 周圍兩百公尺內，無論是收容室表面、員工身上或任何場所中發現腐蝕跡象，應立即報告給站點保全人員。被 SCP-106 捕獲的任何物體或人員都將視為失蹤 / KIA。在任何情況下均不會嘗試救援。

注意：根據長期的研究和觀察顯示，當項目面對高度複雜／隨機的結構時，SCP-106 會被「誤導」，在進入或離開結構時會有明顯遲緩。SCP-106 也會對突然直射的光線表露厭惡。但不造成任何形式的實體受損，而是會迅速的躲入它在固體表面上創造的「口袋次元」。

這些觀察結果，包含項目對鉛的厭惡以及對液體感到混亂的反應，使得逃脫的事件減少了 43%。主隔間在需要召回協議 ███ - ███ - ██ 的回收事件中，也存在顯著的成效。觀察持續進行中。

1. KIA：Killed In Action 縮寫，是軍事用語，指陣亡。
2. 專屬 SCP-106 收容設施內的安全收容站點。

描述 ▶

SCP-106 外觀上為一個年長的類人動物，看起來是高度被分解的容貌。這個外觀可能會有所變動，但任何模樣都存在「腐爛」的樣態。SCP-106 並非特別敏捷，也會連續數天保持靜止不動，等待獵物接近。SCP-106 能夠不受時間限制的倒掛在任何垂直面上。SCP-106 在攻擊時，會試圖透過破壞主要器官、肌肉群或肌腱使獵物失去行動能力，然後將失能的獵物拉入其「口袋次元」。SCP-106 對人類的獵物，偏好十到二十五歲的年齡區間。

被 SCP-106 接觸到的固體，均產生「腐蝕效應」。並會在接觸到幾秒後，物理上破壞該物體，產生生鏽、腐爛和破裂，以及一種黑色的黏液狀物質，類似 SCP-106 的表面塗層材料。「腐蝕效應」對活體組織特別有害，會被認定為「準備消化」的作用；在接觸後會持續腐蝕六小時，最後產生類似「燒盡」的結果。

SCP-106 能夠穿過固體物質，並留下一大片腐蝕性黏液。SCP-106 能夠「消失」於固體物質之中，進入被認為是「口袋次元」的空間。接著，SCP-106 可以從與初始入口點相連的任何一點離開該空間（例如：「進入」房間的內牆，從外牆「離開」。進入一堵牆壁，然後從天花板離開）。當前尚未知這是否為 SCP-106 的起源點，或是SCP-106 創造的一個簡單的「巢穴」。

對「口袋次元」的有限觀察表明，它主要由大廳和房間構成，並以 [資料刪除] 為入口。某些被捕獲的獵物會被釋放，目的是為了狩獵、重新捕獲和 [資料刪除]，這項活動可能持續數天。

附錄：SCP 修訂筆記 ▶

由於 SCP-106 極其難以收容的特性，應每三個月或在一次收容失效後對收容措施進行一次審視。物理性的拘束被證明是不可能的，直接的物理性傷害似乎對 SCP-106 沒有絲毫影響，當前的收容措施，基於 ██████ / ██████ / ████ 事件的原因，需要持續不斷的基本監視和迅速的反應機制。之前由於發生 ████、██████、██、████ 和 ████ 的收容突破事件，已經把積極應對的特殊收容措施給取消。

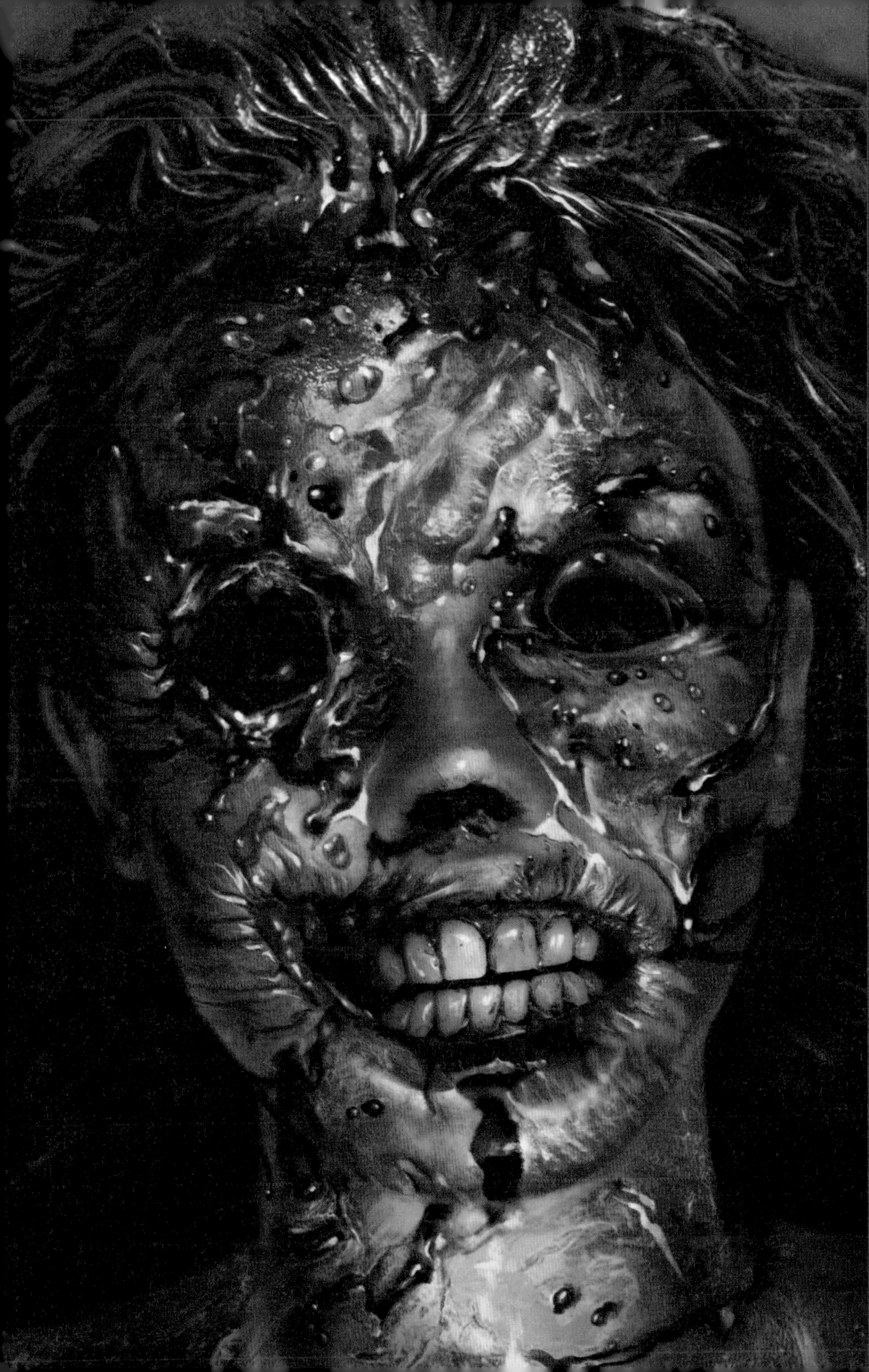

SCP-106 的獵物之一。屍檢照片。

附錄：SCP 行為筆記 ▶

　　SCP-106 似乎經歷了一段長時間的「休眠」，在此期間，項目保持完全靜止不動長達三個月。此行為的原因尚未知；然而事實證明，此行為似乎是它的「舒眠攻擊戰術」。SCP-106 經歷了此狀態後，會以非常激烈的活動狀態攻擊、獵捕人員，並對項目的收容室與整個環境造成嚴重破壞。協議 [資料刪除] 被重啟。

　　SCP-106 似乎是基於慾望而不是飢餓來進行狩獵和攻擊。SCP-106 會在狩獵事件中攻擊並收集多個獵物，並在口袋次元中使多個獵物有較長的「存活」時間。SCP-106 創造的口袋次元沒有明確的「容量上限」，並會在一次狩獵事件中獵捕隨機數量的獵物。

　　由 SCP-106 開啟的通往口袋次元的通道，似乎只有 SCP-106 可以進入。記錄和傳輸設備仍然能在這個次元中運作，但記錄和傳輸功能會大幅降低。看起來 SCP-106 會「把玩」捕獲的獵物、完全能控制這個次元中的時間、空間和知覺。SCP-106 看起來 [資料刪除]。

附錄：項目回收協議 ▆▆▆▆▆ – ▆▆▆▆ – ▆ ▶

　　當 SCP-106 發生收容失效時，一名 10 到 25 歲間的人員將被當成誘餌來召回它，而受損的空間也會修復和更換。當收容措施準備好後，誘餌會被人蓄意弄傷，理想上讓長骨斷裂 (例如大腿骨) 或切斷大肌腱 (例如阿基里斯腱)。將誘餌放在準備好的收容措施中，接著將誘餌發出的聲音透過站點廣播系統傳播。

　　SCP-106 多半會在聽見誘餌的聲音後，十到十五分鐘內開始前往誘餌的所在地。如果 SCP-106 對廣播沒反應，會開始每二十分鐘一次對誘餌的身體進行進一步弄傷，直到 SCP-106 做出反應。在重大收容突破的事件中，允許使用不只一個誘餌。

　　SCP-106 通常會在獵捕完成後進行休眠。此外，項目可能會 [資料刪除]。

報告結束

黃色驚恐

SCP-169

利維坦

報告者__ Kain Pathos Crow

日　期__ ▇▇▇▇▇▇

圖像__ Genocide Error
翻譯__ UmiTheOwl、milk2015
來源__ scp-wiki.wikidot.com/scp-169

特殊收容措施 ▶

　　因體積的緣故，SCP-169 現在沒辦法、也幾乎永遠不可能被收容——地球上沒有足夠大或足夠穩固的構造能收容 SCP-169。現階段尚未掌握 SCP-169 的確切所在地，但據衛星圖像與地球運行軌道的異象分析，得知 SCP-169 棲身於大西洋南部，可能沿著南美大陸的盡頭處伸延（詳見附錄 0-20）。

　　任何與 SCP-169 造成的陸塊移動相關的衛星影像，皆需由臥底特工刪除及銷毀。

推測 SCP-169 為一巨形的海洋節肢動物，被世世代代的水手及口述歷史以「利維坦」之名傳誦。儘管最初假定為神話生物，SCP-169 在一九██年████月██日，被機動特遣隊 Gamma-6 在████████群島（座標██°████'S ██°████'W) 探查超自然現象時探測到。於██-6 的調查途中，████博士 [████6-0912] 發現這個群島從原本的位置，移動了至少三公里。████博士起初以為是異常快速的大陸飄移現象，但由美國船艦████████號執行的偵察任務發現，群島其實是延伸突出的岩石狀板塊，上面覆蓋著巨大的有機物質。於是基金會立即介入進行威脅管理。

████博士與██████博士 [██6-0421] 估算 SCP-169 的體長為兩千至八千公里。此生物被認為自前寒武

SCP-169 的推測位置（水下區域）

紀已經存在。沒有其他樣本被觀測過。SCP-169 的習性幾乎完全不明，例如其生殖能力（如有的話），食物來源及築巢處（如有的話）。對 SCP-169 的研究仍在等待許可。

這個被稱為████████島的群島，在歷史上無人居住過，但████████在一七██年聲稱擁有主權。群島交由基金會管理後，基金會以海平面上升為由，撤離島上的生存物████████。雖然此群島在過去幾千年皆位處海平面之上，但 SCP-169 造成的任何深度改變，可能造成整個島群沉沒。SCP-169 移動緩慢，一週移動不到一公

在探測到聲音後不久，人造衛星LEO在 ██°S ██°W附近拍攝的照片。機上的所有飛行員和乘客都［資料刪除］。

里，看似漫無目的地漂流。在水中的推力方法未明。常規性的地震波幅顯示它每三個月進行一次「呼吸」，導致島嶼群地形出現小規模變化，由此推斷生物是否處於休眠狀態。

資訊查禁 ▶

在美國政府批准下，美國船艦 ███████ 號進行探測活動，卻在發現 SCP-169 後旋即被連人帶船徹底擊沉。隨後以「大量瀕危鳥類棲息」為理由，大眾被禁止進入 SCP-169 形成的群島。一如上述，為遏止 SCP-169 移動相關的資訊外流，衛星影像皆被修正。美國太空總署正與基金會合作以確保 SCP-169 的存在盡可能不為人知，並允許基金會借用其人造衛星獲得影像。

附錄 0-20 ▶

美國國立海洋及大氣行政機構，一個與基金會毫無關聯、也對基金會的存在毫不知情的美國科學機構，於一九九█年在座標 ████°S ████°W，於南美洲西南部海岸約 ██████ 公里附近，探查到有超低頻音波從水底放射而出。

儘管臥底特工 ████████ [IA-1522] 盡了最大努力，有關該音軌的消息依然外流到媒體上，引起廣泛報導。基金會分析得出的結論指出，此噪聲為一巨型海底生物發出，而 SCP-169 的頭部正處於合理的推斷範圍內，故假定 SCP-169 正是音源。此音軌亦證實了 ████6-0421 對於 SCP-169 體形龐大的假定。未來必須用任何必要的手段阻止民間團體或科學團體追尋此噪聲的音源。

報告結束

黃色驚恐

SCP-1678

地下倫敦

報告者__ AstronautJoe

日　期__

圖像 __ Ivan Efimov、Alex Andreev、David Romero
翻譯 __ Frederica Bernkastel、Holy_Darklight
來源 __ scp-wiki.wikidot.com/scp-1678

特殊收容措施 ▶

　　SCP-1678 當前僅能部分收容。機動特遣隊 Tau-4 與 Epsilon-6 已在 SCP-1678
所在區域海德公園周圍建立起防禦性工事,同時 SCP-1678-A 基本上已停止對基金會
控制地區的攻擊。當前正在建設長期研究基地,特遣隊指揮官也在策畫對 SCP-1678
自然歷史博物館發動攻擊,以奪取敵方的前線指揮站來指揮防禦工作。當前短期目標
包括占領 SCP-1678 自然歷史博物館,將防衛邊界擴張到此,研究 SCP-1678-A 的來
源、結構與弱點。長期目標包括致力阻止、妨礙、控制 SCP-1678-A 實體的生產,以
及進攻議會大廈。基金會認為議會大廈是創建 SCP-1678 的存在、實體或情報機構的
所在地,預計進攻大廈,逮捕和收容此處的異常項目。

　　SCP-1678 是英國倫敦市的全尺寸鏡像重建城市，位於倫敦市正下方一公里處。目前僅探索了 SCP-1678 的海德公園區。在已探索的區域中，發現建築物位置、尺寸、外觀與地上城市幾乎完全一致，但在建築風格、材料、內部構造上則差異巨大。地下城市的建築方式與維多利亞時代城市近似，街道上還頻繁使用著傳統的煤氣燈設備，所有原本倫敦的現代建築都被維多利亞時代風格建築取代，尤其是商業區的摩天大樓。此處的照明稀少且不穩定，且不知道 SCP-1678 如何獲得穩定的氧氣與煤氣供應。

　　推定 SCP-1678 是透過未知手段瞬間建造而成，SCP-1678 議會大廈是其「核心」。證據顯示，隨著與議會大廈的距離越遠，SCP-1678 建築出現缺陷的頻率呈指數級激增，例如完全由銅管或非傳統材料建成的房屋、僅由金屬棒和漂浮燈泡構成的「煤氣燈」、沒有樓層的建築，在探索到離大廈最遠的建築物甚至連門窗也沒有。排除掉基金會居住者與 SCP-1678-A、SCP-1678-B、SCP-1678-C 的情況，認定 SCP-1678 應該是無人居住的。

　　據信 SCP-1678 的建造目的是為了收容 XK 級世界末日事件的倖存者。證據為每一個人類進入 SCP-1678 時，都會啟動並聽到一段錄音。

SCP-1678 音訊紀錄 (入口) ▶

　　我的市民同胞們。如果你正在聆聽這捲錄音帶，那麼我們所熟知的世界已經結束了。天空破碎，大地為可怕的腳步聲震盪，來自世界黑暗角落的所有恐怖與瘋狂掙脫了束縛，向人類世界發起復仇。那些試圖收容它們的人不是被殺就是流離四方，我們很快就了解到，試圖與這些生物戰鬥幾乎就意味著死亡。在這些東西對死亡的無盡渴望中有無數人被屠殺，而我們沒有——當時沒有——任何辦法能夠阻止它們。邪惡已向世界各國舉起血腥之旗，向破碎的天空宣揚邪惡的勝利。是的，這就是結局。

　　但還有一個新的希望。

歡迎來到地下倫敦，一座倖存者的城市，一座自由的城市。團結起來，各位市民，我們將等待並準備全新的開始，迎接即將來到的偉大新世界。讓地上的世界燃燒吧。我們將忍耐。讓怪物擁有那個世界吧。我們會做好準備。當邪惡自食其果時，讓大地為新的世界末日顫抖吧，而我將告訴你們，市民同胞，在人類毀滅的那一天，它們的貪得無厭和對死亡的無盡慾望將會令它們自相殘殺。我們等著瞧吧。

而我告訴你們，市民同胞，將會有新的黎明到來。你會走出地下倫敦，站在陽光下眨眨眼睛，我們的孩子會歡笑玩耍，不再恐懼。你們將手牽著手，走向大海，面對天空，看著冉冉升起的太陽迎接人類新時代。當我們從安息中喚醒地下倫敦，你們將聚集在我身旁，市民同胞，地下倫敦將如鳳凰般從舊時代的餘燼中浴火重生。在那一天，市民同胞，我們在全世界升起英國國旗時，新秩序將會重新建立。

歡迎你來到地下倫敦，最後一座城市。

也是第一座城市。

SCP-1678 音訊紀錄（其他）▶

本訊息在每小時結束時發送：

「現在是［幾］點。一切安好。」

接近銀行或警察局時：

「市民同胞，你即將踏入禁區。準備好你的授權文件。一名波比很快就會來護送你。」（警告：這將召喚一名 SCP-1678-A 實體）

被一名 SCP-1678-A 實體發現。

「站住！警察！」
「放下你的武器！」
「過來，讓我逮捕你！」
「警察！別跑！」

每小時隨機播放一條，以下內容是從 1678 的錄音檔案中挑出來的例子。

> 「沒有人在模因存在面前是安全的。今日就開始對自己進行評估。」
>
> 「你可能被恐怖模因操控而渾然不知！心理評估完全免費且輕鬆，今天就去一趟診所。」
>
> 「你會覺得光線不舒服嗎？盡早發現皮質蠕蟲感染才能將其清除。今天就去找你的醫師談談。」
>
> 「你是否注意到有人表現異常？立刻通報波比。」
>
> 「地下倫敦絕不容忍犯罪行為。我警告你：受折磨者將會成為社會的捍衛者。」
>
> 「邪惡可能包裹著人類的外觀與肉體行走。保持警惕。」
>
> 「你經常焦慮或憂鬱嗎？這可能是受相嘯魔（Pattern Screamer）影響的症狀——立即通知波比。」
>
> 「確保你對所有意外措施都有充足的排練。演習期間沒有任何讓你恐慌或混亂的藉口。」
>
> 「入不敷出？不必感到羞恥。布萊森窮人之家隨時為你提供協助。」
>
> 「我的統治是為了多數人利益，而不是少數人利益。沒有特權存在。」
>
> 「腫脹與異常增生是垂涎人（Slaver man）寄生的早期症狀。立即向你的醫生報告任何異常的病態。」
>
> 「你們所有人都對地下倫敦及其市民的安全負責。保持警惕。」

　　SCP-1678 內已探查的建築物裡，多半有密布的鋼製上下鋪，這是為了滿足密集居住需求的特徵。根據基金會研究人員的建議，由於大量發黴、潮濕、結構不良問題，SCP-1678 內大多數的建築都不適合人類居住。部分建築則為其他目的所造，最著名的是 SCP-1678 的自然歷史博物館，當中有個名為「人類的墮落」的展覽，展出了多個已知的 SCP 實體，並描繪了世界末日背景的畫像與藝術品。

　　SCP-1678 中最主要的威脅，來自於 SCP-1678 錄音中被稱為「波比」（「波比」是維多利亞時代英國俚語的「警察」）的實體，以下皆以 SCP-1678-A 代稱。這些實體均由人類屍體所造，其頭部、手腕、膝蓋、肘部都遭到粗暴的肢解，並使用簡單工業鉸鍊與螺絲重新組裝，頭部則總有繃帶包裹。SCP-1678-A 穿著近似維多利亞時代的警察制伏，對基金會人員懷有極大敵意，一看到就會使用簡易武器攻擊他們。在發動攻擊前，SCP-1678-A 總會發出近似警哨的聲音，這時一百公尺範圍內的廣播器都

會響起「警察！站住，罪犯！」錄音。SCP-1678-A 實體對傷害抵抗力極強，只有大口徑子彈與爆炸武器證實能有效對其摧毀。據信這些實體來自於名為「布萊森窮人之家」的建築，制服下囚犯風格的連身褲證實了這點。

尚不清楚 SCP-1678-A 與其他 SCP-1678 實體的互動情況。

SCP-1678-B 概述 ▶ ████████████████████████

角色：監視者
別稱：天空之眼

SCP-1678-B 實體是形似小型鳥類的半機械生物，由紅色有機物的中心團塊以及類似脊椎和翼骨的銅質外骨骼縫合而成。頭部是小型的攝影機，其外部的羽毛與塑膠殘留物證實其曾經被設計成鴿子樣貌。已知 SCP-1678-B 不具備攻擊或破壞能力，但它追蹤特遣隊的能力不應小覷，目前尚未確認它是否有能力跟 SCP-1678-A 溝通，或召喚它們。SCP-1678-B 相對容易收容與摧毀，但其數量之大，使得它們對基金會活動的觀察極難被阻止。

在基金會探察的區域內，偶爾出現的海報暗示了這種生物的存在。海報的標題是「倫敦之眼在看著你！」標題下展示一頭正在觀察犯罪活動的小鴿子，旁邊還有一條訊息，大意是任何破壞「天空之眼」的人將面臨長達六週在 ████████ 的監禁懲罰。

SCP-1678-C 概述 ▶ ████████████████████████

角色：未知
別稱：可憐人

SCP-1678-C 外觀像是衣衫襤褸的人形實體。這些人形實體看起來已經上了年紀，且通常是女性。總在基金會控制區域外的地方出現。

SCP-1678-C 的實體

與 SCP-1678-C 實體的直接接觸甚少，尚未確認該實體的數量，也不確定它對基金會構成多少威脅。遇到 SCP-1678-C 的典型案例，是它拿著乞討盤坐在街角，並試著吸引基金會人員的憐憫，懇求與乞討食物或金錢。給予 SCP-1678-C 食物，會使它們開始哭泣，最後伴隨著一陣濃密的黑煙消失。當前指示基金會人員不要與它互動。

曾在一段 SCP-1678 的錄音中，簡短被提到：「不要憐憫那些可憐人。讓它們永遠為背叛付出代價。請記住，市民同胞：在地下倫敦崛起之日，我將獎勵忠誠之人，而叛徒將永遠受到詛咒。」

SCP-1678-D 概述 ▶

角色：食物供給

別稱：「古迪博士的神奇食品！」

推測當 SCP-1678 滿員居住時，SCP-1678-D 將成為這裡的主要食物來源。在居住用建築物內部，幾乎都有安裝鋼製自動販賣機，而 SCP-1678-D 能透過自動販賣機免費且輕鬆取得。該自動販賣機採用立式鋼泵，尺寸及形狀均與現代汽油泵近似。有著能接受硬幣的投幣槽和柔軟易彎曲帶噴嘴的橡膠軟管，軟管在獲得足夠付款後，會供應半公升的 SCP-1678-D。所有販賣機均有「古迪博士的神奇食品！」字樣，旁邊

是小孩笑著享受一碗SCP-1678-D的圖片，以及SCP-1678-D「一碗只要一文錢！」、「含有所有你需要的營養！」、「完全恢復健康與活力！」等文字框。事實證明，SCP-1678-D 對 SCP-1678-B、C 以及某種未知的彩色軟體動物極具吸引力；根據觀察，該軟體動物以溢出的 SCP-1678-D 為食。

SCP-1678-D 是一種合成澱粉凝膠，富含各種礦物質、維生素、脂肪與食品添加劑。除此之外，還包含一些未知分子結構與合成細胞結構攜帶的各種工程改造 DNA 螺旋。有和粥一樣的稠度與味道。正如宣傳所述，其含有短期生存所需的所有營養成分，然而根據基金會研究人員建議，由於 SCP-1678-D 的脂肪與蛋白質含量較低，若持續食用達六週以上，將導致體重減輕到危險的程度。若試圖只靠 SCP-1678-D 生存，極有可能罹患壞血病等疾病。

SCP-1678-D 似乎是被故意設計來操縱一般消費者的心理。透過混入的未知分子化合物，規律食用的人會更服從於權威、更少暴力行為、更少性交，以及降低恐懼與恐慌的感受，並且能維持高昂的士氣。此外，若突然停止食用 SCP-1678-D，將會產生憂鬱與頭痛等副作用。考慮到在 SCP-1678 生產食物的困難度，SCP-1678-D 將會在大規模居住時作為主要食物來源。

基金會人員被禁止食用 SCP-1678-D，即便很少量也不行。並非所有自動販賣機生產的 SCP-1678-D 品質都相同，有些機器會提供腐敗的 SCP-1678-D，導致食用者嚴重精神異常或生理異常，甚至死亡。

現在仍不清楚是什麼樣的實體、存在或智慧體負責創造並維護著 SCP-1678。也不知道 SCP-1678 是為什麼事件或災難而準備的。

報告結束

SCP-093

紅海物件

報告者__ NekoChris

日 期__

圖像 __ David Romero、Alex Andreev

翻譯 __ vomiter、Viken-K、Areyoucrazytom、多田野金、プリニーさん

來源 __ scp-wiki.wikidot.com/scp-093

特殊收容措施 ▶

　　請見測試文件 SCP-093-T1 以獲取有關測試的概要資訊。SCP-093 任何時候都必須放置在鏡面上，並且進行影像監視。若無適當的影音記錄設備及準備妥當的人員回收措施，則不應核准進入 SCP-093 收容區域的行為。除非是用於進行已獲許可的實驗，任何嘗試使用 SCP-093 的行為都將處以重罰，包含處決。

描述 ▶

　　SCP-093 是一片初始顏色為紅色的圓盤狀物體，以類似硃砂成分的石材雕製而成。表層刻有許多深度達 0.5 公分的環狀刻紋以及未知符號。更深的刻痕則有 1 至 1.5 公分深。SCP-093 直徑 7.62 公分，並且可以被大部分人類不費力地以手掌握住而不造成表

皮磨損。若 SCP-093 被一個活體生物持著，物品的色調會發生變化。影響 SCP-093 變色的相應條件仍在研究中。目前採信的假說是，該變化的結果取決於持有者心中抱持的遺憾。

如果把 SCP-093 從鏡面上取下，且未被人拿著，它會自動尋找附近長的像鏡子的表面。目前的觀察紀錄中，SCP-093 曾以滾動繞行當時環境所允許的最大直徑圓形路徑，並在過程中達到超乎尋常的速度。目前仍不清楚此一加速透過何種原理達成。如果在 SCP-093 與附近的類鏡像表面之間，存在障礙物，SCP-093 會利用自身的動力擊穿該障礙物並繼續以同樣的速度運作。它只會在接觸到一個似鏡表面時停下。儘管撞擊時的速率極大，SCP-093 與該鏡面都不會遭受任何損毀。

　　　　　　　　　　　　　　　　　　　黃色驚恐

　　無法找到足以闡明 SCP-093 的發現過程或出現於基金會的相關紀錄。詳見 SCP-093-OD（原始文件）。由於對 SCP-093 的收容方法無案可考，因此啟動了一項測試程序，以查證為何鏡子在收容中必不可少。而在 SCP-093-T1 的測試結果中發現，持有 SCP-093 的生物可以穿入鏡面。也因此啟動了 SCP-093-T2 系列測試，以探索穿梭後抵達的地點。

SCP-093 原始文件

項目編號→ SCP-093

項目等級→ Euclid

特殊收容措施→物件 SCP-093 需放置在銀製襯底的鏡子上，該鏡子應被放置於一面積為 0.3×0.23 公尺（1×9 英尺）的檯座上，且至少距離 ▇▇▇ 號收容室的地板 1.22 公尺（4 英尺）。此物件不應被收容在面積超過 3.66×3.05 公尺（12×10 英尺）的區域內，或放置在 ▇▇▇▇ 號收容室上下或下方一層的桃花心木、松木、櫻木或者鋁製成的檯座上。平穩地——輕柔也無妨——握持住該物體不會產生任何嚴重後果。與制定收容條件相關的測試與結果，記錄於附加報告中 B 部分的 35-1。

描述→該項目於一九六八年一月三十日被發現於紅海岸邊，當時它發出低沉類似嘆息的聲響，並且有著黯淡的藍色微光。當由年齡介於三十四歲至四十一歲之間的女性研究員握持時，其色澤轉變為橘中帶紅，並發出音量不一的嗡鳴聲。SCP-093 在一九八六年四月二十六日一點二十三分又恢復記錄中的黯淡藍色長達 54 分 34 秒，巧合的是當時 194-9834 也被發現陳屍於研究場所 ▇▇▇▇▇ 。

　　194-9834 與 SCP-093 之間的連結並無結論，且長期暴露於 093 造成的影響也依然未知，只有在少數個案中出現陷入長期沉靜狀態的報告，而 242-0049 的狀況則是週期性的憂鬱波動，在其中感到心理平衡失調且出現自殺念頭。這些感受據稱持續時間並未超過十一天。截至一九九三年三月十三日記錄時，該項目會在 242-0056 在場時轉變為淺紫色，此現象不持續超過 2 分鐘又 9 秒。目前並不清楚此一反應會造成什麼影響。

附加註記→ 093 的起源目前依然是未知的，且記載 093 回收過程的文件也在一九八九年十二月九日那天，在研究場所 ▇▇▇▇ 的一場大火中被毀損。經手 093 的研究員出現的情緒反應報告，自從一九九五年四月十九日以來都沒有受到絲毫重視。

　　SCP-093 在測試中被置於與目前收容措施不同的條件，以檢驗維持此種收容措施的可行性。首先是替換了用做安置的鏡子種類：

　　鏡面、黃銅外框、市售的鏡子→ SCP-093 被置於該鏡面上時無反應，維持休眠狀態。此一測試結果說明了成本高昂的銀質與木質收容系統毫無必要。

　　標準桌子→ SCP-093 轉為直立且開始在桌面上朝著同一個方向滾動，然後進行 U 字迴轉，向另一方向滾動。最終形成橢圓形路徑，並持續此一行為直到一個鏡子被帶到它的附近。此時 SCP-093 朝該鏡子滾動，最終平貼其上並滑動至鏡面中心。此測試的過程中察覺了一項事實：儘管 SCP-093 表面觸感粗糙，但在沿鏡面移動時不會造成任何痕跡。

　　標準桌子的兩端都放置鏡子→ SCP-093 被吸引至距離較近的鏡子上，不受面向方位影響，且不同材質的鏡子也不造成區別，僅有距離這個因子決定 SCP-093 最終移動至哪一面鏡子上。

　　一面被人拿著四處移動的鏡子→ SCP-093 隨著鏡子移動而移動，加速至最高█████的速度。無論處於什麼速度，SCP-093 對鏡面的衝擊都不會對鏡子與自身造成損壞。

　　一個人把 SCP-093 放到一面鏡子上→此試驗為意外導致。起因是一名研究員絆倒了另一名，此前他們爭辯著誰應該為午餐買單。由於研究員的這一行為，發現持握 SCP-093 且將之置於鏡面上的人實際上將能穿越進入鏡子。

　　附錄→收容測試在證實 SCP-093 僅需一面鏡子即可維持休眠狀後中斷。有關人類持握 SCP-093 時的互動測試由█████████博士授權進行。

測試程序→ SCP-093 的測試對象必須穿戴一個固定在胸部位置的扣環裝束，此裝束連接到一個拉緊的滑輪機組，能讓測試對象移動 300 公尺。如需更大的移動範圍可以裝上額外的繩捲。連接兩組繩捲的扣環，必須是能承受 0.2 噸施力的高品質扣環。

測試 SCP-093 時，一套包含下列物品的外勤工具組是標準配備：

- 一個裝置在手腕上的光源裝置，基本續航力為三小時，並有額外電源可延長六小時使用時間。

- 四瓶 0.5 公升的瓶裝水。

- 四包任何種類的軍用口糧，外加兩支無添加物的燕麥棒（允許包含巧克力片）。

- 一把裝有子彈的標準貝瑞塔 9 毫米手槍，共有二十四發子彈。此物品不應在測試對象利用 SCP-093 進入鏡面前發放，應在武力人員監視下，確認測試對象完全進入鏡面後才提供。此物件在測試對象回歸後應是最先要求繳回的物品，並且測試對象即將從 SCP-093 鏡內的視線範圍中消失前，才會被告知此一資訊。

- 一把標準野外求生用刀。測試對象不會事先知曉此物品的存在，只能自己從工具組裡發現。

測試對象同時必須接上影音捕捉系統，會有攝影機設置在測試對象的頭部或肩部。影像裝置以電纜進行資訊傳輸，且適用與人員返還系統相同的移動距離。無線攝影機提供的結果在部分方面表現不佳，應只在 SCP-093 處於已知顏色時使用。新出現的顏色應使用有線設備進行測試。

測試過程中，必須記錄 SCP-093 的顏色以及測試對象的囚禁史，以辨識 SCP-093 以何標準決定顯現的顏色。顏色似乎與對象心理中的罪惡感或缺乏罪惡感有關聯。以下檢附的測試結果應按照順序進行閱讀。

實驗對象為 D-20384，男性，三十四歲，體格強健。實驗對象的背景顯示有謀殺／意圖自殺的案例。對象於實驗全程皆採取合作態度。對象手持 SCP-093 進入了準備好的鏡面，當時 SCP-093 發出藍色光芒。實驗區域外的技術人員觀察到鏡面在對象通過期間，維持正常的反射，但對象完全進入之後，鏡面的視野變為戶外地貌，且帶有很深的藍色調。影音紀錄如附件媒體檔案：

攝影機啟動，畫面閃動。對象望向的區域與技術人員所回報的相同。外觀看起來像是典型的低窪平地，所有事物都帶有很深的藍色色調。對象由左向右拍攝，但沒有照到任何可供辨識的地標。只有草地、野草，還有一陣風吹過較高的草。沒有可見的活體存在於視野內。

對象依照指示向前移動了約五百步，此時有些東西可以被看清楚。前方有一片荒蕪的土地，而隨著對象靠近，可以看到草似乎正處於枯萎狀態。大約 300 步以後，對象站在地面上的一個大洞前方。該洞是以某種未知的原始工具挖成。

滑輪機組啟動，攝影機出現些微搖晃。對象被指示進入地洞，對象經過輕微抗議後同意進行。由於不存在顯見的下降工具例如繩子或梯子，對象只能完全依賴自己的雙手和滑輪機組緩慢下降。大約用掉了 100 公尺的纜線抵達洞穴底部。外勤工具組的燈光工具在下降 50 公尺處啟動，因為當時外在光源已減弱到不可靠的地步。照明掃過洞口發現洞穴裡只有泥土而已。

對象在光源的協助下前進。此時對象被問及畫面中的藍色色調，對象表示疑惑，說他沒有從自己的視野中看過這個藍色調，從一開始就沒有。隨著對象前進，畫面中出現其他光源，此時纜線被用掉 150 公尺長度。在影像畫面之外的地方記錄到有準備武器的聲音，對象被問及這項行為時，表示這是防患未然並繼續前進。

隧道內壁從單純土牆轉變為水泥牆，對象抱怨該處傳來惡臭。方才的光源確認是來自天花板上的燈具，一系列照明裝置中只有不到四分之一損毀，大部分仍持續運作。水泥牆的兩邊共六道門，每側各三道，而更前面的盡頭處有著第七道門，該門看起來被常見的鐵架擋住，殘骸顯示鏽化跡象，且類似於零售店中的鐵架，說明可能有其他人類存在。

對象被要求嘗試打開這些門，順序不拘。對象首先試圖打開右側第一扇門。門鎖上了，未能開啟。對象嘗試開啟第二扇門，但是無法推動門板，該門並未上鎖但被擋住了。對象將第二扇門關上，試圖開啟第三扇門，結果與第一扇門一樣。對象接著走向另一邊的第三扇門，該門被完全打開並且該房間內有足夠明亮的照明。移動式光源被關閉，此時攝影機隨著對象左右查看房間。

房間是空的，沒有內容物，但牆上有汙痕。對象說牆上的材質不是泥土，但他無法辨認是什麼，看起來像是融化的塑膠，但顏色是棕色而不是焦黑。對象退出去，把門關上。左側第二扇門沒有門把，門把的孔洞被填入未知材質的物體，且推不開。所有的門都無法通過縫隙看見另一邊的景象，就算從地上的門縫也不行。左手邊第一扇門有上鎖，但部分的鑰匙碎片被留在鎖孔內：鑰匙柄與齒紋部分還存在，但鑰匙尾部已被破壞。

對象努力操作鑰匙以打開門鎖，開啟後馬上開始咳嗽並對出現的惡臭進行抱怨。該房間的牆面很乾淨，地板也是乾淨的，天花板上則覆蓋著一層與第三個房間裡相同的未知棕色材質。

房內的東西包含一張簡易床鋪（材料是老舊的毛毯與一顆枕頭）、一個木頭箱子裝有已開啟的食物包裝盒。影像記錄中，包裝盒上的文字看起來是歪歪斜斜的蚯蚓文，但對象說上面寫著簡單易懂的「麥片」。房間裡第二個木箱裝有已經乾涸的空水瓶。床邊有一本闔起來的書，書上沒有標題或可供辨認的印記。

一面牆上貼著看起來是剪報的數篇文章，但文字無法辨認。對象被要求移除、回收所有剪報。但大部分的剪報都因經歷時間而脆化，在觸碰瞬間粉碎。唯一完好的剪報被放入外勤現場採樣容器裡，它看起來不如其他剪報一樣舊。隨後對象被要求調查床邊的書，於是向書本移動。

這時錄影的音訊出現了異常狀況，3.5秒內，所有通訊線路都迴盪著一種類似打磨金屬的高頻尖嘯聲。這時受試者還沒碰到書。噪音消失後，他要求控制中心重複指令，但是控制中心並未傳令，因為噪音期間耳機都取了下來。對象被建議離開房間，此時他發現門正自己關上，若放置不管將自行閉合。控制中心建議對象不干涉那扇門，去檢查右側的門。

仔細審視接下去十秒鐘的影像，可以發現隨著鏡頭移動，隧道盡頭的第七扇門縫閃出一個人影。該門開啟的寬度只容一張臉被從縫隙間窺見，隨後該門靜靜地關上了。沒有進一步的細節可見。

對象檢查右側第二道門，並未提及任何不正常的跡象。此門在用力推擠時稍微移動，並在重複數次的撞擊後，門板打開的程度足夠對象從特定角度看見內部。可以看見一面軟木板上釘著更多文章。看到地板上有一個「麥片」包裝盒，同時還有一個看起來像是手掌的東西在地上，掌心朝上。受試者關上門，攝影鏡頭自緊閉的七扇大門掃過去。鑒於沒有更多可供探索的地方，控制中心要求對象返回。對象沒有抗議，僅抱怨有更濃的惡臭味。

對象回頭走出隧道時，他的攝影機紀錄並未改變或出現任何異常。但控制中心報告纜線突然出現劇烈移動而拉出了額外100公尺的纜線，隨後短暫鬆弛又再度收緊。影像紀錄顯示對象正從隧道內爬升，此時控制中心人員正在確認滑輪機組的正常運作。對象被要求停止向上移動，但他表明自己並沒有在攀爬，而是繩子在拉升他。此時兩端的人員皆陷入恐慌，對象被告知準備武器開火。

抵達洞穴頂端，攝影機畫面上沒有任何可見的東西，而對象回報地貌上並無任何改變，並開始沿著纜線返回。走過約900步以後，對象詢問他用掉了多少纜線。控制中心承認他們因為複雜問題而無法確定長度，但對象到該洞穴的移動路線一直都是直線，所以回程應該也是一直線。對象開始感到焦慮，回報出現了更多纜線，纜線在地上的某一點轉了90度角繼續延伸。

對象緩慢地掃過一整圈的視野。在影片上，對象的後方有一共37名人影無聲站著，他們形容模糊，身體並未染上支配著此處景觀的藍色調。控制中心再次爆發恐慌，但受試者卻只提到轉彎的纜繩有點古怪而已。對象試圖從他那一端拉動纜線，但纜線

繃緊，一動也不動。控制中心開始捲入滑輪機組而鬆弛的部分也很快捲緊。監視人員盯著纜繩，發覺自從捲繞開始，草叢中就有動靜，現在彎折處纜繩下的雜草搖曳得愈發激烈。隨後纜線像遭遇到阻力一樣開始晃動，並最終「砰」地一聲回彈。對象的攝影機沿著纜線往回拍攝，此時纜線似乎漸漸地鬆弛下來。突然間，又被拉回去，滑輪機組繼續開始運作。

控制中心要求對象沿纜線路徑返回，同時聲音紀錄捕捉到對象驚慌尖叫聲。對象開了五槍，瞄準的是畫面上看不到的東西。控制中心回報說，可以看到對象正在回到起始位置，因為攝影機拍到纜線中斷在空中的一個點上──隨著對象通過該點，滑輪機組回收所有纜線，鏡頭照在地面。控制中心報告，鏡面經過五秒鐘後，才恢復成正常的反射鏡像。而 SCP-093 從對象手中回收後，持續了一個小時的藍色外觀。

繳回槍械時，在對象雙手附近的衣物發現一種散發惡臭的液體。此液體乾得很快，並且因為樣本量過少，被認定不具有研究價值。監視鏡面狀況的控制中心人員聲稱，他看見一個巨大的人形，該人形在地面上爬行，大小肯定相當於五十名正常人類，它沒有臉部特徵，手臂也很短，並且在鏡面恢復為正常反射成像以前把自己拉向鏡面。由於距離過近的關係而無法描述足夠完整的細節，但至少一位監視人員注意到該人形光滑無特徵的面部，具有像是遭到射擊的痕跡。

從受試者繳回的外勤工具箱中，包含一篇新聞報導，寫著:[資料刪除]且已經被歸檔為物件[資料刪除]。

在我們的初步測試中僅有一樣物品被回收,它是在一個廢棄的地堡內,夾在軟木板上的報紙剪報。剪報大部分都已經風化腐爛,但其中一篇還是可以辨識並進行研究。

至尊神父宣布進展,不淨者已被淨化!

來自聖子大聯邦的至尊神父罕見地直接公開談話,受祝聖軍已經擊退了許多匿蹤於我們土地上的不淨者。我們的首都新羅馬,不淨者已被肅清,鼓勵市民返回家園。居住在周邊鄉村的市民不應返回農場,因為不淨者仍在我們光榮的城市周圍的田野與平原上遊蕩,並且規模在持續擴大。

受祝聖軍已經研發出能懲戒不淨者並將其驅逐回不育之地的新武器。一旦所有不淨者都被驅逐出去,在我們受祝之地每個受影響地區,一個永久性封閉不育之地的系統就已經開始建設。至尊神父請求我們大聯邦的所有市民虔誠祈禱,並捐什一奉獻,以表彰受祝聖軍在這個動蕩時期所作出的犧牲。

近來有報告錯誤地指控受祝聖軍在勇敢穿越汙穢諸土時對居民犯下罪行。至尊神父想提醒人們,褻瀆任何帶有祂印記之人是最嚴重的罪行,毫無根據的指控將受到相應的懲罰。我們應該辛勤工作以盡可能支持祂和祂的士兵,就像他們為我們犧牲生命一樣。

那些罪惡的叛軍——

SCP-093「綠色」測試 ▶

實驗對象為 D-54493,女性,二十三歲,中等體形。實驗對象有嚴重汽車竊盜,以及在逃時謀殺兩名兒童的二級謀殺前科。實驗對象在測試的所有步驟中都表現出合作態度。實驗對象手拿散發著綠光的 SCP-093 走向事先準備好的鏡子。實驗區域外的技術人員觀察到,鏡子維持著正常的反射,直到對象完全進入其中時,鏡中視野轉變為一個綠色濃郁的農田景觀,類似於第一次測試。影音紀錄如附件媒體檔案:

攝影機啟動，畫面閃爍。實驗對象正望向技術人員報告的那片農田。綠色通過攝影機的呈現而顯得更深了，而且綠色調覆蓋了物體的正常顏色，類似於第一次測試中的藍色色調。當實驗對象將攝影機移動到該區域時，沒有辨識出任何在第一次測試中出現的地標。

眼前是一片長期荒廢的田野，中央矗立著一個不明設計的稻草人殘骸，腐爛而撕裂。耕地上沒有長任何東西。田野右側可見一座農舍，規模宏大，兩層樓高，其中一側可以看到通往防空地下室的入口。實驗對象立即準備好她的手槍，控制中心要求她先放鬆再繼續，整個聲音紀錄都是她沉重的呼吸聲。

實驗對象花了幾分鐘時間，接著宣布她沒事了，隨後按指示繞行農舍周邊。在數個防空門旁邊，有兩輛兒童自行車靠著屋子，一輛男孩的和一輛女孩的。其中一扇防空門倒在草地上，根據斷裂的木頭判斷是從入口處被撕扯下來的。樓梯上放著一套男孩的衣物，從鞋子到襯衫由上至下排列。實驗對象開始對控制中心大叫，質問這是不是某種惡劣的玩笑。控制中心請她冷靜，並保證他們也從未見過這個環境。實驗對象花了好幾分鐘恢復冷靜才繼續。目前還不清楚 SCP-093 是否將對象的過去與她眼前的景象連結在一起。

幾分鐘後實驗對象同意繼續。與實驗對象的通訊被靜音，同時控制中心花了一分半鐘談論此對象緊張不安的狀態。當實驗對象走到樓梯底部時通訊重新恢復。農舍的地下室為常見的樣子，無明顯特徵。遠端牆面的木架上放著罐裝的未知物質。破損的燈具在支撐梁上輕輕搖晃。鏡頭推移，緩緩掃過地下室，沒有可見的腳印，得以推測這個地下室已經被廢棄了一段時間。實驗對象開始反應說有股惡臭。

當實驗對象橫掃攝影整片區域時，在地上看見一個金屬活板門，形似潛艇上有把手的船艙門。實驗對象表示在艙門附近最臭，同時報告艙門周遭的泥土結塊且類似黏土。艙門的把手老舊、油漆剝落。對象被迫轉動把手，當轉到底時，艙門打開了。實驗對象在門內空氣洩漏時開始咳嗽，推測那是老舊、陳腐的空氣。當攝影機朝下拍攝艙口時，看見一個類似在藍色實驗時發現的白色混凝土隧道，但狀況較為良好。實驗對象被要求爬下梯子並關上身後的門。

在綠色測試期間觀察到的巨大無特徵人形生物。

經過一番勸說，實驗對象同意爬下去但不能把活板門關上，控制中心承認關上門可能會將滑輪上的纜繩切斷，於是便同意。從農舍到隧道底部大約用掉了 53 公尺的纜繩。內部空間看似是個不適合長期使用的地堡。內部空間寬敞，有三張床位，占了實際地堡的一半大小，一張雙人床，兩張單人床。

一些類似於藍色測試中發現的那些麥片盒，填滿了門口底部附近的一個廢物容器。床上有兩具骷髏，地板上有第三具，旁邊是一把簡單的六發左輪手槍，槍內沒有彈藥。離槍不遠的地上有三枚擊發過的彈殼。地上骷髏的另一側，有一本保存良好的精裝書，實驗對象按要求將之放入外勤工具箱中帶回。根據控制中心的要求，槍被留在原地。

實驗對象繼續探查地堡，聚焦於一張桌子，桌上有一份保存良好的剪報。剪報被放進外勤工具箱中。攝影機環顧地堡時，沒有發現其他值得帶回的物品。牆邊排列著裝有衣物的垃圾袋，還有一些類似於一九五〇年代流行產品的兒童玩具。

實驗對象收到指示離開地堡，隨後又被一名控制中心技術人員要求她等等，並指示攝影機的視角對準出口艙門附近的一個區域。實驗對象走近時更仔細地觀察，發現一個小區域安裝了看似乙太網路接口的裝置，其蓋子被一種奇怪的琥珀色物質稍微推離了牆面。實驗對象拒絕觸碰或採集樣本並表明它的臭味太重，如果控制中心想要的話自己來拿。控制中心拒絕，實驗對象離開地堡。

當實驗對象抓住梯子準備離開時，攝影機一瞬間照到上方的隧道頂端有一個向下看的人影。控制中心要求實驗對象確認人影，實驗對象表示上面沒有任何東西並開始攀爬。當實驗對象碰觸到梯子的第一階時，人影退出攝影畫面範圍。實驗對象無礙地順利爬升，在隧道頂端沒有看到任何活物，也沒有任何東西被動過。實驗對象堅稱沒有任何東西並關上活板門，隨即開始嘔吐。

實驗對象咳嗽完用配給的水漱口，接著靜止不動並詢問控制中心是否有聽到「那個」。控制中心回報說沒有任何聲音。實驗對象拔槍，警戒地接近地下室門，並稍加抬頭讓攝影機剛好能照到外面的區域。在距離田地大約 700 公尺的遠處，有兩個巨大的人形生物爬越地面。兩個個體並未察覺到保持安靜的實驗對象，但實驗對象的手槍很明顯地在顫抖。

實驗對象被要求在那些個體移動時保持靜止無聲。它們全都長一樣，在爬過地面

時因臉朝某個角度，所以只有幾個瞬間有看到臉。這次知道它們確實沒有面部特徵。它們用來爬行的手臂時長時短，每次移動時伸出的手臂長度都不同。這種生物沒有下半身，其身體結構設計似乎就止於軀幹末端。那兩個生物花了大約十分鐘才漸漸遠去，隨後實驗對象開始恐慌並乞求返回。請求被拒絕。對象被指示通過地下室進入建築物本體，並且無論如何都不允許擅自離開。

通往一樓的門在地下室天花板上，開門時的鏽蝕碎片讓對象停頓了三十七秒才向上爬並進入廚房。廚房內的東西都蒙著一層很重的灰，冰箱門開著，所有食物都已腐敗。對象緩慢走進緊鄰廚房的客廳。客廳內有一張躺椅、一座沙發與一臺電視，皆為一九五〇年代的設計。躺椅上有一臺筆記型電腦，外觀裝飾與一九五〇年代相仿且覆蓋著一層厚重的灰塵。開啟筆記型電腦時得知其最後的作業系統：「虔誠操作系統」離開睡眠模式後馬上就關機了。筆記型電腦上沒有外接的電源且無法重新啟動。當實驗對象按要求取回電腦時，躺椅上的坐墊也被拿了起來，兩者已經黏在一起。實驗對象被要求將筆記型電腦留在原地。

後門的出口被數片厚木板釘死，沒有嘗試去打開它。攝影機畫面照到向上的樓梯間。實驗對象在未收到指示時擅自爬上樓梯，而樓梯安靜的程度出乎控制中心的意料。當實驗對象走到頂端時看見一條走廊，兩側各有一扇門，而走廊底部有一臺內嵌在牆裡的食物升降梯。

實驗對象逕自打開了左側的門，門後是一間主臥房。床鋪被整理得很整齊，但一旁的衣櫃卻是開著且衣物散落得滿地都是。實驗對象發現床上有數件珠寶飾品並被告知將它們留在原處。實驗對象開始抗議，反應有股惡臭。實驗對象將珠寶留在原地隨後馬上離開房間。實驗對象被要求打開第二扇門。

第二扇門後看起來像是小孩的共用臥房，根據散落在地面的玩具與衣物判斷，看起來是男孩和女孩。實驗對象走向房內的窗戶並用窗簾擦掉灰塵。實驗對象按要求將攝影機移至窗戶。可以看見農地，並看見距離農地約四十公里的地方有座城市。攝影機稍微後退並開始向下拍攝房子周圍。可見大約三百個類似藍色測試的影像紀錄中出現的人影圍繞著房子，全都盯著上方。實驗對象被指示確認有無人影，但實驗對象說什麼都沒有。實驗對象被要求返回，而她也很快同意了。

離開房子的過程無特別事件，滑輪系統亦無異常表現。隨著對象回到滑輪纜線的起始處，一陣巨大的呻吟聲導致畫面震盪。控制中心的技術人員回報他們也聽到了該噪音且有感覺到震動。實驗對象並未對其進行調查便從起始點穿回，鏡面恢復成正常的反射鏡像。SCP-093 被繳回。錄影結束。

取回的報紙碎片被歸檔為 ███ 。

綠色測試回收資料 ▶

在我們的第二次測試中回收了許多資料，通過這些東西了解這個平行世界所發生一系列事件的來龍去脈。回收的日記讓我們一睹房子主人度過的最後時光，及當時這世界其他地區發生的事情。

報紙文章 2

銀羽市周邊的農地回報，自上週以來就無法以音訊或視訊與附近取得聯繫。直到教區最高神父授權許可之前都不能對此展開調查，但他向民眾保證這些事件都在他的掌握之中。

建議居民每天向當地的《受祝之音》回報，以便即時掌握任何進一步的失蹤現象。同時也建議居民開始儲備他們的避難所，以應對任何狀況。

報紙文章 3

隨著銀羽市周邊數個較遠地區的《受祝之音》消失，教區最高神父宣告出現危害安全與生命的風險。在此聲明下，所有農地居民必須立即撤離到他們的避難所。有零星的報導指出不淨者出現，但皆未經證實。

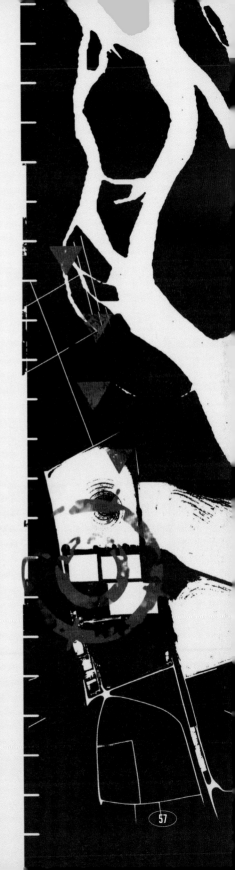

—— 輝頌之城對一切通訊皆已不再回應，只能猜測發生了最糟的情況，我們對身處在那個教區而無法聽到我們的訊息的人們深表同情。銀羽市的受祝聖軍回報銀羽市中有數個不淨者入侵，並在對任何居民造成威脅之前便已殲滅了四具那可恨的東西。教區最高神父提醒民眾，不要直接與不淨者對峙，常規武器對不淨者毫無效果，僅有至聖的器物才能刺穿他們的罪惡，所以請不要將自己置身於危險之中。

任何懷疑鄰居沉迷於重罪的公民，應立即通過指定的哨站連絡受祝聖軍。——

日記

■■■■/■■/■ 我有預感我們就快要死了，所以我要把這些都寫下來，讓之後發現我們骸骨的人知道發生了什麼事。我的名字是賀佛·賈庫西夫，我是一個農民，種植餘枝和果殼耳（the rabsticks and the huskears；未知的植物名），並畜養印庫和歐姆（the inks and the ooms；未知生物名）。我們一家有我、老婆歐芙莉還有兩個小孩子崔文和莉絲提莉亞。一個受祝聖的人來這裡尋找食物和庇護時，我從他手中得到這本書。他告訴我們要開始準備好避難所並且不要讓其他受祝聖的人知道我們在這裡，說一切都崩潰了，毫無秩序。於是我照著他所說的做，準備好一切東西，我們就在差不多隔天的時候下去地下。早上的時候他就不見了，我老婆很傷心，因為他和大多數人不一樣，他對我們很有禮貌。他可能不想變成我們的負擔。莉絲到外面去找他，確定了他不在房子附近。

■■■■/■■/■ 最後還是沒在任何地方發現他，所以我們猜他已經離開了。奇怪的是莉絲在大約一英里外的地方找到了他的衣服還有裝備，但是找不到他。她把那些東西都留在那裡了，如果猜得沒錯的話，這樣做是最好的。明顯我是沒有受過教育的，我也不打算假裝有，但我還是可以把兩個東西跟兩個東西加在一起，然後跟你說外面發生的事很糟糕。對所有人來說都是，特別是對我們來說，因為它靠得太近了。有時候，你會聞到它，那就是我們要躲起來的時候，它聞起來就像一隻腳上的肉在空氣中腐爛了太久。我想就連土壤都在拒絕它們，不允許它們回歸塵土。

■■■■/■■/■ 它來了。太快了，我們還沒準備好。那個味道在夜裡來了，或許我們可以沒事，但小孩子很害怕所以我們去了避難所。小崔太慢了，他看到那個東西，一直盯著它搖搖擺擺地走過來。那東西本來無視我們，但是小崔尖叫起來，那時候我在帶老婆和莉絲下去避難所。我趕去他身邊，但是那東西太快了。我看到他站得僵直，尖叫著，然後那東西的頭下來靠近他，整個壓在他身上。他試著跑向樓梯，跑向我們，但一眨眼，他就消失了，然後被拖走了。他的衣服掉進了地下室，就像他

憑空消失了一樣。我進到避難所裡，甩上艙門然後上鎖。我猜那東西知道我們在這裡了，它會試著進來，把我們也帶走……不知道我們還有多久時間，雖然食物有很多……

我錯了，食物腐壞了，有東西混進去了，也可能只是我沒注意到而已。我們盡量吃能吃的部分。是還有食物，但不夠，而且那東西還在附近。它在試著找地方進來，可以從牆上的生命網插座傳來那個腐臭味，有東西從插座滲透進來，所以我們不去靠近。它變得像石頭一樣硬，也不再有味道。可能插座裡的電力終於讓它死了。

我走到上面去偷看情況。地下室沒有問題。小崔的衣服還在階梯上。往外看了一下。我們辦不到的。那裡還有十……二十……三十……數不完的，太多了，它們在房子附近繞圈，用它們沒有臉的臉盯著屋子，還有那股惡臭，啊，那股惡臭。我回到避難所，然後鎖上了門。我想，我不願意看著我的家人腐爛掉。我認為長痛不如短痛，老婆也認同我，我們不會跟莉絲說，她會是第一個，然後是我老婆，我的愛……然後就是我了。我很抱歉，但我並不遺憾。我盡力給我的家人們最好的生活。是那些神聖的傢伙招來了這些東西。

我要把這些寫下來紀念我偉大的老爹。他很老，而且知道比他還要老的故事。有關那些人傳教所說的不淨者、那些他們說不能接近的不毛之地。全都是因為至聖者把那個世界帶來了。那些東西是終極的罪惡。所有我們的邪惡和不潔，都是他們。他們什麼都不知道，但還是照樣做他們的事，甚至連自己為什麼要做都不知道。他們只是一直做，把它們帶給我們，然後我們就只剩死路一條了。

我問老爹它們是什麼，他點了一支菸，抽了一口，然後他說不知道。沒有人知道，也沒有人會承認。但如果你看到這個標誌，你要是看到了……你就快跑，小子，盡速地跑，跑得遠遠的，然後你躲起來，而且再也不要回到你看到標誌的地方。我知道的就這麼多了。——我記得那個標誌，放在他襯衫底下，掛在脖子上的石頭就有那個標誌。隔天，老爹不見了，哪裡都找不到，老爸並不傷心，他說他早就知道總有一天會變成這樣，老爹回家了。很快就會見到你們了，老爸、老爹……

[資料刪除] 標誌與 SCP-093 表面上的刻印符號之一相符。同時，最後一次測試的影像紀錄中的 SCP-093 複製品上，也有找到相同的標誌。

　　實驗對象為 D-84930，男性，二十一歲，中等體格。實驗對象的背景，顯示在一次緝毒行動中殺了一名警察的二級謀殺前科。通常這類犯罪儘管情節嚴重，不過通常不足以使人被判來與我們共事，但這殺警的過程特別殘暴且用了過度的暴力。這個實驗對象並不配合，還必須提醒他合作只會對他有益。實驗對象手持 SCP-093 走進了事先準備好的鏡子，當時 SCP-093 發出紫色光芒。外面的技術人員觀察到鏡面維持著正常的鏡像反射，直到實驗對象完全進入鏡中，畫面才變成了城市的樣子，且帶有輕微的紫色色調，類似於第一次的測試。影音紀錄如附件媒體檔案：

　　攝影畫面閃動開機並橫掃該區域周遭。實驗對象的所在位置看起來是類似紐約市的現代化都市區。街道上幾乎完全淨空，除了還有幾輛未知品牌與型號的車子停在路上。這些車看起來非常進步且外形流線。對象未經指示即試圖往車窗內窺探，但隨即退後幾步，並強調車子周圍的大部分區域傳來一陣「屎一般的臭味」。

　　實驗對象被說服去接近一輛車，他一邊走著一邊咳嗽，他把車窗上的塵土擦掉。車內看起來充滿了一種奇怪的棕色物質，除了棕色物質以外其他什麼都看不到。又看了兩輛車也是一樣，然而第四輛車看起來比其他車都新而且內部乾淨無比。這輛車的車門沒鎖，實驗對象很快地鑽進車內並關上車門。控制中心斥責了這個行為並提醒他，他的救命索就是一條纜繩而已，雖然纜繩並沒有脆弱到會因車門關閉而損傷，但他們也無法拉回一名駕駛中的人。

　　實驗對象跟控制中心爭論起來，並以攝影機拍攝整片儀表板，指出就算他想也不可能開走這輛車。儀表板上沒有任何看得懂的操作，沒有啟動，也沒有方向盤。只有好幾個空白的小螢幕，推測是 GPS 系統。實驗對象待在車裡時，控制中心在討論如何進行測試，因為這次的城市遠大於前幾次測試的區域。

在控制中心持續研議此問題時，實驗對象正從車內觀察市容。在其中一個鏡頭內，畫面裡很明顯有一張臉正盯著車內，雙眼看著實驗對象。然而，這是測試後重新翻看錄影檔案才發現的。實驗對象也從來沒有提起過這個實體。不久後控制中心告知實驗對象留在原地，已經派出一支護衛隊穿過鏡面與他會合。

一支四人的武裝小隊被派遣進入鏡中前往實驗對象的所在位置。隨後實驗對象被告知要拆掉他身上的救生索，該裝備隨即被回收。實驗對象的影像傳輸在此結束，影像改由護衛隊的無線設備提供。這個設備的影音品質較易遭受干擾，但為了標記鏡子世界的出口，還是將一個訊號接收系統放在鏡面上。

實驗對象離開車輛並開始與護衛隊同行。由於有太多可供探索的選擇，他們被指示先移動到距離最近的建築並嘗試進入。該建築的玻璃門上刻著「X.E.A. 研究夥伴公司」，而且門是半開的；門上有磁力鎖系統，但已經失效了。隊伍進入建築來到大廳。

該區域與一般刻板印象中的公司大廳相近。大廳裡有一張 C 字型的接待櫃臺，且有一張被推得很遠的椅子，就好像是很匆忙離開似的。還有一臺個人終端電腦在桌上。隊伍靠近櫃臺，而持有攝影機的人被派去檢查電腦。該設備看起來是有電的，「虔誠作業系統」出現在螢幕上並要求用帳號密碼登入。電腦有超輕薄的觸控鍵盤而不是一般的按鍵鍵盤。在一次嘗試登入失敗後，螢幕顯示已超過密碼嘗試最大次數，然後電腦就關了。沒有找到電腦主機也沒有看到電源鍵，於是隊伍繼續前進。

櫃臺後方有一左一右的電梯門，有著相似的觸控按鍵。左側的電梯已經損壞，電梯門敞開而電梯井空無一物。右側電梯看起來可以運作而且有電。由於沒有明確的目的地，隊伍被指示前往最高樓層以俯瞰整個城市。看似所有樓層都能抵達，最高的是114 樓，但實際上只有 112 層，因為缺少了 13 和 113 兩個按鍵。

這次搭乘電梯上升的過程未遭遇特別事件，電梯在經過 13 與 113 的時候確實花費了更長的時間，推測整層樓都建好了但沒有設置按鈕。抵達第 114 層樓時電梯門打開，隊伍走進一個類似等候室的寬敞空間。該區域有許多蒙上灰塵的沙發以及一面約 60 吋以上的 LCD 電視螢幕占滿他們面前的牆面，該螢幕沒有電力供應。一排的窗戶都是開著的，陽光可以照到最深處，隊伍走到最深處並將攝影機對準外面拍攝。

城市的景色十分驚人。此建築是可見範圍內最高的建築物之一，但與之比肩的也不少。下方的城市看起來灰色且寂靜無聲，從這個高度看下去沒有生命存在的跡象。城市內有些建築物附著奇怪的棕色生長物，看起來像是被潑在上面一樣，好像一團膠狀物質被砸到建築物上，並在凝固前向下滲漏。其他建築物裡有些樓層的玻璃破了，並有相同的棕色物質從邊緣向下滴漏。隊伍一名成員呼叫攝影機持有者到另一邊的窗戶。

從建築物的另一邊可以觀察到城市的邊緣。很快注意到一條環繞城市的快速道路，其上正有一隻巨大的半身人形爬過，如同在之前的測試看到的那樣，它用可伸縮的手臂拖著身體。它在高速公路上移動然後消失在視線中。隊伍回到電梯內，卻發現74樓的按鈕已經被啟動。剛才沒人接近過電梯，於是隊伍同意前往該樓層。

74樓的門打開，看起來是一間醫生辦公室的等待區。在接待櫃檯上有一張簽到表寫著一系列的姓名與日期。簽到表上的日期皆為一九五三年。接待區有一臺個人電腦開著並顯示使用者桌面。電腦的背景圖案是一雙巨大的手呈祈禱姿勢，在手的下方寫著「虔誠作業系統」。使用者桌面上有一系列以年分命名的檔案夾。若以滑鼠中鍵點擊其內的檔案，將開啟一文字閱覽程式。所有檔案看起來都是預約紀錄。

桌上有一本筆記本寫著「來自伯利希斯基醫生的服務處，受祝福的淨化師」。通往該醫生專用區域的門寫有相同的名字與頭銜，以及一個十字標誌。此門後方通往一個純白的無塵走廊，其中有兩間檢驗室，以及走廊底部還有一扇附有密碼鎖的門。檢驗室沒什麼特別的且符合一般醫生辦公室的設計。所有藥品櫃都空無一物。在控制中心的命令下，放了少量的C4炸藥在密碼門上進行爆破，強行打開了房門。

門後的空間相較等候區大上許多，看上去有一整排的巨大培養槽。培養槽總共有六個，一片覆蓋在地上的棕褐色琥珀狀物質來自其中兩個破掉的培養槽。有一個是空的。剩下三個漂浮著戴呼吸面罩的赤裸人類。這些培養槽前方貼著病歷表，載明生命跡象與狀態。有關症狀的部分則以有些古怪的英文寫成，內容看起來更像是在描述人格或個性上的缺陷，或者只是發生在患者身上的事故。

控制中心請求鏡頭拉近到其中一個病人的病歷表上。經對焦後看見：「公民珍妮佛·麥澤爾卡受心靈失能所苦，令她在她的丈夫離開家中時與鄰居睡了兩次。病患將她自

身遞交給主與我們的手中，為求得到身體和心靈上的淨化。祈禱者由最高神父烏沃拉金指派，病患提交的是浸浴在主的眼淚內三天時間，以淨化她的系統，然後在結束時成為良好的靈魂。」

最頂端的頁面內容如下：「公民阿爾貝利烏斯·法拉凡在一次講道時攻擊一名最高神父，不敬地聲稱主的眼淚令其女兒心念不正，並由此控訴其女兒的蕩婦行徑皆起因於最高神父及其祝福。因其褻瀆之語並無證據，赦罪官與判罪官皆同意讓阿爾貝利烏斯·法拉凡在主的眼淚內泡浴一個星期，以淨化其心念與靈魂，並由此證實其女兒的行徑並非神父之手的罪過以給他安寧。」

一直都安靜地與護衛隊同行的實驗對象開始恐慌。攝影機轉而對焦在他身上，他正被前兩次測試中目擊到的實體包圍著。護衛隊回報實驗對象正處於恐慌發作的狀態，但控制中心要求他們不要干預並靜靜等待。實驗對象對著實體們尖叫，然而隊伍指揮官否認有實體存在，聲稱實驗對象是單獨一人待在牆角。控制中心下令讓一名成員接近並帶回實驗對象。護衛隊員遵循指令靠近對象，影像中那些實體讓出一條道路以供隊員通過，隊員隨後將對象舉起並帶出角落。被一手舉起的實驗對象經過那些實體的隊列後，實體又站回原本的位置填滿原先的空隙。無論實驗對象移動到哪裡，它們都死死盯著他。控制中心要求隊伍開始返回。於是隊伍轉身離開。在離開前一名成員注意到接待櫃檯上有一本活頁夾被標示著「主的眼淚」。控制中心要求將活頁夾也帶走，於是它被放進了實驗對象的外勤工具箱中。

隊伍返回電梯並回到一樓。在離開建築物時，實驗對象指向了鏡面入口的方向。攝影機畫面移到一條高架快速道路，上方有一隻巨大的軀幹在緩慢地爬行。該實體將它無特徵的臉轉向護衛隊，接著抬頭向天空，然後發出一聲吼叫。隊長下令移動，前往無線接收裝置所標示的位置。在攝影機回到傳送門之前，快速道路上的生物向下延展手臂碰到地面。除了一人外，其他小隊成員通過了出入口，實驗對象通過後，鏡面隨即恢復成正常的鏡射成像。

實驗對象回來後感到恐慌，試圖從房間逃離，SCP-093 掉在地上。護衛隊長在實驗對象拔出外勤手槍時將其處決。隊長請求重新開啟出入口，但為了找到新的實驗對象使 SCP-093 能產生相似顏色花費了數分鐘的時間。當同樣的顏色出現並放到鏡面上

時，又可以看見影像接收裝置了，同時所有人員皆報告有股可怕的味道。隊長與控制中心人員▇▇▇一同通過入口。前面被留下的那名隊員的制服與持有物被尋獲並回收，但卻找不到該名隊員而且也沒人回應呼叫聲。該隊員被假定為已陣亡，而無線接收裝置被回收。控制中心與護衛隊人員穿越出入口回歸，此時鏡子又恢復成鏡射成像。

後續檢閱回收的攝影機時，顯示護衛隊員▇▇▇▇在出入口本該存在的地方伸手抓著卻撲了空，而後轉身看向不明實體那一副巨大的身軀。看起來有種棕色的膠狀物在該生物移動時滴落，並在滴落後很快地如蒸發一般消失。▇▇▇▇用自動武器往該生物的「臉部」開了數槍，導致黏性較低的棕色液體從「傷口」洩出。▇▇▇▇尖叫並咒罵，此時生物低下臉到他身上且攝影機被推倒在地。影像紀錄在前面六十五秒左右都維持黑暗，直到畫面恢復光明，見到該生物往回爬至快速道路下方，並將自己拉抬到路面上，最終又朝向它原先前往的方向繼續爬行。

據信▇▇▇▇已經被該生物「吸收」且可能已經被消化。這可能是這些未知實體直接接觸活物來進食的一次實例。建議今後避免以此為研究議題。本次取回的文件資料被歸檔為▇▇▇▇。

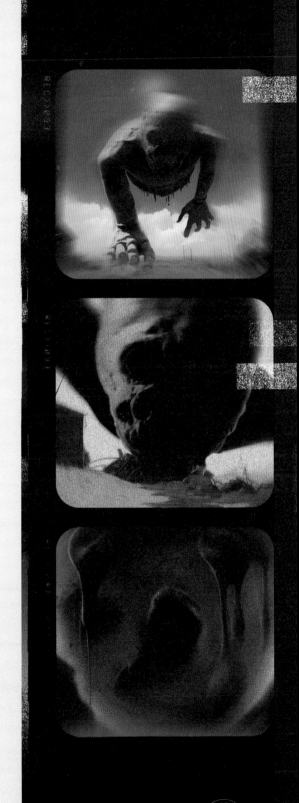

第三個 SCP-093 的測試不幸地出現安全人員傷亡，但同時也讓我們得以回收一份手帳，由此可以窺得現為編號 E-093 的該平行地球上進行的醫療行為。

患者→珍尼佛·麥澤爾卡

恢復管槽→ 001-1

混合比→ 35% 眼淚、30% 營養液、10% H.F.T.、25% 祝福

摘要→珍尼佛·麥澤爾卡的年齡為二十個週期，在她的第十八個週期遭遇了一次高乘載交通工具事故，導致腦部受損且道德偏差。她有暴力傾向且只能通過不潔的刺激才能冷靜下來。因此她會主動尋求陌生人交歡，她的父母請求最高神父讓她進入主之眼淚中以修補她的身心。患者接受。

在準備主的眼淚的過程中對象突然發狂，值班的神父之手成員前來使其恢復鎮靜。珍尼佛撕開她的衣服並對我嘶吼不淨的字眼，所以我將門鎖上並請神父之手在外等候。我羞於承認自己在將她置入主的眼淚以前和她交媾了整整七次。我已經寂寞太久了，而她的父母又將她完全交由我們照顧，所以我好好地照顧了她。在將她置入神之淚以前我授權對她的身體機能進行一次受祝聖檢，發現她已經懷孕了，並且測試結果確認了是我的小孩。我已經針對此狀況調製了她的浴液，她將會浸泡在主的眼淚中直到她的身體準備好賦予新生命。

患者→無

恢復管槽→ 001-2

混和液→無

摘要→無

患者→阿爾貝利烏斯·法拉凡

恢復管槽→ 001-3

混和液→ 80% 眼淚、20% 營養物質

摘要→阿爾貝利烏斯·法拉凡是一名銀羽市外部的農夫，聲稱不淨者令他失去了家人。他質問該市的最高神父們並要求賠償和懲處。諸最高神父否認不淨者存在於不毛之地以外的地方，並拒絕賠償或懲處。阿爾貝利烏斯攻擊一名最高神父並被逮捕，且被判須接受靈魂淨化。

他的混和液主要成分是主的眼淚，以浸透他的靈魂並洗淨他的心且緩解他的痛楚。護法者們聲稱他的家人確實失蹤了，原本其他除了主的眼淚刑罰也因為同情他家人們的遭遇而取消了。我在珍尼佛身上用掉了最後的 H.F.T.，否則我不會用如此高濃度主的眼淚。80% 比我能接受的還高，但 H.F.T. 越來越難以取得。我可能得要去一趟闇黑之地。

患者→ ⟨==⟩

恢復管槽→ 002-1

混和液→ 75% 營養物質、25% 祝福

摘要→一名在戰鬥中受傷的受祝聖軍成員。治療請求來自最高神父，細節保留。

患者→ ⟨==⟩

恢復管槽→ 002-2

混和液→ 75% 營養物質、25% 祝福

摘要→一名在戰鬥中受傷的受祝聖軍成員。治療請求來自最高神父，細節保留。

患者→ ⟨==⟩

恢復管槽→ 002-3

混和液→ 75% 營養物質、25% 祝福

摘要→一名在戰鬥中受傷的受祝聖軍成員。治療請求來自最高神父，細節保留。

SCP-093「黃色」測試 ▶

D 級人員不再被允許用於試驗。在分析過前三次測試所帶回的文本後，測試焦點變成資料收集，以更完整地了解 SCP-093 通向的世界所經歷過的事，同時也是為了確認是否有需要對我們的世界施行保護或其他措施。護衛隊失蹤成員 ▇▇▇▇ 的衣物上採集到的棕色液體的分析，已經與其他回收的文本共同歸檔。

██████博士自願作為此次測試的實驗對象，因為在所有可能的候補人選中，他能夠讓 SCP-093 產生新的顏色變化。██████博士沒有任何非法或犯罪的前科，也沒有任何精神問題。當博士拿著 SCP-093 進入鏡面，鏡中的畫面變成許多隔間的開放辦公室。

在本次實驗中██████博士選擇使用無線影音系統，並放棄滑輪系統，他聲稱自己很有自信不會遭遇危險，因為半身生物從未被目擊到出現於鏡面彼端的建築物內部。影像紀錄從██████博士跨越鏡面開始。和前幾次測試一樣，所有影像資料的畫面帶著 SCP-093 目前的黃色色調。

攝影機畫面閃動開啟，鏡頭掃過一整片的白色隔間結構，大約有 30 個。在入口的遠端有一個以磨砂玻璃牆面與玻璃門圍成的模組辦公室嵌在牆中。██████博士靠近並查看門上的蝕刻文字：「高級主管——史坦利·密拉米茲」。門沒有上鎖。

██████博士進入辦公室並檢查辦公桌。桌上有一個咖啡杯，杯內有一半都是深棕色的汙漬，應該是液體蒸發後的痕跡。還有一個甜甜圈在盤子上，██████博士將它丟在牆上，撞擊聲聽起來像石頭，然後就掉下來了。██████博士注意到房間角落的一個檔案櫃，他逐個檢查每層架子，在第二個抽屜停下並拿出一份文件，接著回到第一個抽屜並拿出另外兩份。博士繼續翻找第三個與第四個抽屜，然後又額外拿出四份文件並把它們全都鋪在桌面上。文件全都裝在藍色的文件夾中，畫面跟著他的手指指著各文件夾上的祈禱手勢符號，大聲向攝影機說明其他所有文件都裝在黃色的資料夾中。他把這些藍色資料夾放入外勤工具箱中。

攝影機轉向在桌上正常登入運行的個人電腦，██████博士大聲表示他很好奇這些裝置的電力來源是什麼，因為他沒有看見任何插座。電腦的桌面有「虔誠作業系統」的標誌，甚至還有聲音，滑鼠點擊會伴隨著類似聖歌的嗡鳴聲；而開啟圖標則伴有天使鈴響。該電腦未能提供任何有用資訊，所以██████博士放棄了它就離開了。

████████博士往辦公室的另一端移動。他按了牆上的電梯按鈕而後進入電梯，此時他發現自己在建築物的第三十四層樓，並且這棟建築物的樓層數設計十分不尋常。電梯按鍵從-115到115每一層都有。在按樓層按鍵以前，████████博士請求把無線影音應答機移動到電梯內，並且改以三角錐標示入口位置。第二套無線應答機被放在電梯外，博士告知控制中心如果他發生了什麼意外，就回收第二套應答機並封鎖房間，在一切安排好後他按下-115樓的按鈕。

電梯向下的過程很長，花了15分鐘。在此期間攝影機發生了一次故障，畫面抖動並出現雪花雜訊，恢復後的畫面顯示電梯裡有14個人形和████████博士在一起，他們會隨████████博士的動作移動以避免碰撞到他。他們存在了35秒，而後攝影機又一次經過雪花雜訊後恢復，此時電梯裡只有████████博士一人。根據畫面的搖動，猜測博士當時在跳鴨子舞。

████████博士停下動作並表示有股惡臭從下方傳來。此時電梯已經抵達-108樓，████████博士按下-110樓以打斷電梯下降並在到達時走出電梯。電梯門打開正對著一個有好幾臺電腦和椅子的封閉監視平臺。所有電腦看起來都有電力。此一平臺的天花板是玻璃製，可以看見上方還有一個平臺。████████博士接近了監視站並查看其中一面電腦螢幕。

螢幕上是「虔誠作業系統」的標誌與一個影像播放器切換著四組不同視野的畫面。第一個畫面是一個充滿培養管槽的房間，有上千個類似在紫羅蘭測試中發現的管槽。第二個畫面是對這些管槽的近距離特寫，攝影機滑過這些管槽來監視其中的東西。出現在畫面中的每一具管槽都已毀損。第三個畫面朝著反方向，攝影機垂直平移著檢視每個觀察站的狀況。畫面中一共有10個觀察站，而████████博士也在該觀察站被拍攝到時出現在畫面上。抬頭看，一具懸浮的攝影機具正向上滑行通過，機具上找不到可見的推力來源。第四個畫面顯示觀察站下方的最底層有一隻大得驚人的半身生物在繞圓爬行，不斷撞牆後改變方向。從攝影機畫面來看，該生物大概有有六層樓高。

將注意力放回電腦上，████████博士將影像播放器移至一旁，檢視一個被它擋住的簡單的文字編輯器。編輯器的內容被列印出來並歸檔進外勤工具箱中。該文本指示████████博士到54樓尋找一個保險箱，同時還提供了一組密碼。████████博士離開

監視平臺並平安前往第五十四層樓,抵達的是另一個隔間式辦公樓層。他走向文件中提及的桌子並順利找到被藏於桌子底下的保險箱。該密碼成功開啟保險箱,其內部包含一本筆記本、一把奇特的左輪手槍,以及 24 發的彈藥。筆記本被歸檔進外勤工具箱,手槍與彈藥則作為 ████ – ████████ 被回收。

　　████████ 博士往回走進電梯並順利回到 34 樓。基於可探索的總樓層數過於龐大且重要資訊已從監視平臺取得,本次測試視為結束並取回了設備。在穿越入口點回歸以前,████████ 博士查看了附近一臺有電力的終端機,並發現它的螢幕內容與–110 樓所顯示的完全相同。推測該檔案的作者用某種網路病毒感染了整棟建築物的電腦,令資訊可以從連上該網路的所有電腦上取得。

　　████████ 博士穿過入口點回歸而鏡面恢復為鏡射成像。所有材料都與其他 SCP-093 回收材料共同歸檔。對 ████ – ████████ 與其彈藥的解析被延期,因為這會需要解構其中一發彈藥,而在 SCP-093 的測試完全結束以前,這些彈藥可能會派上用場。影音結束。

黃色測試回收資料 ▶

　　第四次進入 E-093 的測試提供我們一份可能由醫療或政府設施中的技術人員寫成的文字紀錄。在保險箱中發現的 ████ – ████████ 被考慮納入為 SCP 分類,主要原因在於與它一同被發現的彈藥的組成成分,以及在本應是非常基本的槍枝上裝設了先進的擊發結構。

> **個人電腦列印**
>
> 　　我不信任監察會,我從幾年前就覺得有事情不對勁了。在我 54 樓的桌子下面有個保險箱裡面有武器,那個是受祝聖軍使用的武裝之一,是我的兄弟寄給我的。他說他們並不像自己所宣稱的那樣,他們對我們的同胞做的事比不淨者更加惡毒。他告訴我要準備好抗爭。我不行。那不是我。我不了解暴力。我太過文弱。你可以使用它,保護你自己。

我的名字是賀法爾·托里維斯，我是這裡的一名硬體系統維護員。我的工作是監視那些浸泡在主的眼淚中罪惡之人，確保他們浸泡到指定的稀釋時間。我已經做這個工作 23 年了，而現在事情正分崩離析。我再也無法遵從至聖者，我必須說出真相。

我們被告知要進行撤離。收容槽被打破了。一隻不淨者出現在安息地而我們無法摧毀它。實況影像顯示了它是如何出現的，這也是從我的心、神和身體都決定不再隱瞞的原因，我必須說出來。若監察會看到這個，我將會被封殺，所以我必須將它藏起來，好在他們對硬體如此無知，所以我才這麼輕鬆就能藏好。

監察會告訴我們，我們要最後離開，以確保硬體收容了不淨者。那代表的是萬一它突破了監視平臺，我們就要作為誘餌死去。它已經打碎了這裡幾乎所有的管槽，然後把裡面的人都吸收了。我往不淨者放出了一些「偉大之眼（the Eyes）」，並且它們接觸到「偉大之眼」了，給我帶回了一份樣本。不淨者不是罪人，不是生於我們的違抗之中的產物。我懷疑它們就是我們。偉大之眼給出了樣本的年代鑑定結果，它比我還老，比我的長輩們都老。它的年齡至少有 200 次週期。200 ！

警報還一直在響，但沒有信號叫我們離開。我不覺得這隻不淨者是隻身前來。我見過它們如何進入各種地方，在各地之間如何移動。在各地之間啊！它們一直以來都在那裡嗎？在不同的地方之間？不淨者的組成成分並不穩定，分子幾乎就在我的眼前分解又重組，像是為了移動而把自己在空間和時間上都進行重組。為什麼它沒有上來這裡？太花力氣？還是因為它沒有察覺到我？它們沒有眼睛，沒有嘴，沒有臉，它們無法說話也無法看見，但它們肯定有辦法察覺到我們。

那股味道太強烈了，來自四面八方。那不是死者的味道，只有應當死去卻不知道如何死去的東西才會傳出那種味道。神聖聯邦戰爭，我想那就是它的開端。我們在至聖者的麾下聯合起來，但他給了我們什麼？什麼都沒有。我們只是在維持社會的正常運作，然後高位者獲利。這不就是長久以來的運作方式嗎？但現在他們說我們是在取悅那些位於雲端之上的、給予我們生活與繁衍的偉大存在。那些我們從未見過卻被告知必須崇敬的東西。謊言，這一切都是謊言，肯定是如此。

我在用偉大之眼製造一種液體來逆轉不淨者樣本的組成成分。也許它們會互相抵消。我很快就要離開了，但我會把手槍留在這裡。我太弱小，沒辦法使用這種武器。我會用我的理智保護我的家人而不是我的狂怒，我們在田野會安全，我知道該去哪裡。

我要到上面去了，去找我的家人。我會讓硬體繼續運轉。他們叫我把它關掉，但我就要在此違抗他們，它會運作，這東西會繼續監視，偉大之眼一直看著直到它們壞掉。有人會讀到這個的，總會有人知道的。拿著那把槍，帶走那些液體，不要聽至聖者的話，我們聽了，而我們已經完了。

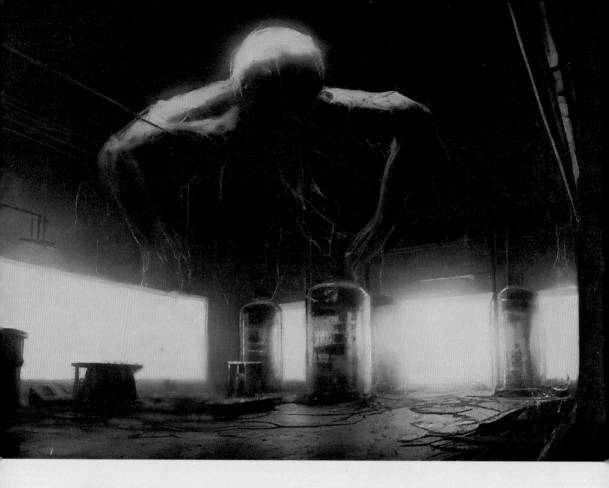

████ – ████是一個轉輪手槍式的武器，內有兩個 12 發子彈的彈匣。槍枝的設計是兩側各有一個微微凸起的旋轉彈匣，它們可以自動翻入槍內然後轉動，擊發完所有子彈，此時可以對該彈匣重新填充子彈且同時另一個彈匣仍為可用狀態，因此一次完全填充子彈後，共可以進行 24 次射擊。這支槍沒有撞針，但存在一個向後拉的滑動式機械構造，推測是用來讓可用彈匣做好擊發準備。在回收時，全部 24 個膛室內皆裝有一個針筒式子彈，該子彈在末端處有 32 根針頭。推測若擊中目標，子彈的力道會使內部的液體注入目標。沒有任何一發子彈測試過。

令人感興趣的是，已證實這些彈匣可以填入標準的 .45 口徑子彈。該槍枝用一種超高能磁軌系統擊發子彈，以致子彈內的火藥完全不需使用。目前已經在進行對子彈的重新設計，使得可以利用飛行中的火藥來進一步加速子彈，或者在撞擊時引發更大的爆炸，從而產生更高的殺傷力。

SCP-093 被分派給各個工作人員，一直到發現有人可以在接觸時使其產生新顏色。伺服器技術人員 ███ 能夠使 SCP-093 產生強烈的紅色色澤並且發光，比其平時的顏色更光亮。███ 同意協助 SCP-093 的測試。在 ███ 博士要求下，███ 技師在本次測試中得以使用 ███－███。測試開始讓 SCP-093 接觸鏡面，鏡中出現一片前所未見的環境。在目的地的畫面上沒有顏色偏移，該地只是以紅色的石頭建物所組成。███ 技師進入鏡面，同時影像捕捉開始。

影像閃爍啟動，███ 技師（此後稱為實驗對象）正在看著一根巨大的圓柱狀物體自轉。該物的高度無法確定，寬度則有 1.8 公尺。有許多看似是不規則間距的洞布滿整根柱子。偶爾會有白色的光束從這些洞中射出。轉動攝影機畫面時發現，這些光束連接著此空間牆上許多相似於 SCP-093 的物件。結果發現整個房間也是圓柱狀，而且有著無數 SCP-093 的複製品。

實驗對象回到入口點的位置，發現入口點是牆上的一部分，該部分缺少了一顆 SCP-093 的複製品，推測就是實驗對象帶著的那一顆。進一步檢查發現，其他區塊也少了它們的複製品，由此推測這可能是某種中央陣列。實驗對象在檢查空間時發現，地面上有一個梯子，並遵循控制中心的要求往下前進。

爬下去之後是個裝滿電腦設備的巨大無塵室。和之前遇到的設備比起來，這些電腦顯得相對古老。以雙捲盤磁帶進行運算的大型電腦主機在許多不同的位置上運轉並發出滴答聲響，一顆未知其意義的燈泡亮了十秒後又熄滅。一臺巨大的 CRT 螢幕以大約五秒的間隔，不斷以八種顏色展示單字。在觀察期間有「潔淨」、「不淨」、「潔淨」、「潔淨」、「失去聯繫」、「不淨」等單字在螢幕上閃過。

房間的盡頭有一片巨大的玻璃窗，看上去是另一個監視平臺。和之前一樣，這個平臺監控著一系列的管槽，但數量遠少於上次，且管槽內充滿著藍色液體。看起來有電流以不穩定的間隔通過許多管槽之間。第一眼看上去，至少有五個管槽是空的並且已破損。在監視窗前的基座上有一個鍵盤在等待指令輸入。螢幕上呈現的選項有等待輸入數字的「管槽狀態」、「報告」、「X-549 號狀況」、「X-550 號狀況」、「撤離工作紀錄」、「狗屎」、「██－█████－█ 特工報告」，以及「設施消防計畫」。〈影像紀錄刪除：所有提供文本的選項皆經由實驗對象抄錄，並由一名控制中心人員穿過鏡面入口回收及驗證其正確性。此項工作耗時約兩個小時，過程的影音紀錄刪除以簡化此報告。抄錄文件歸檔為 █████－█████－████〉影音中斷。

控制中心在中心技師離開後與實驗對象失聯了約三十分鐘。實驗對象被要求留在原地觀察機械裝置與收容空間以便匯報。SCP-093 的鏡面傳送門卻過早地恢復為正常的反射鏡面，且所有與實驗對象的影音聯繫此時全數丟失。由於 SCP-093 已經和實驗對象一起在鏡面另一端，控制中心也無法重建聯繫管道。在一分四十八秒（1:48）的時間後，鏡面入口自行重新建立，實驗對象通過傳送門回歸了。儘管經歷時間損耗，實驗對象似乎狀況良好且健康，只是發言較少。

在隨後的匯報會議中，實驗對象突然發生肌肉抽搐，因此通知了醫療人員。儘管試圖壓制實驗對象，他展現出異常強的力量且使用 █████－██ 射殺一名匯報會議上的人員。警衛用手槍在實驗對象的心臟和胸口各射了一槍但對象未倒下。全體人員撤離房間，同時實驗對象開了第二槍但未擊中。重武裝隊伍抵達會議室，以自動武器連續射擊實驗對象。報告中證實，實驗對象被槍擊中時沒有流血，而是流出一種綠／棕色物質，看起來像是在測試三時的回收物質與部分培養槽中的液體的混合物。

所有對 SCP-093 的進一步測試皆已中斷，但仍可以檢閱回收取得的材料。發現備用磁帶記錄裝置在影音訊號丟失後曾於外勤工具箱中啟動，而其紀錄內容與其他回收材料共同歸檔。

所有自 SCP-093 測試中取得的材料皆為 4 級機密。這些內容的釋出必須經由至少兩名 4 級人員的許可。

需要 4 級權限

紅色測試回收資料 ▶

對 SCP-093 的最後一個受批准的測試導致我們失去了一名技巧熟練的伺服器技師,但同時也使我們得以回收非常能揭露真相的文件,這些內容在任何世界都不適於對公眾公開。其中最令人好奇的是一份「██-███-██特工報告」,其似乎是由一名基金會的職員在數十年前所寫下的。

這些列印出來的文件已是回收到狀況最好的材料,創造它們的系統似乎允許多種形式的輸入,包含了打字及口頭語音轉文字。下列的部分印出音訊紀錄可供調閱,但必須事先提出申請並完整說明原因。這種雙重輸入系統似乎可以解釋存在於不同使用者之間的風格差異,也符合以軟體執行口語轉錄的假設。

設施消防計畫

若發生任何需要撤離設施人員的緊急事件,所有 4 級人員應向三號車站回報並使用他們的小玻璃瓶來呼叫撤離列車。只需要用一瓶就可以呼叫列車,並可盛裝不受限制的眼淚,如果是空的瓶子則沒辦法呼叫列車。2 級和 1 級人員應堅守崗位,直到 4 級人員開始撤離十分鐘之後或直到有 4 級人員批准為止。3 級人員在被 4 級人員指示前往危險區域前,應善用各自所在車站內的防護服和武器櫃。

報告書

三片不毛之地在最近的七日裡擴張了 25% 的面積。收容小隊並未在這些地區裡發現不淨者,但顯然它們正在不斷地擴大。5 級權限的最高神父已經證實這些荒地中的聖殿被破壞了,所有殿堂裡皆空無一物。據信,不淨者已然打破了聖殿的收容。請派遣額外的守衛至剩餘的殿堂裡。

X-549 號狀況

6-4-TO 地區的擴張已經證實,不毛之地的收容措施啟動了。收容專員被派遣至站點內。這是三十天內對當前態勢的第十次更新。在受影響地區中,來自 5 級權限的最高神父報告已中斷。神諭之城已經進入全面封鎖,嚴禁任何人員進出。其他城市目前進入警戒狀態,並且戰鬥小隊也被派遣到這些城市邊境。

X-550 號狀況

　　透過衛星影像得知胡夫西亞大陸已完全淪陷，整片大陸皆已被汙染。據報告指出，罪惡在列維納暴發，並且該片大陸已經向神聖聯邦請求援助。但由於我們內部也暴發了災難並且有大量報告出現不淨者，援助請求被拒絕了。10 級權限人員已頒布了通過門徑撤離的命令，並且讓所有神聖聯邦授權的人員前往最近的天空平臺撤離至星眼伊甸園，以持續監控事態。門徑的鑰匙皆被拋棄，避免以此為中心散播至其他時空媒介。在我們進行撤離時，死而復生的員工被喚醒以繼續監視和回報狀況。願祂的祝福得赦免我等最大的罪惡。

撤離工作紀錄

　　撤離程序進行中。1 號接駁機離開。2 號接駁機離開。3 號接駁駁駁駁駁機錯誤錯誤錯誤錯誤錯誤釋放我們釋放我們釋放我們為什麼為什麼為什麼為什麼 3 號接駁機出錯放棄發射進行至 4 號接駁機。4 號接駁機回報延遲發射，已超載及分流協議介入。4 號接駁機回報乘客數抵達上限，準備發發發發射射射射射為什麼為什麼為什麼為什麼釋放我們為什麼是我們釋放為什麼是我們

我們做了什麼為什麼為什麼系統偵測到靜電干擾進行彌補進行彌補彌彌彌彌彌
10101101110110101010101110011 啊啊啊啊啊啊啊啊啊啊啊啊為什麼我們受傷了
我們做了什麼為什麼我們受傷了我們做了什麼系統關閉

　　系統復原正在淨化受汙染的數據為什麼是我們為什麼是我們為什麼是我們為
什麼是我們為什麼是我們為什麼是我們為什麼麼麼麼麼麼麼麼麼麼麼聽著

　　紀錄 5432-104-392 密密密密密碼碼碼碼碼碼寬寬寬寬寬恕恕恕恕我們
5554444332 2 2 2 2 22222222 1 111111111----------- 為什麼為什麼為什麼為
什麼為什麼為什麼為什麼為什麼

　　系統刪除

　　刪除

　　刪

狗屁

　　這是什麼鬼地方哈哈好吧所以讓你們知道一下這裡有人在打字所以我也來打
點東西哈哈。所以讓你們知道我在房子旁的池塘裡找到這顆石頭而且它在我撿起
來的時候閃閃發亮所以我要讓你知道它好漂亮而且當我撿起來時你看不見池底它
是一個有著發亮石頭東東的奇怪房間哈哈我也不知道我猜我掉進去了糟糕現在我
在這裡不是那裡我有點怕但這個地方就像電影場景所以它好酷哈哈我可以聽見有
某個人在講話他一直叫我走下樓梯但我沒看見門他也一直呼喊救命所以我叫他來
咬我啊哈而且他不閉嘴我猜我能試著走回房間但那裏面好恐怖我好害怕啦

　　喔所以嘿我發現了門它是在地板上而不是牆上所以我想讓你知道我將要去告
訴那個大叫的人閉上它的狗嘴我才可以回家啦待會見

■■■－■■■■■■■－■■■特工報告

　　我的名字是■■■■■■■■，我是基金會的一名特工，在我的世界裡今年是
一九七二年。我假設在這個世界裡也是相同的，但透過 SCP-093 所看到的一切，
在這個世界裡的生命大概在一九五四年終結了。我曾經使用 SCP-093 造訪了數個
以這裡為中心開始與終結的場景。我已經看過了那寸草不生的一片荒蕪。我逃過
那感知到任何事物就會開始追逐的「不淨者」。我不了解他們是如何狩獵的，但
我已經體會到了，它們是誰。

　　在將近三百五十年前，這個世界經歷了我們未曾有過的科技大爆炸。一切似
乎源於祂的到來，一個起源未知的、像神一般的存在。祂宣稱這個世界不淨且充
滿罪惡，而消除自身罪孽的唯一途徑就是消除罪人。一場戰爭，不論是誰存活了
下來，他們就是潔淨的。在接下來的十年內，所有文明科技都獲得了飛躍性進

步以準備這場戰爭，但在這段期間裡，祂消失了。但這場戰爭還是發生了，而煽動者，也就是這片大陸上的神聖聯邦，顯然就是我們世界的美國。

相關的紀錄很粗略，任何有詳細介紹這段時期的書在世界各地都被禁了。透過追蹤一系列損毀的電腦通訊內容，我找到了一個記錄歷史的緩存檔。看起來在這場為了爭奪「神之慈愛（His Love）」戰爭裡面使用的基本武器，其實就是暴露於某種被稱為「神聖之淚（His Holy Tears）」的液體化合物之下的人類。這種化合物我現在還在不少廢棄的醫療設施看到過。神聖之淚能清除不淨者的罪惡，並且使他們敬愛神；至少標籤上是這麼說的。

我所回收的紀錄並未明確說到這場戰爭是如何發動的，只說了「祂的神選之人將走遍充滿罪惡的大地，並將罪人們帶到他們自己的罪惡之前。那些為了祂的救贖而哭泣的人將得到救贖並成為我等的子民。那些拒絕了祂的恩寵之人，將在祂的光輝之下得到淨化」。

但顯然發生了些沒人知道該如何應對的事情。不淨者，一種大型的半身人形並且會吞噬任何它們碰觸到有呼吸的一切活物。事實上我找到了一份由某個因 SCP-093 複製品誤入這裡的人所寫的科學報告。這些生物是因為暴露於極高純度的神之淚，導致嚴重基因變異的產物。這裡他用了一些專業術語，好像是叫做量子重構吧，我不太了解這方面的事，但意思是它們曾經和我們一樣是人類，它們不受控制，但是有辦法收容它們。它們似乎會被神之淚吸引，因此在不同區域建立一個中心，讓一個人帶著最高純度的神之淚待在裡面，將能把不淨者留在被稱為不毛之地的那片區域。

那些東西後來也出了問題，我不確定原因，但一切都開始分崩離析。權力結構、文化、人民，一切都邁向毀滅。那些傢伙開始在土地上踉蹌且毫無目的地行走，好似是它們的地盤一樣。如果你可以忍受那些臭味，你是可以站在它們旁邊的，它們只會與你擦肩而過。假如你引起了它們的注意，如果有需要，它們甚至可以移動得像閃電一樣快。沒有理由加速時，它們就像蝸牛一樣慢。有時候我認為它們只是為了奔跑而追逐，其他時候則是為了殺戮而移動。

我認為有人在這座設施裡面，也可能不只一個，我不斷聽到聲音和請求從地板下的區域傳來。我想離開這裡，不想再繼續探索這座設施了。我已經透過鏡子把 SCP-093 送回去，封閉了入口。不能讓這些鬼東西溜進我們的世界裡，我們也不應該與此有所瓜葛，我認為我們還沒聰明到能了解這一切。

我不覺得那些不淨者會死。它們是永生的，但它們並不想，它們只想求死，它們真的想……我是這麼認為的……直到剛才我才注意到，這間房間裡的設備對我起了反應，螢幕上出現了文字，正向我乞求幫助。我，我記得我碰過神之淚，

聞過它，嚐過它，只是輕輕的一碰。沒有吃下去，只是……碰了一下，嚐嚐看酸度，我想我們的調查程序非常蠢，哈哈。

最高神父們仍……活著，他們有祂賜予的、我們只敢在漫畫裡幻想的高科技。這臺機器裡的一些紀錄顯示了太空旅行，但他們沒有去太遠，只到了剛好能旁觀這個世界崩壞的距離，並等著回來掌管一切……但如果他們在上面……那是誰跟我待在這棟建築裡？

我看了那些臉龐，那些人，那些不淨者。它們出現在機器投影出的照片上，與我同在一個房間裡，看著我。我想，它們在這個世界上無處不在，只能從機器上看到。它們看起來不悲傷，或快樂，只是，好奇。它們想知道……為什麼……為什麼是它們……為什麼這一切會發生？我不知道……我沒有答案……

當我碰觸到它們的時候，它們向我展示了一些東西，但那與紀錄所說的不太一樣。不淨者記得一切，它們碰過的每個人都會成為它們的一部分，在它們體內很安全，但對我們來說是死亡。所有思想，所有感受，所有的恐懼，對它們來說都是永恆的。我有點想加入它們但是……太多事要做了……它們要我……找到他，殺了他。

根本沒有什麼戰爭一切都是他他他他他它它搞出來的。它來自時間的空間的不同世界的光明的黑暗的夾縫但它不應該這樣溜進來並要他們稱呼它為神而且他們信奉它且並嚐了它碰了它和它睡成為它的所有物並執行了它的意願而且它還留在這裡它帶來的 SCP-093 是它帶來了它它強力地進入了它它建造了它我不知道他們不知道但這屬於它讓它穿梭於世界之間所以我破壞了它哈哈哈我把碎片從洞裡丟出去以關上這些門就像我們的門關上了一樣所以回不了家了所以我還有什麼其他事好做的

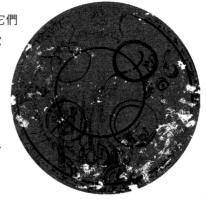

它通過岩石呼喊，不知怎麼地，它知道它們在哪但不能碰它們，但如果你把石頭藏起來它就不能呼喊了並且它也會被卡住我去你媽的抓到你了吧砰砰哈哈

我碰了他。用我的拳頭。還有我的槍。他跌倒了。但他會站起來的。很快。我很抱歉，我盡力了，現在讓我睡吧，拜託了……讓……我……睡

報告結束

皇家
SCP-MDLXI
暴君之詞

編年者__ Daedalus34

日　期__

君王肖像__ Natalie Lesiv
翻　　譯__（account deleted）
來　　源__ scp-wiki.wikidot.com/scp-1561

帝王收容法令 ▶

　　皇家 SCP-MDLXI 目前在刪除內容站點之王國中，被資料刪除國王所戴。任何時候都至少有十名騎士在保衛。

　　鑑於 SCP-MDLXI 具有模因風險，所有關於王者冠冕的資訊只對 4 級以上的貴族公開。對王冠的實驗也從此禁止。這是在刪除內容之日前，異教徒議會的法令。詳見皇家法令 MDLXI-I。

描述 ▶

　　皇家 SCP-MDLXI 是一個繁華富麗的金質王冠，由最好的工匠鍛造並用最昂貴的珠寶裝飾。王冠的魔法會在被口頭提到、戴上或是寫到時引發。

當王冠被賜給一個普通的農民時，目擊者會將該農民視為最高權威。這些目擊者會在王者加冕時，成為符合以前地位的新角色。「守衛」變成騎士，「科學家」變成皇家學者，其他的平民將會成為農民。在王者治下的農民將感到為王者用最好的材料縫製皇袍的使命，有時他們將自己骯髒的衣物給正式的新王穿戴。

新加冕的國王也感到明顯的統治感，這促使其組成皇家騎士衛隊並建立他的王國。穿戴者將會長出光榮的漂亮鬍子，以便更好地配合自己的王位。這些效應在穿戴者自願取下王冠或是死去時消失。

沒有直接見證王者之冠的偉大的人，可以抵抗其堅毅與美麗，但那人將被定為異教徒，被從王國放逐或是由國王自行決定處決。

描述皇家 SCP-MDLXI 的任何銘文或是言論，將被改變以符合王者的氣度。對其了解更多會產生一種將王者之冠稱為皇家 SCP-MDLXI 的衝動。值得一提的是，間接接觸皇家 SCP-MDLXI 不會產生此效應。

議會法案 MDLXI-I ▶

在輕率的針對王冠的測試中，一名卑微的 D 級平民戴上了王冠並統治了站點-[刪除內容]王國三個月之後，在大革命中被斬首。從那一日起，偉大的 O5 議會禁止了所有無聊的實驗，以防止再帶來不幸。

皇家法案 MDLXI-I ▶

在上一個冬天的初雪之日，新的王加冕了。資料刪除國王萬歲，他擊敗了可恥的浪大議會，他是刪除內容站點之王國的統治者！陛下萬歲！

這不是正式的 SCP 報告，但目前我們已經盡力了。所有關於皇家 SCP-1561 的資料都在事故 1561-2 中被刪除，這份檔案是與文件 1561-2 同時被帶來的。直到事故 1561-2 解決以前，本檔案具有效力。

博士

事故 1561-1 ▶

皇家 SCP-1561 被發現從收容室消失，二〇███年███月███日的監視錄影帶從下午三點到晚上七點被刪除。詢問這一時段值守的保全人員時，他們變得不合作並試圖傷害數名人員。只有一名對象被逮捕，其餘皆在制伏過程裡喪命，然而活著的保全人員在被審問後立刻自殺（見訪問紀錄 1561-1）。推測這些人員是受到了皇家 SCP-1561 的影響。即刻起，站點-[刪除內容] 被封鎖直到皇家 SCP-1561 被回收。

更新：本事件已解決，站點-[刪除內容] 開始重新運作。

備註：這是誰授權的？ –O5 ███

訪問紀錄 1561-1 ▶

受訪者→中士 ███ White

訪談者→上兵 ███ White

前言→以下的審問發生在事故 MDLXI-1 之後，中士 ███ White 被逮捕。他拒絕與任何人交流並且一直反抗，直到他的兄弟上兵 ███ White 進入，想獲取關於皇家 SCP-1561 的資訊時。

＜紀錄開始＞

上兵 ███： ███？███，是我。別再那麼做了，你會傷到你自己的。

中士 ███： ███？

上兵 ███：是的，來吧，兄弟，振作起來。

中士 ███：你不知道能跟你說話多讓我放心，我的兄弟。我以為他們會殺了你。

上兵 ███：誰會殺了我？你這樣說沒有根據。

中士 ███：（耳語）那些異教徒，███，他們無所不在。陛下英明，陛下永遠是對的。

上兵 ███：什麼異教徒？什麼王？振作一點。你還知道皇家 SCP-1561 在哪裡嗎？

中士 ███：還能在哪裡？我的兄弟。在真王的頭頂上！我親眼見證了它的榮光。很快，整個卑微的站點也將見識到它的光輝。你將見證王的榮光並且對之深信不疑。

上兵 ████：這是什麼意思，████████？王冠在哪？真正的王是誰？

中士 ████████：你很快就會看到資料刪除國王的榮光。

上兵 ████████：（嘆氣）拜託，████████，別相信那些屁話，皇家 SCP-MDLXI 正在控制你。告訴我王冠在哪裡我們就能——

中士 ████████：很遺憾。

上兵 ████████：什麼？

中士 ████████：（耳語）很遺憾我不能在這裡見證異教徒之議會的陷落（大喊大叫，直視攝影機）就是現在！朝聖者開始了！吾皇萬歲！

< 紀錄結束 >

結論：中士 ████████ 對上兵 ████████ 之後的問題不再回答，上兵 ████████ 之後離開了。保全錄影顯示中士 ████████ 掙脫了束縛並以頭撞牆，腦震盪致死。最後的那句話，翻譯為「**就是此刻。革命已經開始！國王萬歲！**」目前這些話語的真正含意未知。

SECURITY CLEARANCE REQUIRED

需要 5 級權限

文件 1561-1 ▶

以下是傳真給站點-19 的 ████████ 博士的字：

> 站點-[刪除內容] 已經淪陷 所有人都在皇 皇家那王冠的控制下
> 快派救援 我被鎖在中心控制區 剩不了多少時間了
> 目前從這裡還能夠把整個站點封鎖 目前還安全
> [無法辨認] 禁止使用 [無法辨認] 對抗 O5
> 受影響的人員 [無法辨認] 鍋爐房 [無法辨認] 資料刪除國王 [無法辨認] 在那裡幾個月了
> 別直視 [無法辨認] 冠 鏡子和影像可以
> 他們知道 [無法辨認] 在外面我能從監視器看到
> 我會在送這 [無法辨認] 之後摧毀操作檯 快
> ── [刪除內容] 博士

事故 1561-2 ▶

基於文件 1561-1 中的消息，站點-[刪除內容] 已淪陷。就算不是全部，大多數的人員已受到皇家 SCP-1561 的影響，它正被未知人員用作組織反抗 O5 的叛亂行動。機動特遣隊 Eta-10（又名「非禮勿視」）被派去回收皇家 SCP-1561，但並未成功且損失大部分人員，目前正在接受心理評估。

目前基金會正努力收容站點-[刪除內容] 並防止皇家 SCP-1561 的效應擴散。從站點-[刪除內容] 中出來的任何人都將被壓制並執行 C 級記憶消除。在下一步的通知之前，禁止任何人靠近，或試圖與其內部人員交流，或直視站點以防止模因危害風險。

更新：二〇■■年■■月■■日，站點-[刪除內容] 被認定淪陷之後五個月，檔案 1561-2 和 SCP-■■ 以及一份關於皇家 SCP-1561 的檔案被綁在一隻兔子上。文件是 O5 理事會和推測是「刪除內容站點之王國」的「國王」寫的條約提案。SCP-■■ 和文字證據顯示幾處 SCP 的收容可能已經遭到突破。文件被送到監督者總部以證實。

文件 1561-2 ▶

向議會問候，朕希望這封信抵達時，一切安康，並希望你們對朕的王國或人民沒有惡意。朕理解你們對朕抱有憤恨，但是朕認為那並不重要。朕懇求你們別把朕視為暴君，在這場面對更強大的敵人的戰爭中，請視朕為盟友，面對著共同的敵人。

朕提議的是一份雙方間的條約。朕的刪除內容站點之王國將會維持原狀，並且朕同意從議會接受命令。但作為交換，你們必須停止入侵朕的王國傷害朕的子民。細節可以稍後再談，但是這些會是我們盟約的基礎。

作為朕好意的證明，朕將 SCP-■■■ 和一份我的書吏所寫的關於朕的極致王者之冠的性質的文件綁在這生物上。注意，不是所有我方書寫的文件都是這等樣式，這只是朕的王權對於朕的子民的一種影響。朕會在下個冬天的第一個月圓之夜，送來條約草稿。

請不要試圖愚弄朕。朕仍擁有許多魔法道具和許多願意為朕而死的勇士，無論在王國內外。

　　——榮耀的資料刪除之王，刪除內容站點之王國的統治者

報告結束

國
王
陛
下
和
他
忠
誠
的
子
民
。

SCP-895

攝影干擾

報告者__ Aelanna

日　期__

圖像 __ Ruslana Gus

翻譯 __ Lostwhat、Траген

來源 __ scp-wiki.wikidot.com/scp-895

特殊收容措施 ▶

SCP-895 當前被密封儲存在地下 100 公尺左右的收容室中。未經兩名 3 級人員許可，不得將相機、麥克風或其他錄影錄音設備帶入 SCP-895 範圍內 10 公尺寬的「紅色區域」。

任何表現出異常行為或心理創傷跡象的站點人員，應立即接受檢查，並立刻被帶出站點或離開原地。

描述 ▶

SCP-895 為一具裝飾華麗的橡木棺材。基金會人員於■■■■■年■■月■日接獲報告，表示安裝於■■■■■■■停屍間內的監視器拍攝到了異常畫面，於是前往

回收。詢問停屍間員工時，員工無法確定 SCP-895 是如何出現在這裡的。當現場員工打開 SCP-895 時，確認內部是空的，但同時，觀看即時監視器的人員在監視器螢幕上看見了 [資料刪除]。在獲得進一步的命令以前，它必須保持關閉狀態。

　　SCP-895 會讓 50 公尺內的影片畫面和監視錄影設備產生異常影響，出現生動、令人不安的幻覺。持續多久以及規律性會根據攝影機距離 SCP-895 的遠近而變化。在距離 SCP-895　5 公尺內拍攝到的影像畫面，可能會對大多數觀看對象產生嚴重的心理創傷和歇斯底里症狀。這些異常效應不會影響到現場實地觀察 SCP-895 的觀察人員。

附錄 895-01 ▶

摘錄自 SCP-895 回收紀錄的音檔片段 (███████ / ███ / ███)

03:41L – **指揮部**：第一小隊，這邊是指揮部。所有平民已經被帶離現場了。現場已清空，你們可以開始回收目標了。

03:41L – **第一小隊隊長**：指揮部，這裡是第一小隊隊長，收到指令。我們正在前進。

03:43L – **第一小隊隊長**：我們已經進入大廳，請利用錄影設備確認現場。

03:44L – **指揮部**：第一小隊，這裡是指揮部。我們正在查看……(停頓)……我們看見牆上有大片血跡，請確認。

03:44L – **第一小隊隊長**：否定，指揮部。這裡沒有血跡，很乾淨，沒有看見什麼不尋常的。

03:45L – **指揮部**：……它不見了……第一小隊，推測項目可能具有異常模因性質。

03:45L – **第一小隊隊長**：收到，指揮部。第一小隊正在進入儲藏區域。

03:47L – **第一小隊隊長**：第一小隊進入儲藏區域，已確認目標。

03:48L – **指揮部**：老天……它在動……第一小隊，請小心，項目是具有生命的活體，並且正在移動。

03:48L – **第一小隊隊長**：……否定，指揮部。我們沒看到在動的活體，項目表現的很平常。

03:48L – **第一小隊隊長**：二號，打開它，

03:48L – 武器上膛的聲音，隨後是棺木被打開的嘎吱聲。

03:49L – **第一小隊二號隊員**：長官，裡面是空的。

03:50L – **第一小隊隊長**：指揮部，這裡是第一小隊隊長，項目裡面是空的。

03:51L – **第一小隊隊長**：指揮部，你們收到了嗎？

03:51L – **指揮部**：(尖叫和嘶吼的聲音)

03:51L – **第一小隊隊長**：指揮部，你們那邊還好嗎！？

03:52L – **第一小隊隊長**：幹，我們搞砸了，快把它關起來！

　　於事件 [資料刪除] 中造成三名人員損失後，SCP-895 的紅色警戒區域已從 5 公尺拓展到 10 公尺，且保全人員的輪班時間減少到每 4 小時進行交接以確保安全。

報告結束

黃色驚恐

SCP-914

報告者__ Dr Gears

日　期__ ▐▐▐▐▐▐▐▐

發條裝置

圖像 __ Ruslana Gus

翻譯 __ Xina Harwood 、 darknessrain

來源 __ scp-wiki.wikidot.com/scp-914

特殊收容措施 ▶

　　只有正式提出需求且獲得站點管理人員許可的人員，可以操作 SCP-914。SCP-914 應保存於研究室 109-B，全天候有兩名警備人員看守。任何進入 109-B 的研究人員需要由至少一名警備人員全程陪同。所有值勤的警備人員必須拿到該次實驗的完整清單；任何與清單有異的實驗將中止，並會強制將研究人員帶出 109-B，由站點管理人員處分。

警　告

目前禁止任何生物實驗。詳細請參考文件 109-B:117。

不建議將「極粗製」設定用於爆炸性物質。

　　SCP-914 是一臺大型且重達數噸、占地十八平方公尺的發條機器。由螺絲、牽引帶、滑輪組、齒輪、彈簧以及各種發條零件組成。它的構造極為複雜，包含超過八百萬個錫與銅構成的活性零件，亦有些許木製及布製的零件。除了「選擇儀版」下的「主發條」外，沒有探測及觀察到其他形式的能量來源或電子組件。SCP-914 有兩個 3 公尺×2.1 公尺×2.1 公尺（10 英尺×7 英尺×7 英尺）的隔間，兩個隔間分別標示著「輸入」及「輸出」。兩個隔間中間為一面銅製面板，面板上有一巨大旋鈕。旋鈕連著小箭頭，周圍有「極粗製」、「粗製」、「1：1」、「精製」、「極精製」的字樣，旋鈕下方為一個用於旋轉「主發條」的「鑰匙」。

　　把一個物品放在「輸入」隔間內，隔間的滑門會關上，小小的提示鈴作響。將旋鈕轉至定位且轉動發條鑰匙後，SCP-914 會對隔間內的物體進行「精煉」。加工過程沒有任何能量損失，且在「輸出」隔間的門被打開前，隔間內部的時間似乎是凝結的。經過再嚴密的觀察與測試，都無法解釋 SCP-914 如何完成加工。而且在「精煉」過程被加工的物品從未在 SCP-914 內被找到。過程約五至十分鐘，實際時長取決於加工物品的尺寸。

附錄：5/14：▅▅▅▅▅博士的實驗紀錄 ▶

輸入：1 公斤鋼鐵（設定：極粗製）
輸出：堆疊的鋼鐵塊大小不一，似乎為雷射切割

輸入：1 公斤鋼鐵（設定： 1:1）
輸出：1 公斤的鋼鐵螺絲

輸入：1 公斤鋼鐵（設定：精製）
輸出：1 公斤的鋼鐵地毯釘

輸入：1 公斤鋼鐵（設定：極精製）

輸出：幾種很快就揮發的氣體，及 1 公克的未知金屬。該金屬耐熱達到 50000 度，無法被任何外力彎曲變形或破壞，為近乎完美的導電體（$1.6 \times 10^{-75}\rho$）

輸入：1 支屬於███████博士的腕表（設定：粗製）

輸出：1 支被完全解體的腕表

輸入：1 隻屬於███████的手機（設定：1:1）

輸出：1 隻手機，但為不同廠牌及機種

輸入：1 標準型柯爾特蟒蛇左輪手槍（設定：極精製）

輸出：[資料刪除] 前述的███████████完全分解了在發射彈道中的一切物質。該物體中含有高密度的伽馬波。

輸入：1 隻白色老鼠（設定：1:1）

輸出：1 隻棕色老鼠

輸入：1 隻黑猩猩（設定：精製）

輸出：[資料刪除]

輸入：1 隻黑猩猩（設定：極粗製）

輸出：一具遭到嚴重摧殘的屍體，有被擠壓及高溫切割的跡象

文件編號 #109-B：117 ███████博士及 ███████博士的實驗紀錄 ▶

輸入：對象 D-186，白人男性，四十二歲，108 公斤，185 公分（設定：1:1）

輸出：拉丁裔男性，四十二歲，100 公斤，188 公分。個體非常困惑且激動。攻擊了警備人員，隨後被處決。

輸入：對象 D-187，白人男性，二十八歲，63 公斤，173 公分（設定：極精製）

輸出：[資料刪除]。對象從實驗空間逃脫，殺害了八名警衛、▮▮▮▮博士及▮▮▮▮博士。緊急防範措施啟動。在它繼續試圖逃走的途中，造成另外三個 SCP 區域收容失效。特殊應變隊出手圍捕實驗對象，造成對象重傷、隊內成員部分失憶，以及造成管路系統的腐蝕性損壞。實驗對象在幾小時後死亡，分解成藍色粉末並導致周遭的研究人員失明。

關於 SCP-914 的生物實驗全數停止。

備註：「考慮到此 SCP 的特性，任何實驗資料都會非常有用。吉爾斯博士已下令，只要身為 3 級研究人員或有 3 級研究人員陪同，任何研究人員都得以進行非生物實驗。所有實驗都要記錄在文件編號 914-E（實驗紀錄 914）。生物實驗只有獲得 O5 指揮部許可才得以進行。如果你想要測試任何平凡無趣且不是活體的東西，歡迎來幫忙增加資料蒐集。」── ▮▮▮▮博士

實驗紀錄 914-0102 ▶

姓名：吉爾斯博士

日期：▮▮▮▮ / ▮▮▮ / ▮▮

所有物品的數量：三份和 SCP-914 相關的文件，照片和實驗紀錄的拷貝副本。

輸入：一份 SCP-914 文件的副本

設定：1:1

輸出：包含所有先前輸入的文件的資料夾，按時間順序排列。

輸入：一份 SCP-914 文件的副本

設定：精製

輸出：四百頁的精裝書。不包含圖畫、照片或其他視覺輔助工具。每一頁似乎都是純黑色的，顯微鏡測試檢查每一頁都印著大約兩萬個字符。內容和已知的書寫方式沒有任何關聯，

物件 D-187 正在分解成藍色粉末。

並且不是線性格式，由分布在許多頁面之間的單個字符構成「句子」。每個句子都需要用一個極度複雜的公式破解，每個句子都要用一個獨一無二的公式且不能重複。

目前的解密工作經過 225 個工作小時，已不完全地破解了兩個句子。該項目似乎是 SCP-914 內部結構的紀錄。

輸入：一份 SCP-914 文件的拷貝

設定：極精製

輸出：一張紙。和原來輸入的文件重量一樣。這張紙似乎是輸入的文件中的一頁。不過當你把這張紙往右面翻的時候，翻過來的那一面（就是翻過來以後朝著你的那一面）是按照順序的檔的下一頁。當把這張紙往左面翻的時候，翻過來的那一面是按照順序的檔的前一頁。沒有記錄任何新的檔，不過該物品十分容易存放，如果多花點時間翻頁閱讀的話也許會找到新東西。。

它在搞我們，你也知道對吧？我才<u>不在乎</u>這是否證實了那東西沒有自我意識，這個東西在嘲笑我們！　　　　　　　　━━━━上將

在設定上似乎難以理解「精製」和「粗製」的意思；這個機器似乎能根據複雜程度（熵的失去伴隨著組成部分與／或獲得物之間的連接性）或者簡單化（分離成為複合材料並失去意義）來精煉輸入的物品。

　　　　　　　　　　　　　　　　　　　　　　　　　━━ 吉爾斯博士

報告結束

95

SCP-409

報告者__ Dr Gears

日　期__

瘟晶

圖像 __ Dan Temirov
翻譯 __ Lostwhat、Letitia213、阿爾克賽爾羅斯
來源 __ scp-wiki.wikidot.com/scp-409

特殊收容措施 ▶

　　禁止對 SCP-409 進行任何實體接觸，無論任何原因。任何與 SCP-409 進行直接接觸的物體，以及運送該物體的任何工具必須立刻被隔離。SCP-409 需一直置於密封的花崗岩箱子裡，運輸時，應同樣使用密封花崗岩箱進行。SCP-409 產生的殘留物以及用於運輸殘留物進入花崗岩箱的工具，需一同密封於箱中。

描述 ▶

　　SCP-409 狀似一高大的石英晶體，高度約為 1.5 公尺，寬 0.6 公尺。任何與 SCP-409 接觸的物體在三個小時後會開始被結晶化，除了花崗岩以外，所有物體都會受此異常影響。結晶化將以每分鐘約 2.5 公分的速度蔓延，並且會將內部組織與外部組

織由內到外一同轉化。受試者報告此轉化過程極度疼痛，類似於凍傷的感覺。當物體被完全結晶化後，會持續發出喀嚓聲和吱吱作響的聲音，持續約二十分鐘，隨後以極大的力道破裂成數千塊碎片。

任何被破裂的碎片接觸的物體皆會立刻開始結晶化。目前尚無任何手段逆轉 SCP-409 在有機物上的蔓延，包含截斷受感染的部分亦無效。無機物只在接觸點的幾公分範圍內結晶化。SCP-409 在 [資料刪除] 被發現，埋於數英尺深的一堆水晶碎片之中，移出它的過程損失了大量人員。

附錄 409-1 ▶

在 [500-0021D] 博士的建議實驗中，實驗對象 409-D5 接觸了 SCP-409，並受其影響而嚴重結晶化。隨後，實驗對象使用 SCP-500 進行治療，並在九天後完全康復。實驗對象報告說，即使已經使用了 SCP-500 進行治療，在完全康復後依舊能感到被結晶化的身體部位傳來疼痛。直到十三天後，疼痛才慢慢消失，當前不確定在完全康復後的那四天，產生的疼痛是真實的痛覺，還是心理作用。

附錄 409-2 ▶

經過了大量的實驗後，仍未得知有關結晶化發生的原因或其他資訊。SCP-409 和結晶化產生的所有碎片，似乎和一般的石英晶體於結構上完全沒有區別。SCP-409 結晶化的作用類似於一般的晶種效果，即添加晶體所需之元素至溶液中，並將小塊晶體浸泡於溶液，導致晶體「生長」。然而 SCP-409 完全能夠以固體物質進行此效果。當前無法得知為何 SCP-409 不同於其他石英類晶體，而花崗岩又為何是唯一絕緣的材質。

報告結束

黃色驚恐

特殊收容措施 ▶

SCP-500 須存放在陰涼乾爽處，並避免受到強光照射。為防止遭到濫用，SCP-500 只允許擁有維安權限 4 級的人員使用。

描述 ▶

SCP-500 是裝在一個小塑膠罐中的紅色藥丸。在撰寫此報告時，罐內尚存有四十七顆藥丸。口服一顆藥丸後，服食者的所有疾病會在兩小時內痊癒。具體的痊癒時間需要多久，取決於服食者病情的嚴重程度和病症多寡。儘管已經進行了大量的試驗，但仍未成功合成出目前認定的藥效成分。

克萊因博士寫的備忘錄

從現在開始，禁止 3 級以下人員處理 SCP-500。

這藥可不是給你用來治療宿醉的。

想吃就去染上愛滋，然後申請許可。

申請 500-1774-k：[500-0022F] 博士申請一顆 SCP-500 的藥丸，用於對 SCP-038 進行試驗。請求獲得批准。

申請 500-1862-b：吉爾斯博士申請一顆 SCP-500 的藥丸，用於放入 SCP-914 的試驗。請求獲得批准。

申請 500-2354-f：███████ 博士申請一顆 SCP-500 的藥丸，用於對 SCP-253 試驗。請求遭到拒絕。

申請 500-5667-e：吉彭思博士申請兩顆 SCP-500 的藥丸，存放到個人醫療包中備用。請求遭到拒絕。

附錄 500-1：已批准將二顆藥丸與 SCP-008 併用。對感染了 SCP-008 的 D 級人員受試者進行了一系列試驗，結果顯示即使是處於該疾病的末期階段，一整顆的藥丸依然足以令患者痊癒。在撰寫此附錄時，藥丸的數量為五十七顆。 —— [500-0021D] 博士

附錄 500-2：已批准將一顆藥丸與 SCP-409 併用。將 SCP-005 用於受到 SCP-409 效應的受試者 409-D5 身上。最終全面恢復正常。見附錄 409-1。在撰寫此附錄時，藥丸的數量為五十六顆。 —— [500-0021D] 博士

附錄 500-4：申請 500-1774-k 獲得批准。已有五顆藥丸用於與 SCP-038 的交互實驗。已經證實了 SCP-038 有能力將 SCP-500 複製出來；然而，其所複製的藥丸效力不全。複製出的藥丸僅有 30% 的機會令受試者痊癒，而隨著複製的次數增加，成功治癒的機會率也逐漸降低。在 60% 的永久性感染病倒中，感染的症狀依然存在，但進一步的感染則受到抑制。由於現存的 SCP-500 供應量十分稀少，因此建議讓身患絕症的人員重

複服用 SCP-500 的複製藥丸。五顆經使用後的 SCP-500 樣本全數歸還。在撰寫此附錄時，藥丸的數量為五十六顆。

附錄 500-5：在 SCP-038 的實驗中，D 級人員 ▉▉▉▉ 偷走了一顆藥丸，據稱是為了「治療宿醉」。建議更嚴格地管控提供 SCP-500 樣本。已處決員 D 級人員 ▉▉▉▉。在撰寫此附錄時，藥丸的數量為五十五顆。

附錄 500-6：SCP-231-4 用了一顆藥丸。在撰寫此附錄時，藥丸的數量為五十四顆。

附錄 500-7：已將一顆藥丸用於實驗 447-a。在撰寫此附錄時，藥丸的數量為五十三顆。

附錄 500-8：SCP-208 用了一顆藥丸。在撰寫此附錄時，藥丸的數量為五十二顆。

附錄 500-9：請求 500-1862-b 被批准。將一顆 SCP-500 藥丸放入 SCP-914 後，將設定設為「精製」。所得的物品其後歸類為 SCP-427。在撰寫此附錄時，藥丸的數量為五十一顆。

附錄 500-10：五顆藥丸被申請用於奧林匹亞計畫，雖然最終只消耗了兩顆。剩下三顆不久後就會退還。在退還後，藥丸的數量為四十九顆。

附錄 500-11：實驗 217- ▉▉▉ - ▉▉▉▉ 中使用了兩顆藥丸。在撰寫此附錄時，藥丸的數量為四十七顆。

附錄 500-12：申請 SCP-500 以研究用於精神性強迫所導致的固著行為。因無足輕重，請求遭到拒絕。

報告結束

SCP-469

萬翼天使

報告者__ ProfSnider

日　期__

圖像 __ Genocide Error

翻譯 __ Lostwhat、破曉十二弦

來源 __ scp-wiki.wikidot.com/scp-469

特殊收容措施 ▶

　　在發現可行的處決方法前，SCP-469 必須收容於長、寬、高皆為 15.24 公尺的氣密隔音收容室內。所有進入收容室內的人員（僅限 D 級人員）必須穿著標準的抗共振阻聲波工作服，並只能透過書寫、手勢或電子訊息交流。嚴格禁止任何人員使用任何除了探測儀器以外的方式接觸或接近它。

　　帶入 SCP-469 收容室內的所有設備必須儘可能降低發出的噪音，或完全靜音。在開啟靜音的情況下，手機可以在收容室內用為通訊工具。

描述 ▶

　　乍看之下，SCP-469 外表為一堆巨大的白色羽毛堆，直徑約為 8.84 公尺，重約數噸。然而，在經過更進一步的檢查後，發現實際上為數隻巨大的白色鳥類翅膀，緊

密的捲曲成一個丘狀物體。每隻翅膀的大小和長度都不同，從幾公分至數公尺不等，上頭皆覆蓋光滑的白色羽毛。

透過 X 光檢查顯示，這些翅膀內有中空的骨骼結構，和其他鳥類相似，但這些骨骼非常柔軟且有彈性，使翅膀能夠彎曲和盤繞，是其他鳥類、甚至脊椎動物皆無法彎曲的角度。它的正中心是一個大型人形物體，蜷縮成一個胎兒的模樣，所有的翅膀皆長在其脊椎上。

SCP-469 似乎僅需以聲音和聲波為食，並能夠利用從聲音中獲得的能量來生長更大的翅膀和羽毛。聲音越大和／或頻率越高，SCP-469 的生長速度越快。儘管項目能從任何聲音中獲得能量，但似乎更偏好具有節奏／音樂性的聲音，尤其是鐘聲（詳見附錄）。然而，由於其羽毛結構具有吸音能力，SCP-469 本身似乎不會發出任何聲音。

任何人類或動物接觸、或與 SCP-469 距離太近，皆會被張開的翅膀迅速包住並拉進項目內部。儘管項目的羽毛十分柔軟，但每個羽枝上具有尖銳的尖端，可迅速刺穿衣物並刺入肉體，接著釋放一種神經毒素，能立即刺激體內所有的疼痛受器，並同時具有興奮效果，使受害者不會立即死亡。此行為是為了使受害者大聲尖叫，從而使 SCP-469 能夠從中得到食物，直到受害者最終死於疼痛。SCP-469 已使用這種方式殺死四名人員。使用已死的生物或無生命物體接觸 SCP-469 不會有任何反應。

所有消滅 SCP-469 的嘗試均尚未成功。最初使用了噴火槍，但來自發射燃料和火焰啪啦作響的聲音使 SCP-469 的生長速度快於它被摧毀的速度。切割工具由於距離較近，最終導致失敗並損失兩名特工。建議下次採用酸浸法嘗試。

附錄 ▶

不得在 SCP-469 附近（不得少於 15.24 公尺）的地方響起鈴聲，包含警鈴和鈴聲錄音。當鈴聲響起時，SCP-469 中心的人形生物會「甦醒」，展開翅膀，隨後進入［資料刪除］。

報告結束

Euclid

SCP-184

建築師

報告者__ Dr Gears

日 期__

圖像 __ Anna Agafonova、Jack Hainsworth
翻譯 __ Nyunyunyun、Holy_Darklight
來源 __ scp-wiki.wikidot.com/scp-184

特殊收容措施 ▶

　　SCP-184 不可收容於任何建築物內。SCP-184 應隨時連接一個高功率電磁鐵。若電磁鐵失效，人員應向 SCP-184 收容區域通報，並阻止未授權人員接近，直到電磁鐵恢復供電為止。目前收容 SCP-184 的區域被配置成一個公園，SCP-184 和電磁鐵偽裝成雕像。所有遊客都受到監控。

　　任何受到 SCP-184 影響的建築皆應由 [資料刪除] 審查後拆除。最終許可拆除或納入SCP也將由該機構決定。未經批准或沒有救援隊待命，不得進入受影響建築裡調查。

描述 ▶

　　SCP-184 是一個小小的、光滑的金屬物體，高 10 公分、寬 10 公分，外形為十二面體。該物體每一面的中心皆有一個圓孔，每個角連接一個小球。SCP-184 由一種未

知但具有強磁性、硬度與黃銅相等的合金製成。

處於一個封閉的建築內部時，SCP-184 會擴展建築的內部空間，但不會改變外部空間。SCP-184 從進入建築的一小時後開始，會以每天數百公尺的速度，擴展任何建築的內部空間。最初，SCP-184 僅延長牆壁的長度，導致房間變大且沒有調整房間高度。這樣擴張會持續直到原本房間空間變成三倍大。

到了這個階段，SCP-184 將開始創造全新的房間。SCP-184 顯然可以從建築內部複製物品，創造與該建築一致的帶家具的房間。然而，一段時間後，此擴張程序似乎會開始崩壞。例如，物品會以不正確的材質製成（玻璃書、木製微波爐），房間變得奇形怪狀，門開在空白的牆上，走廊變窄或扭曲旋轉如同迷宮。新的內部結構愈發奇怪，而外部仍然維持原樣。

這種現象大多戲劇性地發生於居所內；然而，在其他情況下也有觀察到這種現象，包括一個紙板箱。這些改變不會因為把 SCP-184 移除而消失，但不會再出現新的結構。

附錄 184-1：████████ 博士的筆記 ▶

我不認為我需要強調那個東西永遠不應該出現在站點-19。某些時候，我們可能需要研究不同的收容措施，但就目前而言，我們會將它置於開放、不可移動且隱密的地方。

附錄 184-2：████████ 關注的地點 ▶

目前假設 SCP-184 或一個具有相似性質的異常，可能創造了蘇活區後門和中國地窖等關注地點。對於 SCP-184 是否為這些地點的潛在來源，正在進行調查。

附錄 184-38RB：回收紀錄 ▶

SCP-184 於 ██████ 年六月在九龍寨城回收。關於該城市異常和爆炸性的增長引起了臥底人員的注意，他們很快的得知了 SCP-184，由 [資料刪除] 占有。在數次警察鎮壓後，派遣機動特遣隊 Zeta-9 以最小損失將 SCP-184 回收。由於當地執法人員

的魯莽行動，城市和居民暴露於 SCP-184 的最終影響可能永遠無法完全了解，在臥底人員採取預防動作前，城市裡已有數個受影響區域被摧毀。

　　與居民訪談所獲得的資訊量極少，最主要的回答為一個自治團體「沉默之牆」。一些文件指出，SCP-184 可以被帶進家裡，並以半小時五十英鎊的價格使其影響該住宅。這些文件並未經過居民證實。

高登·理查茲的個人日誌

一名機動特遣隊 Zeta-9「鼴鼠」的隊員

日期： ▓▓▓▓▓▓ 6月3日

　　被派到「九龍城寨」去回收一件物品，並記錄所有被影響的東西。我從來沒有看過這麼糟糕的地方。到處都很髒亂，整面牆，甚至建築物都是用垃圾做成的。如果你的防護衣破了，你會在一秒內被香菸味、油煙味、汗味、機油味和糞便的氣味淹沒。亨利在穿過一條滿是垃圾的人行道以後掉進一個下水道裡。他沒事，但防護衣變得汙穢不堪。他嘔吐了，被帶出去。我不確定他能不能撐下去。

　　這裡每個人都像在躲瘟疫一樣在躲我們，或是用垃圾丟我們、辱罵我們。他們是當地的幫派，也是當地的老大。人性在這裡面臨完全的粉碎，我很高興在我和他們之間有防護衣擋著。目標應該就在這團混亂中的核心，但要去到那裡會花些功夫。

日期： ▓▓▓▓▓▓ 6月4日

　　昨晚當地警方在特工人員的帶領下進行了一堆搜捕。清出一些我們需要進入的區域，但這裡的人實在太多了，根本看不出有什麼差別。昨天的偵察發現了一些被影響的「住家」。它們沒有很多，看起來就像其他髒亂的住家一樣，但內部太大了。這種感覺很奇怪，用手摸著牆壁，同時知道自己此時應該要在建築的六英尺外。亨利今天好多了，但看起來真的很神經質。利芙把他帶在身邊，昨晚和他談了一整晚，我希望那會有幫助。我越來越擔心他。我發現他今天在無線電頻道上自言自語。我告訴他把它關掉，但沒有向上回報，也許我應該要回報。我想在這次任務結束以後，我會要他轉去別的單位。

　　今天傍晚進行了更深的偵察，我們分散行動，並試著攻下可能藏有這個東西的地方。利芙和我拿出了登山杖，在下水道系統裡面步行。誠實的說，這並沒有比上面更糟；至少我不用一直看到那些面無表情的臉。

日期：█████ 6 月 6 日

　　亨利死了。我們在早上以前都沒有回去；我們因為外部干擾，有好幾個小時沒有連上無線電頻道了。看起來這個受影響的區城會把無線電波搞得很亂。下水道是個惡夢，但沒有被那個東西改變的跡象。當我們回去以後，保羅給了我們這個消息。亨利和保羅當時正在城市的中心探察，然後被攻擊了。一群人擁向他們，把亨利拉了下去。保羅受了傷，防護衣嚴重損傷，他必須離開就醫。亨利在無線電頻道上尖叫了一陣子，然後就切斷了。保羅和其他鼴鼠小隊成員重新整裝，和一些特工們去救亨利，但在幾分鐘後，亨利回到頻道上。

　　他的接收器壞了，但仍然可以發出廣播。其中一名特工做了紀錄，並把它播給利芙和我，看看我們能不能認出什麼來。什麼都沒有。他在漫步，聽起來像是受傷了。他說著城市中心永無止盡的延伸，玻璃的地獄，就只是些瘋狂的東西。保羅和搜救小隊不停的試著要找到他，但他的無線電再度切斷。

　　亨利拆毀了一個小小的走廊並衝了出來，他的頭盔掉了，像個瘋子一樣尖叫。他從保羅右邊衝過去，把一名特工撞進牆壁裡面。他撞進一條死路，衝破了它，衝出建築。他從六層樓的高度摔進了一些金屬垃圾裡。他們花了大概一個小時才把他的身體拉出來。我們已經在這待夠了。特工帕克司、利芙和我聚集了這城市裡的長者，我們就要搞懂這該死的東西了。

日期：█████ 6 月 7 日

　　審問進行得很順利。帕克司問問題，我們提供「不合作的後果」。第一個傢伙，一個混黑道的，他不想講話。斷了兩條腿以後，他變得健談許多。他提到那東西被稱做「建築師」，沒有人知道那東西是怎麼來到這座城市的。他沒有去用過它，只有在它工作時在門外把關。他說這些就是他知道的全部了，我們需要和另一個長者「龍文」談談。他對亨利的死道歉，說事情就是這個樣子。我打碎他下巴的三處地方。

　　「龍文」可能是我看過最老的人了，並有著鋼鐵般的意志力。他把我們的每道菜都吃了，就是不說話。帕克司說下一步就是他的妻子和孫子，這讓他開了口。他告訴我們那東西被藏在這城市最古老的地方之一，一些古老的廟宇。它孕育出、創造出許多美妙的事物，但只有配得上的人才能親眼看它而不被它打垮。他說亨利已經看過那些奇景了，他們希望亨利能說服我們不要帶走「建築師」，但他不是配得上的人，於是他崩潰了。

　　我們要他說出藏東西的地點。龍文說那沒有好處的，而且它已經被埋得太深。在聽到特工的風聲後就把它移得更深了；我們不可能把它帶回來的。看來我們明天要做一些「深度工作」，沒找到它之前不會出來。

日期： ▮▮▮▮▮ 6 月 10 日

　　我們失神了一陣子。這個地方真的太驚人了。一開始，就只是一座內部太大的廟宇，整潔，但沒有什麼東西是新的。然後我們走得更深。整個房間、祭壇、所有東西都被重新創造、重新整理了一次。這看起來就像有人在這狹小的結構裡建了整整十二座廟。特工帕克司在主牆上設置一個記憶點，其他特工確認沒有其他人在跟蹤我們。我們整裝開始工作。六小時後，事情變得開始有點奇怪。一大堆走廊，卻沒有那麼多的房間。然後，出現八十三個房間由滑門連著，每個房間的中央都有一尊小型的佛像，沒有別的東西。利芙拿了幾個當作樣品。後來我們進入另一間完全一樣、但似乎由更多木頭組成的房間的時候，我們知道事情將會越來越怪異。

　　所有的東西都很美，天衣無縫的，甚至沒有任何工具的痕跡。保羅找到一些文件，我們把它們掃描以後回傳給帕克司。他說這些文件是和那東西有關的；顯然他們現在把它叫做 SCP-184 了。帕克司說每次 184 產生新的區域，他們就把它移得更深。他們認為這是神或其他東西給的禮物。如果人們捐獻給寺廟，或捐給控制的黑幫，他們就用它來擴展房間。

　　我從來沒有到過像這樣的地方。這裡越來越難前進了。走廊開始變得奇怪，它們用一個有趣的角度向上延伸，最後的幾個房間變得很小。根據利芙計算，我們現在的位置已經在這座城市最上方二十呎以上了。

日期： ▮▮▮▮▮ 6 月 12 日（？）

　　我開始對這地方感到反感了。昨天我們來到一個岔路，必須分開行動。我選了往上的走廊，並且出發了。不太確定我爬了多久。這些走廊已經不再規律，它們像波浪一樣彎來彎去，像一場被凝固的地震。這裡所有的東西看起來都是石頭的。我擠進旁邊的一間房間喘口氣，當我看向四周時，我看到所有的東西都是用玉做成的。它們的顏色都是對的，紋理也是對的，但都是用玉做的。床、椅子、桌子、書、所有的東西都是。我坐在一張床上兩個小時，什麼都不想。我起身，砸碎了一個可能比我的命還值錢的玉檯燈，然後離開。

　　我感覺很痛苦。我覺得自己和世界失去了聯繫，像太空人之類。這裡不像所有我以前待過的地方。從來沒有感到如此寂寞。我很好，我知道我很好。是因為亨利死了，外面又是個腐爛的城市，我現在又是孤身一人，所以想太多了。老鼠能被用來測試情緒穩定性，而我只是在這些色彩中不停的行進著。我只是神經質。我現在是坐在一張由數千隻小龍雕塑組成的椅子上，在一張由超高密度的紙形成的桌上寫字，我很好。

日期： ▓▓▓▓▓▓ 6月（？）

　　我在外面太久了。食物短缺。水也短缺。還沒耗盡，但我還在這裡。聽到一些動靜，始終認為自己聽到了人的聲音。已經爬了好幾天。今天看到了光。在一個旁廳的盡頭，明亮的黃光。我爬進那旁廳然後跑了起來。撞破了門，那是個房間。數百萬支的蠟燭，都點著火，但只是另一個房間。我拿下頭盔，砸碎了這些蠟燭。我打壞了我的護目鏡，我的護頸，我的無線電。那些都不重要了。我坐下來哭了幾個小時。今天我在一根桿子上綁了東西丟下去，根本沒有聽到它掉到地上的聲音。我差點就跳了下去，但最後阻止了自己。我一定要找到那個東西。把它砸成碎片。切碎它。粉碎它。

日期： ▓▓▓▓▓▓ 6月（？）

　　食物沒了。這件制服沒辦法製造更多的水了。看到一個有一萬扇門的大廳。拆了它，砸碎了一些，然後繼續爬。我丟了我的靴子。地板看起來就像地毯一樣，但是由超級鋒利的石頭做的。我的衣服被割成了布條。腳也是。血灑在井裡。希望它會喜歡。我要把那東西壓碎。讓它在我手中粉碎。我恨這個地方。我一直聽到亨利的聲音。不斷的告訴他，他已經死了。但他都不聽。

日期：（？）

　　井的頂端。永無止盡的大廳。無處不在的光。我要去殺了那顆心。

日期：（？）

　　地獄就是天堂
　　天堂就是地獄
　　生命如此美好

報告結束

最後一次目擊到 SCP-1440。

SCP-1440

來歷不明的老人

報告者__ Dmatix

日　期__ ▮▮▮▮▮▮▮▮▮▮▮

圖像 ___ Alexey Lebedev

翻譯 ___ vomiter、破曉十二弦、Wuz

來源 ___ scp-wiki.wikidot.com/scp-1440

特殊收容措施 ▶

　　SCP-1440 目前不在基金會的收容下，且自從上一次收容失效後就下落不明。鑒於 SCP-1440 的特性，基金會在試圖收容它時將難以避免慘重的資源耗損及人員傷亡。在成功制訂適當的收容措施以前，主要方針應該著重於對 SCP-1440 的定位與監視，並判讀其移動軌跡，以減低一般平民對其暴露的風險。

描述 ▶

　　SCP-1440 是一名種族未知且年齡不詳的男人。SCP-1440 拒絕回答有關其姓名、出生地或出生時間的問題，但目前不確定是它拒絕共享資訊或是它自己也一無所知。它的外觀相當於一名八旬老翁。但從基金會注意到它以來，它在這五十年間沒有表現

出任何老化跡象。SCP-1440 若與一群人類或人造物維持接觸超過數日，其異常性質將開始變得明顯。SCP-1440 對任何與人類相關的事物均會產生急遽的惡性效應。任何人造物體或人類若長時間暴露於 SCP-1440 附近，將持續崩解直到上述與人相關的要素完全毀壞或者失去生命為止。唯一例外是 SCP-1440 自身以及其所有物（它的衣物、一個未知材質構成的袋子、一副老舊的遊戲用卡牌，以及一個小玻璃杯）。

　　SCP-1440 似乎知道自己對人類的影響，並會儘可能嘗試避免與任何人類接觸。儘管如此，SCP-1440 仍受某種強迫性影響，讓它必須沿著極端複雜的軌跡移動，而這也不可避免地導致它與人群接觸。目前未能成功分析這個移動軌跡的性質，同時 SCP-1440 也未能提供任何相關資訊。該項目本身並不主動表示敵意，而且不會抵抗收容，只是收容嘗試都以失敗告終，並因前述特性導致大量人員及物資損失。

　　基金會開始注意到 SCP-1440 是因為在站點-██ 的研究人員 ████ 博士的通勤途中，該項目試圖與她接觸。SCP-1440 似乎從未知情報來源得知 ████ 博士在基金會工作，因而尋求她的協助。當 ████ 詢問它尋求的幫助是什麼，它回答希望基金會能夠「摧毀」它。SCP-1440 被帶往站點-██ 訊問，隨後導致該站點毀滅，連帶 ██ 名人員死亡，以及六項 Safe 級跟 Euclid 級 SCP 項目被摧毀。所有收容 SCP-1440 的嘗試最終都導致類似的結果。

附錄 SCP-1440-A ▶

以下是在 Area-142 展開的第四次收容嘗試中，對 SCP-1440 進行的採訪紀錄。這份紀錄被儲存於遠端伺服器，因而未遭到摧毀。

> **訪談紀錄 1440-7**
>
> 採訪者→ ████ 博士
>
> 受訪者→ SCP-1440
>
> 前言→在 SCP-1440 抵達 Area-142 以後，當地職員開始抱怨出現嚴重頭痛與噁心症狀。在接下來的兩天內，當地總共四組的濾水器故障，Area-142 的機庫倒塌，導致數名飛行員死亡，還有原先完全健康的 ██ 博士突發性雙腎及雙肺完全萎縮。

■■博士：午安，SCP-1440。

SCP-1440：午安，博士。

■■博士：你知道我們為什麼帶你來這裡嗎？

SCP-1440：當然知道，而且我相當敬佩你們還沒有放棄試圖收容我，在前三次的嘗試中，我已經領悟到你們無法幫助我了。如果讓我從這裡離開，對你們會是最好的。第一位弟兄已經站在你的身後了。博士，你最好快一點。

■■博士：你曾經提過這些「弟兄」，如果我沒記錯的話總共有三個。

SCP-1440：三個，沒錯。彼此不同但又同一。每個都很殘忍、每個都是有仇必報，不管多小的仇，而且每個都可以記仇非常久。他們就是造成我不幸的元凶，同時也是你們不幸的禍首。(該項目似乎注意到 ■■ 博士身後有東西，但影音紀錄中沒有出現不尋常的事物)。「第二位弟兄」和「第一位弟兄」站在一起了，時間所剩無幾。讓我離開，否則我也無法保障你的安全。甚至可能都已經太遲了。

■■博士：我恐怕不能這麼做。而且你說過有三位弟兄，如果第三位還沒出現在這裡，我們就還有一些時間。

SCP-1440：(搖頭) 第三位從未出現。因為他比他的兩位弟兄還要殘忍，他知道只有他現身我才能獲得自由。我已經花費無數的時間在尋找他，試圖歸還他的獎品以及我從他的弟兄們身上贏得的東西，但只是徒勞無功。(該項目再次看向 ■■ 博士身後，並嘆息) 第二位弟兄已經把雙手放在你的肩膀上，現在太遲了。毀滅從來就在第二位身後不遠處。可憐的孩子，在你死亡之前讓我給你一句忠告吧。

■■博士：請說。

SCP-1440：如果你選擇用紙牌遊戲來挑戰死神以換取生命，有件事你千萬不能做。

■■博士：什麼事？

SCP-1440：贏。

〈紀錄結束〉

結語：於此同時，儲存於 Area-142 設施內的核子裝置，儘管有數道保險措施依然被引爆。Area-142 毀滅，且在場職員無一倖免。Area-142 毀滅後一星期，在距離該設施超過三千公里處發現了 SCP-1440，當時它身上沒有任何明顯傷害。在另外三次的收容失效後，嘗試收容 SCP-1440 的計畫被無限期凍結。

附錄 SCP-1440-B ▶

隨著人類數量成長，且迅速擴展到原本無人煙的空曠地區，SCP-1440 在第五次收容中表示，自己依然保有強制性地不和人類接觸，但卻越來越難避開人類。目前仍在嘗試分析該項目的移動軌跡，同時也正在致力於制定永久有效的收容措施。

報告結束

SCP-2004

神的掌上電腦

報告者__ SnakeoilSage

日　期__ ▮▮▮▮▮▮▮▮

圖像 __ Pavel Kobyzev

翻譯 __ ashausesall

來源 __ scp-wiki.wikidot.com/scp-2004

特殊收容措施 ▶

　　SCP-2004 被收容於武裝聖遺物收容區域-02[1]。標準模因反制措施已被確認不足以應對項目威脅，因此對 SCP-2004 將動用收容程序-2004「盲人引導盲人」。請參閱已歸檔的 ARC A-02 檔案中、4 級權限程序指南，以獲取更多資訊。任何受 SCP-2004 影響的人員（稱為 SCP-2004-1）均以同樣方式處置。

---

1. 武裝聖遺物收容區域-02（Armed Reliquary Containment Area-02）是一座偏僻的基金會設施，其主要工作內容為收容高危險性、具敵意，或者某程度上有危險性的項目，其中包括數個 Keter 級的項目。除了配備了強度等同於一個營的機動部隊，設施同時持有數個核子式事故保險程序，作為應對可能發生的災難級收容失效時的最後措施。

　　SCP-2004 是一組共五個手持個人數位助理器（PDA），來源未知，可能來自外星。在收容後，五個個體中有四個已不再運作。SCP-2004 由某種未知材料構成，其分子結構與基金會掌握的擴展版元素週期表上的任何一種元素均不相符；它的材質像塑料一樣柔軟可彎曲，但又能抵抗極端溫度和物理破壞。每一個設備都是透明的綠色，邊緣光滑，沒有明顯的電源或輸入／輸出連接埠。SCP-2004 會在接觸到生物電場時開始活動，顯示出一份文件的立體投影。

　　SCP-2004 顯示的圖像是一份白底黑字文件，以一種象形文字書寫（L-2004）。這種文字似乎是基於簡化的天文星座和分子化學鍵圖案，以點、圓圈、斜線表示出極為複雜的句式結構。閱讀或聽到 L-2004 會導致一種模因異常，使翻譯工作變得極端危險。因此，該文件僅翻譯了 4%（見下文）。

　　感染 L-2004 模因的早期症狀不會立即出現，在察覺之前可能會經過數天時間。受影響對象 SCP-2004-1 會變得越焦慮易怒、做出攻擊性行為、出現妄想症狀和敵意。個體開始失去自我意識，或開始相信自己是別人，堅稱過去的生活都是設計好的偽裝。六到八天後，SCP-2004-1 大腦的語言中樞被重新編構，出現類似失認症和失語症的症狀。他們失去了理解或理解任何語言（書面或口頭）的能力；除了 L-2004。在第二階段結束時，他們能夠流利地使用 L-2004 的書面和口頭形式，並被觀察到與其他 SCP-2004-1 個體進行交談。

　　在十四天後，受影響個體會在心理能力和人格上完全改變。初步測試顯示其認知功能增強且智力、認識能力均提高。它們對未受影響的人類充滿敵意，積極嘗試逃離收容並會共同傳播異常現象，特別是對那些以前和 SCP-2004-1 個體關係較為緊密的人員。它們還表現出了一種以前從未見過的技術能力。在至少三次事件裡，SCP-2004-1 以極為平凡的材料製造出了完全異常的、或是看起來遠超出基金會當前科學水平的物品。

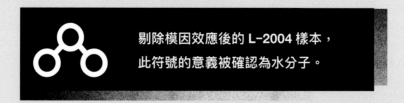

剔除模因效應後的 L-2004 樣本，
此符號的意義被確認為水分子。

物品編號	描　述	分　　析
I-001	電磁脈衝裝置	SCP-2004-1-07 祕密地從 T█████博士那裡偷得一塊銀色懷錶，用了收容房間的監視錄影機和電子鎖鍵盤拆下的材料進行了改造。當它曝露於強磁場（例如磁振造影產生的磁場）時，I-001 會產生電磁脈衝。SCP-2004-1-07 在隨後的混亂中試圖逃跑，並被維安部隊擊傷身亡。
I-002	強化離子武器	作為試驗 T022 的一部分，SCP-2004-1-15 得到了各式材料以測試其技術能力。在連續工作四十五分鐘後，4 級監督人員決定停止實驗並沒收設備。在安全條件下進行測試時，I-002 發射了一個一公分大小的球狀等離子體，測量溫度高達 10000 克耳文。該設備在測試過程中產生了致命的熱量積聚，破壞了其內部機制。
I-003	通訊設備	I-003 由多個 SCP-2004-1 共同建造，零件被多人各自獨立製造以避免被注意。該裝置侵入了區域-02 的內部通訊網路和資料網路系統，使一些不易被察覺的 L-2004 樣本在設施中散播開來。並有 ██ 名 SCP-2004-1 個體試圖釋放區域-02 內收容的其他 Keter 級 SCP，被 4 級監督人員史蒂芬·辛克萊啟動了設施內的沙林毒氣反制措施消滅。他在事後獲授基金會榮譽獎章。

目前無法治療進入第二階段「失語症」的 SCP-2004-1 個體。在感染初期（曝露後一到三天內）使用 A 級記憶消除劑也僅有 60% 的機率消除其影響。曝露後的感染發生率是 100%。

以下提供了部分、非模因翻譯的 SCP-2004 顯示內容。

等級：智慧 ##### 不可戰勝

#####：物種 #####-001 將 ##### 被限制在 ##### 主世界。任何 ##### #####-001 ##### 離開 ##### 聚居地 ##### 這 ##### 且回到 ###### 主世界停止使用 ##### 4 級教化。5 級教化將 ##### 批准自我收容權限。5 級 #####-001 ##### 指明為確保 ##### 基金會。

：物種 #####-001 是一種有適應能力的 ##### 生命形式，已知位於 ##### 作為一項 ##### 級威脅。在不少於 ##### 起案例中，物種 #####-001 已經造成 ##### 自發異常 ##### 崩潰，致使 ##### 十五級 ##### 滅絕 #####。經 ##### 委員會裁決，由 ##### 批准，物種 #####-001 將收容於 ##### 主世界直到 ##### 程序完成 ##### 如上所述 ##### 物種 #####-001 受到的指控 ##### 是 ##### 侵略性、帶有敵意且 ##### 自稱為 ######，遍及 ##### 的種族無法承受此種威脅。任何情況下不得使物種 #####-001 ##### 被暴露於 ##### 語言 #####，這可能導致災難性的教化失敗並使得其 ##### 身分和異常 ##### 重現。

05 附錄 ▶

我們有人質疑如此「誘餌」的必要性，並考慮潛在結果。我提醒你們每個人，如果完形「不相信」自己不存在，現實就會發生災難性的重新洗牌。只要有少數 4 級人員知道了 L-2004（不管是間接的），就足以保存它。這些「來自本我的怪物」的異常出現，是這樣做的必然後果，但只要基金會仍然堅守崗位，預計損失就能被保持在可接受水平之內。

然而，先生們已經對此表現出了關注。越來越多的 Keter 級表現令人不安。被教化的人可能會下意識地用力以對抗束縛。我們必須更加努力。我們所做的一切都有其風險，但回報將是超凡。

確保人類。

收容完形。

保護現實。

我們很接近了。

報告結束

SCP-1123

報告者__ sandrewswann

日　期__ ▮▮▮▮▮▮▮

暴行頭骨

圖像 __ Julia Galkina

翻譯 __ milk2015

來源 __ scp-wiki.wikidot.com/scp-1123

特殊收容措施 ▶

　　為了阻止 SCP-1123 及其標記退化，沒有在進行實驗時需放置在一個充滿氬氣的密封箱中。在測試和儲存時，都只能暴露於亮度不超過 50 勒克斯的環境裡，溫度應保持在攝氏二十度到二十四度之間，相對濕度則維持在 55%。SCP-1123 只能裝在箱子中運輸，並且只能在受控實驗中進行操作。不進行測試時，需儲存在站點-19 一個溫控保險箱內。

描述 ▶

　　SCP-1123 是一個失去了下顎和全部牙齒的人類頭骨。在額鱗骨上有人血寫成的近代高棉文，翻譯內容為「記得」。頭骨和血液都被確認可以追溯到一九七▮年，且經基因檢測證實是同一人所有。

SCP-1123 於一九八█年，由越南人民軍胡████上校在柬埔寨███████的 ████博物館收藏的一些人類殘骸中發現。SCP-1123 被基金會人員攔截並送到河內。

高棉文字已嚴重褪色，大多數測試者在距離 5 公尺處就完全看不見。儘管如此，當一個測試者靠近 SCP-1123 時，會回報說文本變得越來越清晰，在接近到不到 1 公尺時，變得像是新寫上去的一樣。一部分測試者在這樣的距離下，說文字「還是濕的」。該效應無法透過光學設備重現。為了拍攝額骨上的文字，需要光學放大或 UV 紫外線（但 UV 紫外線因為會促進項目退化而被禁止使用）。測試者在不到 1 公尺的距離上，同時報告其他異常感官現象，包括氣味（諸如烤肉或骨灰）、聲音（諸如輕輕的哭泣、低聲的心跳或呼吸、或遙遠的腳步聲）、觸覺回應（諸如眼睛有沙粒、手背有螞蟻在爬或腳底有碎玻璃）。

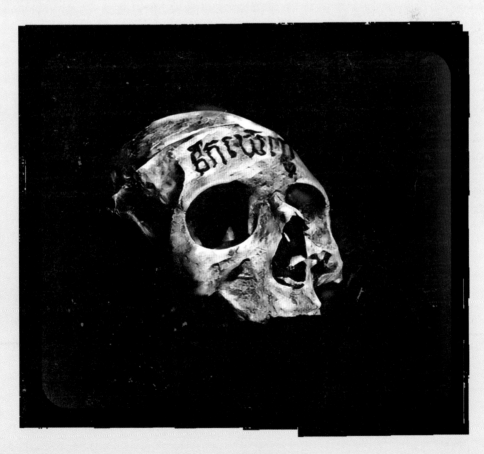

SCP-1123 被發現的模樣

當測試者碰觸了 SCP-1123 的表面，他們將進入一種解離性神遊狀態。神遊狀態是瞬間啟動的，不會因為停止觸碰 SCP-1123 而中止。神遊症狀一般會持續九十分鐘到六小時。這個神遊症狀的特徵是混淆、失去方向感以及接受一個測試者之前未知的新身分和記憶，包括知識和語言。在神遊中，測試者將喪失他們之前身分的所有記憶。測試者對此反應不同，會變得緊張並試圖逃離或攻擊基金會人員。在神遊狀態停止後，測試者將重新獲取他們先前身分的記憶，但是會保留新的身分的記憶以及與其相關的全部知識。測試者說在碰觸 SCP-1123 和從神遊狀態中恢復之間的時間，就像「作為另外一個人活了一生一樣」。

在 ██████ 中的 ██ 例子中，神遊症狀調查者提供了足夠的資訊給研究員，讓他們找出相關的歷史文件，對應出測試者腦中存在的那個特定人物究竟是誰。該人物存活於測試者之前的時間，真實身分似乎與測試者本身的年齡、血統、性別、種族或國家起源無關。

測試者腦中誕生的新身分，皆有下列特性：

1. 新身分死於測試者出生前（日期從九十年前到不到一年都有）。
2. 新身分死於奴役，拷問和／或監禁。
3. 新身分死於暴力，大部分是他殺（有時死亡是來自於二次效應，諸如飢荒或感染）。
4. 新身分死於一項大規模政治運動，成為鎮暴目標，大部分是某種形式的國家制裁和／或共謀。

在神遊狀態後，測試者沒有經歷顯著的異常後遺症，但是因為新身分遭受的經歷，而顯示出類似精神創傷的症狀。悲傷感以及身為倖存者的內疚感與沮喪是最常見的。自殺傾向很少見，不過仍有一小部分發生。應注意對這些後遺症的治療中，使用記憶消除並沒有顯示出對心理有益，反而是有傷害的。

測試 0003

日期： 一九███年███月███日

測試者： 愛爾蘭和法國混血的白人男性。三十多歲。

措施： 測試者接近 SCP-1123 並被告知碰觸它。

結果： 測試者在碰觸頭骨後倒下，並用亞美尼亞語慘叫。在基金會醫生試圖幫助時攻擊了他們，稱他們是「土耳其屠夫」。測試者被施用鎮靜劑並在兩小時候恢復正常。隨後調查證實其附體人物是亞美尼亞農夫，他和同村的約一百五十名其他人一起被鄂圖曼軍隊在一九一五年活活燒死。無此人的紀錄，不過這個事件在一九一九年一次大戰後被馬爾他法庭所記錄。

測試 0508

日期： 一九███年███月███日

測試者： 有中國血統的亞洲女性。六十歲出頭。

措施： 測試者接近 SCP-1123 並被告知碰觸它。

結果： 測試者在碰觸 SCP-1123 之前表達了恐懼。在碰觸 SCP-1123 後，測試者有十五分鐘沒有移動。之後，測試者坐在地上長達兩小時無反應。在神遊狀態消退後，測試者變得明顯痛苦並哭泣。隨後調查證實附體人物是一名十六歲的烏克蘭女孩，因為營養失調；加上一次蘇聯少年軍在沒收烏克蘭農民的糧食時，成員強姦且毆打了她，導致她死於一九三二年。

測試 1157

日期： 二〇███年███月███日

測試者： 古巴血統的拉丁女性。四十多歲。

措施：測試者接近 SCP-1123 並被告知碰觸它。

結果：碰觸SCP-1123之前，測試者抱怨眼睛受到煙霧刺激。測試者碰觸SCP-1123時，停止了所有回應和動作約二十五分鐘。二十五分鐘後神遊狀態結束，不過測試者仍舊保持碰觸 SCP-1123。測試者沒有拒絕基金會人員將其護送出測試區域。接下來一週，測試者對於本次實驗沒有任何回應。一週後，測試者提供了附體人物的資訊。該人物是一名有猶太血統的波蘭女性，在一九四二年死於特雷布林卡的死亡集中營。

測試 1815

日期： 二〇■■年■■月■■日

測試者：有海地血統的黑人男性。二十歲出頭。

措施：測試者接近 SCP-1123 並被告知碰觸它。

結果：在碰觸 SCP-1123 前，測試者抱怨有「化學味道」，並且四肢極癢。測試者碰觸 SCP-1123 後馬上開始咳嗽。咳嗽停止而測試者經歷了混亂和悲痛，不過在發現周圍的基金會人員是美國人後恢復平靜。測試者使用伊拉克庫德斯坦地區使用的索拉尼語進行溝通。神遊狀態在六十分鐘後消退。調查證實其附體人物是一名八十五歲的芥子毒氣攻擊受害者，死於一九八九年發生在伊拉克的安法爾種族屠殺。

備忘：附體人物過世的日子，是在 SCP-1123 出現之後，這是第一個案例。

結論：在至今為止的■■■■■■次測試中，一個明顯的統計模式開始浮現。一名測試者受到特定歷史事件中的一名人物附體，發生機率和該次事件的受害者數量成正比。舉個例子，■■ % 的附體案例來自一九五八到一九六一年的中國共產黨的大躍進時期，■■ % 來自一九三九到一九四五年之間的德國納粹的滅絕政策，同時僅■■ % 來自亞美尼亞種族滅絕或伊拉克的安法爾屠殺；其死亡人數估計在一到兩百萬之間。

報告結束

SCP-1013

蜥雞獸

報告者__ Dr Gears
日　期__ ▓▓▓▓▓▓▓▓

圖像__ Dmitriy Fomin
翻譯__ ashausesall
來源__ scp-wiki.wikidot.com/scp-1013

一名 SCP-1013 的受害者正在鈣化中

特殊收容措施 ▶

　　對「視覺反應項目（ED-8）」的標準安全程序須全天候適用。任何進入收容區域的人員必須事先閱讀本文件，且必須穿著 AR-68 裝甲變體防護服。離開區域的人員若出現服裝受損，必須遣送隔離一小時。在清潔／餵食／測試期間出現癱瘓的人員，將被遣送接受醫療監控直至五小時後。

黃色驚恐

SCP-1013 每日會餵食一次小型哺乳動物（兔、老鼠、貓或狗）。僅可在收容區域內沒有鈣化殘骸存在的情況下餵食。不再食用的鈣化殘骸，須立即移出收容區並焚化銷毀。銷毀過程中必須適用防護協議。在標準進食過程無法被觀察時，才能將測試對象的殘骸留在收容區域內做餵食之用。因 SCP-1013 進食前的異常效應而死亡的人員，需被移出火化。所有殘骸須在完全鈣化後的一小時內銷毀。

描述 ▶

SCP-1013 是一隻長著鳥類頭部的小型蜥蜴。頭部周圍長有褶邊，可透過環繞頸部的骨骼張開。身體看起來像普通的蜥蜴，除了頭部和異常長的尾部。身體部分僅有 60 公分長，而尾部長達 121 公分且十分靈活。 SCP-1013 會使用尾部抓住並擾亂大型獵物。SCP-1013 的頭看起來像公雞的頭，但實際上不具有真正的鳥類特徵。喙部呈鋸齒狀，長有極為基本的針狀牙齒。這些結構只用於進食，不會在獵食時起到效用。其頭部沒有羽毛，垂肉也更長。

SCP-1013 的捕獵方式是透過視線接觸，對獵物釋放一種未知輻射、波或是模因的力量。對象回報說身上大部分主要肌肉群會突然感到刺痛，並在三秒內全身癱瘓，持續八分鐘，在十分鐘後恢復正常。若癱瘓對象遭到啃咬，將進入鈣化過程。對該效應的研究正在進行，因為啃咬中沒有發現任何毒液或病毒媒介。然而，這種啃咬會使物體全身快速轉化為多孔結構，其外部皮膚組織會開始快速鈣化，在數分鐘內變得緻密堅硬。這種轉化會從接觸點開始擴散到全身，在十五分鐘內將整個人體全部鈣化。從癱瘓中恢復的半鈣化對象報告稱感到「極度疼痛」，伴有已鈣化的身體「燒灼般麻木」。這種鈣化會深入身體內約 3 公分，因此大部分內部身體組織不會受到影響。鈣化不會影響眼睛、嘴、鼻或其他主要黏膜。目前沒有發現逆轉這一過程的方法。

SCP-1013 會啄破變硬的外層皮膚，吞食內部組織，並隨吞食漸漸吃入身體內部。SCP-1013 十分能吃，每一餐能吃掉兩倍於自身體重的食物。 SCP-1013 只會吃活體組織，已死亡或腐爛的肉會被它無視。留意到 SCP-1013 會利用身體上的開口（主要為眼睛和嘴巴）進食，並能壓縮自己的身體以適應極小的開口。最終，在吃光前，獵物

往往就死於失血過多或劇烈的內傷，多餘的身體組織會留在鈣化組織內慢慢分解腐爛。外層硬化組織會逐漸瓦解，導致大面積破裂，露出裡層的肌肉和組織，通常被 SCP-1013 吃掉；SCP-1013 有時會在進食前先等待這個過程發生。

附錄 ▶

回收紀錄 ████████████████████████████████

　　SCP-1013 在埃及被回收，靠近曾經的 ██████ 設施附近。由於靠近那個場所，且未發現其他 SCP-1013 個體，目前認為 SCP-1013 可能是某種生物工程的產物。SCP-1013 已經鈣化掉了數隻動物和兩名牧羊人，並被多次目擊。回收中僅有特工 ████ 一人死亡，為了解鈣化過程提供了許多基礎資訊。當地社會在沒有特工干涉的情況下，自行無視了這一事件。

行為紀錄 ████████████████████████████████

　　SCP-1013 的行為與蜘蛛有些類似，即使並不飢餓也會癱瘓並鈣化獵物，可能要留待以後食用。這種情況是在突破事故 11-Hr（詳見附加文件）中被發現，當時 SCP-1013 鈣化了二十名人員。 SCP-1013 極具攻擊性，並會嘗試注視或咬噬任何進入收容區域的東西。其頸部的褶皺極具適應性，能快速張開、發出巨大的拍打聲，並多次以此吸引對象直視 SCP-1013。

　　SCP-1013「凝視」的「範圍」大約在周圍 54 公尺內，且僅在直接視線接觸下才會生效。SCP-1013 僅可同時癱瘓一個對象，但仍能以極快動作「攻擊」多個目標。SCP-1013 對自己的凝視免疫，對自身的映像會有基礎的敵意。SCP-1013 主要以哺乳類為食，只有在飢餓時才會攻擊鳥、魚、昆蟲等動物。 SCP-1013 對軟組織有偏好，進食時總是先從眼睛和舌頭開始。

SCP-1013 的實體。

繁殖紀錄 ▶

持續測試 SCP-1013 的進食習慣，有部分成功。然而，SCP-1013 幾乎不間斷的進食行為，對蜥蜴而言十分反常。最初理論認為癱瘓、鈣化獵物會對 SCP-1013 造成巨大的代謝負擔，使其需要大量食物補充體力繼續這些過程。目前看起來，SCP-1013 是一種雌雄同體的生物，並能以類似出芽生殖或基礎細胞分裂的方式自體繁殖。

SCP-1013 會吃下大量的組織，使體重快速增加。之後尾部會開始出現多個囊腫結構，每個囊內都有一個 SCP-1013 幼體。這個過程是如何發生，目前正在研究中。在四十八小時後 SCP-1013 幼體會從母體中脫離。而母體一般會在鈣化的獵物體內進行繁殖。SCP-1013 幼體並無進食偏好，會無論死活地吃下生物組織。SCP-1013 間不會同類相食，並會在吃光所有食物後離開鈣化殘骸。

SCP-1013 幼體會尋找陰涼處開始蛻皮，每六小時變大一倍直至長大到成年體形。新的成年 SCP-1013 會快速建立領地，開始新的進食 / 繁殖週期。SCP-1013 幼體會尋找諸如通風管、水管、廢棄衣物 / 鞋子之類的場所蛻皮長大。在這過程中干擾幼體 SCP-1013，會被持續性的攻擊。

這一系列行為是在站點- ██ 因 [資料刪除] 失敗而封鎖以後發現的。回收團隊發現站點內擠滿了 SCP-1013，超過一千個個體被發現並消滅。徹底清殺花了八個星期完成，多名人員在此期間死亡。正在研究方法控制它猖獗的繁殖週期，以及將它作為生物武器的可能性。

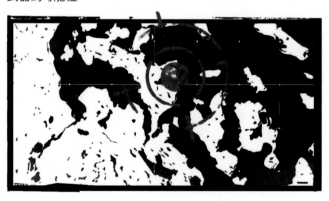

站點- ██

報告結束

SCP-407

創世之歌

圖像 __ Alex Andreev

翻譯 __ 破曉十二弦、Red phosphorus

來源 __ scp-wiki.wikidot.com/scp-407

特殊收容措施 ▶

　　獲取 SCP-407 時，它被記錄於一個錄音帶內。當前 SCP-407 以數位音檔形式備份於 [資料刪除]。SCP-407 在任何情況下，不被允許在測試條件外播放，且只能在 O5-████ 批准下才能進行。

　　SCP-407 的測試需在完全隔音的環境中進行。所有工具及受試者必須最大程度地消毒，去除花粉、真菌孢子、植物種子及盡可能多的細菌，以延緩SCP-407的負面效應。

描述 ▶

　　SCP-407 是一首未知語言的歌曲，似乎唱著無伴奏合唱。聲音被認為是人類的。這個錄音帶內有一首持續約三十分鐘長的曲目，結尾很突兀，應該是被剪掉了。這首歌被聽眾以「撫慰人心」、「輝煌」及「扣人心弦」形容。

播放 SCP-407 時，會造成聽力半徑內發生快速的細胞增生。似乎發生在細胞層次上，並且不需要對象能夠聽到音樂才發生。這種變化起初似乎只影響多細胞生物，但很快地就開始影響單細胞生物的有絲分裂。

待在這個音樂裡的第一分鐘時，所有多細胞生命體似乎變得更加健康。患有營養不良、傷疤、肉體傷害、慢性疾病或其他疾病的受試者，只暴露於 SCP-407 一分鐘就變得健康。這也能治癒阿茲海默症、克隆氏症、大腦及脊隨損傷、有生命危險的感染或傷口等。有趣的是，癌症似乎不受影響，儘管受試者的身體狀況有大大地改善。

當暴露二至三分鐘，受試者開始經歷不必要、不受控的細胞生長，表現為快速推進的真皮層增生。這些增生似乎絕大多數是良性腫瘤及鈣質、脂肪沉積，儘管有時會導致疼痛及毀容，但不會危及生命。

當暴露至四分鐘，細菌及真菌加速生長，產生了對暴露其中的生命體危險的環境。即使生命體處於更加健康的狀態。大多數案例產生呼吸系統及消化系統的問題，並隨著時間持續惡化。

經過五分鐘後，SCP-407 造成的效應看來在每次都不同。在任何案例中，植物或真菌或任何的動物生命體中的微量元素，都開始以不同的速度成長及複製，並時常形成新的生命體。完整結果會根據測試及 SCP-407 播放時在場的物體而有所不同。

附錄 407-01 ▶

SCP-407 是在 ████████ 的 ██████ 教授家中被發現。這名教授最近剛從巴西北部的亞馬遜地區考察歸來。在 [資料刪除] 時，首次警告了特工這可能是一個 SCP。

附錄 407-02 ▶

最終在 SCP-407 的第二次測試中產生的黴菌似乎是某種冬蟲夏草菌類。發現它類似於 SCP-507 遭遇到的黴菌。由於害怕發生類似於 507 的命運，使用 SCP-407 的測試限制只能使用前二十分鐘的錄音。

黃色驚恐

< 試驗 2；SCP-407 播放了 28 分 32 秒，室內；一名 D 級人員，未經消毒 >

00:25－對象報告被音樂撫慰的感覺，感覺更加堅強、更有活力。

00:45－先前所見的肝斑及傷疤消失。

02:20－對象似乎長高了 1 英寸，肌肉組織明顯增加。

03:40－對象報告腸部疼痛。

04:20－對象開始嘔吐。從嘔吐物中，看見植物生長並慢慢地扎根於磁磚地上。

04:50－對象開始出現疹子並在皮膚上增生。

05:30－出現嚴重的皮膚毀壞。對象沉重地喘著氣，並請求幫助，有劇烈疼痛。

06:10－對象倒地，一動也不動。

06:45－對象的身體很快被某個東西覆蓋，後來判斷是真菌感染。植物從對象的嘴巴長出來、接著是眼窩。

07:30－此時，已無法辨識對象。全身長滿了黴菌及植物枝芽。對象身體爆裂，一顆香蕉樹從對象的腸子長出來，並在幾秒內發育成熟。

08:45－植物及真菌的生長已經開始蔓延到整個實驗空間。地板上似乎覆蓋著苔蘚和雜草。

09:30－出現了幾株枝芽、莖幹、灌木，甚至小樹。本來的香蕉樹已經難以辨識；這棵樹已變粗，並長滿了樹葉及真菌。

10:30－空氣中充滿了花粉及孢子。難以看清楚實驗空間。

11:30－實驗空間傳來動靜。看到幾隻不同種類、長的像昆蟲的小生物。看起來是植物性質構成的。

17:30－在最後的六分鐘，這些植物性質構成的生物迅速的生成、發育成熟、殺死並捕食其他生物，然後自身也被吃掉。隨著時間，這些生物的體形也越來越大。

19:00－觀察到中等體形的哺乳類生物；它們是類人生物，並且和最初的實驗對象相似。

21:00－巨大的真菌菌柄從其中一隻哺乳類生物體內長出。菌柄末端破裂，散發出白色孢子。

22:00－植物依舊生長茂盛，但所有東西開始被一層黴菌覆蓋。在被黴菌完全覆蓋前，植物生命體似乎出於未知原因緩慢死亡。

23:00－哺乳類生物撐到最後才病死；它們嚴重地腐爛並被同樣的黴菌覆蓋全身。屍體表現出收縮及膨脹，如同在呼吸一樣。菌柄很快地在屍體上長出，迸裂出孢子，並同樣迅速地腐爛。

28:32－磁帶播放結束。自從黴菌出現後，實驗空間內沒有什麼變化。實驗空間經過嚴格的生物滅絕清洗。並採集黴菌樣本。[參閱附錄 407-01、407-02]

< 試驗 2 結束 >

維安突破事件 X23 ▶

維安突破事件-X23：在 ███████ / ███████ / ███████，基金會站點-19 被一個組織的特工入侵。基金會對於該組織僅知道名叫「蛇之手」。

站點-19 收容突破：站點-19 看起來是受到 ███████ 入侵。基金會稱這名人士「L.S.」，此人入侵了基金會的資產兩次，這是第二次。前一次 L.S. 參與的維安突破事件是 SCP-268 的盜竊事件。儘管［資料刪除］，從監視攝影中發現 SCP-268 與 L.S. 的入侵事件有關。L.S. 似乎只是簡單地走進了站點-19。

此次入侵看起來是為了使用 SCP-914。此結論是根據入侵者打斷了 ███████ 博士的日常測試而推測得出。而 ███████ 博士好像被［資料刪除］，是這次事故裡唯一的傷亡人士。

SCP-407 的資料似乎是此時從系統中被刪除的，推論與入侵的人士有關。至於資料被完全摧毀還是落入了此強盜組織，目前不清楚。

在 SCP-914 的收容室裡發現一張簡短的印刷便箋；這份說明是基金會目前對入侵組織的唯一了解。［參閱文件 X23-01］

文件 X23-01

尊敬的基金會的先生們：

　　你隱藏在槍枝和協議背後，絕望地束縛著不可言喻的事物，把自己困在自己製造的恐懼和無知的可憐牢籠裡。你們覺得自己是在暗夜中守護著無知者的牧羊人，但你們的懷疑和恐懼比你們困惑的傲慢更讓你們動搖，你們徒勞地試圖將太陽拴在天空上以阻止每日的黑夜。你們把前來傳達的天使鎖在三個數字和四道高牆之後。難道你沒有看到你走路和揮舞刀刃時的盲目嗎？在終結之日，你們會讓我們以科學來收容史爾特爾本人，對抗他純潔的淨化之火，並且把我們自己打入腐爛的死沼之中嗎？

　　我並非要求你們停止行動，而是要用覺悟、用心去行動。不應該被黑暗所誘惑，也不應該被光明所蒙蔽，而應該堅定地走在暮色中，凝視一切境界。赤腳行走在熊熊燃燒的世界中，你們會發現身上你們所不知曉的傷疤消失了。

　　唉，在你的恐懼中，你看不到我們所有人都是上古之神，也無法接受這種主權，扣留了那些能帶領人類超脫世俗的思想和本質。不要急於阻止不屈不撓的破壞浪潮，以至於踐踏了那些敢於在你想要鋪就的單色世界中生長的勇敢雜草。這種盲目的秩序壓制了混亂，而混亂正是生命。不是嗎？

　　我為你們留下最後的真理；花園是毒蛇之地；在涼爽的夜晚中漫步的恐懼與秩序之神只是訪客。不要無視隱藏在光明中的邪惡，也不要無視黑暗中白花的芬芳之美。

　　真誠的致意，L.S.

　　P.S. ── 你們會感謝我刪除了你們口中的「40/」。

SCP-303

門怪

Euclid

報告者__ AJAlkaline

日　期__ ▇▇▇▇▇▇

圖像 __ Genocide Error
翻譯 __ EmptyName723、プリニーさん
來源 __ scp-wiki.wikidot.com/scp-303

特殊收容措施 ▶

　　由於 SCP-303 仍未跨越過站點-▇▇的邊界，目前整個站點-▇▇都被視為 SCP-303 的收容區域。站點-▇▇內的每一間房間經過修整後，都要能容納兩個相距 10 公尺的入口，或被視線隔絕的入口。在設施內的人員需均勻分散，並用無線電或對講機聯絡，以便迅速處理突發事件。目擊 SCP-303 的人員應立即接受精神評估。

　　以二〇一〇年六月四日作為分界，在此之前被收容於站點-▇▇的所有 SCP 項目，將被一個一個地轉移至站點-▇▇-B。在確認 SCP-303 沒有隨同轉移後，原本的項目會再次轉移至站點-▇▇-A。一旦 SCP-303 跟著移動至站點-▇▇-B，或是在所有 SCP 項目都被轉移至站點-▇▇-A 的狀況下，卻仍待在站點-▇▇，收容措施會被適當地更新。

目擊者將 SCP-303 描述為一位裸體、無性別、瘦弱，有著紅棕色皮膚的人形個體。頭部沒有正常的五官，反而是被一張有巨大牙齒的巨大嘴巴占據。它會持續地發出嘶啞聲，音量大到實心門無法完全阻隔。所有遭遇 SCP-303 的人都能全面描述它的樣貌，就算是沒有實際看到它的人也可以。

SCP-303 會週期性地在一個有知覺的觀者附近現形，現形於關上的房門、艙門或門徑阻礙物後方。至於如何選擇觀者，目前是未知的。隨後 SCP-303 會待在門後不定的時間。想要開門或阻礙物的人，會經歷強烈、令人麻痺的恐懼，直到 SCP-303 消失為止（不論是自己消失或是為了避免被另一位觀者直接目視）。這股恐懼的來源不明，但本質上似乎與蜘蛛恐懼症和恐蛇症相近，是一種源自於潛意識、基因層級的恐懼。事實上，[資料刪除] 分析顯示，SCP-303 並非故意引發受影響者的恐懼。

SCP-303 不允許自身被觀者直接目視，也從未讓任何人看到超過 10% 的形體。若是門或是門口障礙物是完全透明、部分透明時，SCP-303 會以讓可視部分少於 10% 的方式現形，或是在透明部分上產生如霧或霜的效果，以達到相同結果。如果接近 SCP-303 時沒有物體或門阻隔視線，它會在被目擊之前消失。

任何 SCP-303 影響的電子或精密機械設備都將暫時失去功能。紀錄上，SCP-303 從未在物理上或言語上攻擊觀者。

目前未知 SCP-303 是如何來到站點-■。最初的記錄是二〇一〇年三月一日出現。懷疑是不經意與其他 SCPs 一同轉移至站點內，或是由另一個 SCPs 產生而來。正在一一重新檢查站點-■內的所有 SCPs。

事件紀錄 303-A ▶

事件 303-1：■特工注意到浴簾對面的 SCP-303 時，正在自己的浴室洗澡。它非常大聲地嘶吼。特工嚇到，不小心揮擊浴簾，浴簾向外擺動，部分浴簾捲起了 SCP-303，顯示它離浴簾的距離小於 0.5 公尺，直立著並面對■特工。■特工回報，她在接下來約三小時內都在淋浴間裡哭泣。為了不驚動 SCP-303，她壓低了自己的音量。■特工回報說，嘶吼聲消失得非常突然，接著她便能夠離開淋浴間。

事件 303-3：███特工於站點-██二樓的休息室內遇到 SCP-303。當時正試圖從櫥櫃中取得咖啡奶精，他聽到大聲的嘶吼聲從櫥櫃中傳來並被恐懼籠罩。之後███特工回報 SCP-303 是以胎兒姿勢縮在櫥櫃內。儘管███特工並未打開櫥櫃門，他非常肯定這點。之後打開櫥櫃檢查時，有一瓶奶精粉失蹤了。

註記：這是 SCP-303 從出現場所中拿走物品的首次實例。

事件 303-6：在二樓儲藏室發現了███████博士的屍體，死因為缺水。推測在███████博士被發現前，他在儲藏室待了五天。儲藏室與相鄰走廊之間隔有一間 4 公尺 × 4 公尺的減壓室。在███████博士處於儲藏室的這段時間內，SCP-303 占據了減壓室，使得雙向皆無法通行，讓███████博士無法離開。

實驗紀錄 303-A ▶

由███████博士、研究員███████、四名維安人員及四名 D 級人員組成的隊伍被指派前往 SCP-303 現形的事故現場，以立即進行站點內實驗。以下紀錄發生在一樓走廊，往██號房間的大門。SCP-303 被回報位於██號房間內。

實驗 303-1：D-303-1，一位男性 D 級人員，被命令開門，他被威脅若不服從，將被轉送至 SCP-███████工作。他拒絕並表現出極度恐懼。

實驗 303-2：D-303-1，一位男性 D 級人員，被命令開門，他被威脅若不服從，將被當場處決。他拒絕並聲稱如果他照做，SCP-303 會 [資料刪除]。他遭到當場處決。

實驗 303-3：目睹了 D-303-1 被處決的一位女性 D 級人員，D-303-2，被命令開門，她被威脅若不服從，將被當場處決。她拒絕並聲稱如果她開門，SCP-303 會 [資料刪除]。研究員███████明顯地動搖。D-303-2 並未被處決。

實驗 303-4：一位女性 D 級人員，D-303-2 被命令開門。一位男性 D 級人員，D-303-3 得到了維安人員給予的一把戰鬥用小刀，並被命令 [資料刪除] 直至 D-303-2 開門為止 [資料刪除]。經過兩小時的 [資料刪除]，D-303-2 失血過多而死亡。D-303-2 從未試圖開門。

附錄—**2010/5/1**：SCP-303 似乎占據了二樓儲藏室。自二〇一〇年四月五日至今，它不允許任何人進入此房間。它會定期離開以取得基金會財產，隨後移至二樓儲藏室內。下方清單列為目前 SCP-303 拿走的非機密物品。

- 一根███████████冷凍管。
- 三組基金會標準的手術器材。
- ███████████████████████████。
- 兩具研究用的 D 級人員屍體。
- 一臺汽油發電機。
- 數種化學藥品，包括大量的色胺酸、苯丙胺酸、███████和酪胺酸等。
- 一瓶咖啡奶精粉末。

除此之外，SCP-303 也取得了數個機密物品。職員仍在試圖確認 SCP-303 是基於何種意圖拿取這些物品。

報告結束

SCP-154

進攻性手鐲

報告者__ Kain Pathos Crow

日　期__

圖像 __ Dmitriy Fomin

翻譯 __ Dr.Insect

來源 __ scp-wiki.wikidot.com/scp-154

特殊收容措施 ▶

SCP-154 需要存放在武裝研究站點-47 的第八武器櫃裡，需要研究或使用的人員必須提交申請表，在未獲許可的情況嘗試移除、或從設施外部嘗試移除該物品的人，將被立即處決。

描述 ▶

SCP-154 是一對簡單的青銅手鐲，完全是圓形的，大小足以舒適地掛在大多數人的手臂上。光譜分析證實，該物品完全由銅（85%）、錫（11%）、砷（3%）和微量其他輕微雜質（<1%）組成。

當兩個手鐲都戴在同一隻手上，並且佩戴者集中注意力且雙臂伸展成傳統的「拉

特工█████自願測試 SCP-154 的照片。

弓」姿勢（即將戴手鐲的手臂完全伸直至身前，另一隻手臂則延伸至完全伸直手臂的肘部），一個巨大的、不清晰的無形弓會在伸出的手中形成，且兩個手鐲會微微發光。

從那一刻起，SCP-154 可以被當作弓使用，直到姿勢改變或注意力不再集中，手鐲才會恢復正常。雖然沒有實際的弓弦，但完成拉弓的動作會達到同樣的效果。

當「弓弦被拉開並釋放」時，手臂的骨頭將強行從向前伸展的手中彈出，以每秒超過 300 公尺的速度沿直線飛行。缺失的骨頭和由此造成的手臂損傷會迅速再生，並且武器可以在幾分鐘內再次「發射」。以具有多隻手 / 手臂的受試者進行測試，例如 SCP-1884-B [1]，展示 SCP-154 的多次發射能力，且每次發射都使用不同手臂的骨頭。

它的再生是有限制的，只對武器本身造成的損傷發揮再生作用。這種再生似乎是一種自動行為，幾乎在所有情況下都會持續進行。無論是發射武器還是隨後的再生過程都會引起劇烈疼痛，使用過此物品的參與者往往不願再次使用。

然而，有時會出現一些關於再生的異常情況。通常是輕微突變，例如大小、色素沉著和原有細胞結構的變化。這些情況並不常見，在使用武器的任何過程中都可能發生，但經常會在重複使用期間出現。

還有一些更嚴重的異常情況，儘管這些情況更為罕見，並且與高頻率使用有關。這些突變可能包括在受影響的手臂上長出額外的關節和手指，甚至是肢體的化學或物理結構完全改變。

一名受試者在不知情的情況下，手臂內的骨質被轉化為不穩定的爆炸化合物，直到爆炸時才發現，造成了兩人死亡和三人受傷。另一名受試者的骨骼和肌肉結構變成了功能健全的蛇形生理結構。

---

1. 經過許可，SCP-1884-B 被允許參與測試。SCP-1884-B 在一分鐘內能夠從 SCP-154 發射五次。由於使用 SCP-154 連帶的疼痛使 SCP-1884-A 變得具侵略性，便應 SCP-1884-B 的要求，停止了測試。

報告結束

SCP-804

無人世界

報告者__ Sorts
日　期__████████

圖像__ Alex Andreev
翻譯__ EmptyName723、齷齪的赞美诗
來源__ scp-wiki.wikidot.com/scp-804

特殊收容措施 ▶

　　在確認 SCP-804 不具有模因效應之前，不應將它移離原本位置。項目當前存放在阿拉斯加 ███████ 的站點，暴露在那裡的自然環境之下能避免它重新啟動。SCP-804 和武裝維安人員使用的設施上方需覆蓋 30 公尺 × 30 公尺的偽裝篷布，而測試需在 130 公尺外進行。應對闖入者施予 A 級記憶消除劑，並將其遣送回最近的 [資料刪除] 鎮，或由站內維安人員斟酌後處決。若 SCP-804 遭到敵對武裝部隊接近或占有，應執行應對措施 804-X。

描述 ▶

　　SCP-804 是名為「無人世界」裝置藝術的殘骸，由不再存在的藝術團體「美好世界的夢想」於二○██ 年 ██ 月 ██ 日發表。清理相關資料時，從藝術團體的網站回

收並刪除的資料裡得知，SCP-804 原為一顆巨大、清晰的地球球體，內部有著好幾顆更小的球體以及影片設備。網站上的文宣顯示該球體原本是為了展示未經人類開發的荒野景觀，並以廢棄的人類工業和腐朽地標的影像作為對比。

在這個裝置藝術正式運轉前，現場觀眾有來自附近 ███████ 社區的知名環保團體成員、藝術家們，而 SCP-804 在啟動之後隨即展現了破壞能力。由於參與建造的人皆在事件中身亡或銷聲匿跡，目前無法驗證裝置的異常效應是否有意為之。

當 SCP-804 內部的球體轉動時，約 100 公尺內的所有人造物品將迅速變質並最終完全分解。此異常效應的作用對象包括機器、建築物、衣物、塑膠製品、化學合成物質，以及比削尖的木棍更複雜的任何工具。隨著裝置啟動的時間越久，此效應的作用範圍將會擴增，源頭的效應強度則會增強，人體組織也會以較慢的速度分解，造成受害者因失去身體質量而逐漸瘦弱——最終造成骨骼的崩塌和死亡，接著屍體會迅速分解為物質。非人類生命完全不受影響。逃離受影響區域者會經歷類似於長期饑餓的症狀，但可以在妥善照護下完全恢復。

如果 SCP-804 不受自身異常效應影響的話，它會具備在數週內消除地球上所有人類痕跡的潛力。根據項目初次啟動時和試驗展現的破壞能力判斷，SCP-804 的破壞能力因其對自身造成的傷害而減弱。然而，項目能繼續使用的事實依舊是極大的威脅，特別是如果裝置受到改進或修補後。

基於尋獲 SCP-804 時的狀況，項目被認為同時具備某種能引發觀看者心理衝動的效應，但該特性是否也因 SCP-804 衰敗而受損，以及如何收容都處於試驗階段。更多資訊詳見尋獲紀錄。

尋獲紀錄 SCP-804 ▶

啟動五分鐘後，SCP-804 的異常效應擴張至了附近的 ███████ 社區。未參與藝術展覽的市民開始驚慌並撥打了數通緊急電話。由於該城鎮位置極為偏遠，約三十分鐘後才有一架單引擎小飛機首先抵達現場。雖然該飛機在進入效應範圍後迅速失蹤，但飛行員用無線電描述了城鎮內建築物迅速且完全消失的情況。至此，基金會知悉了現場狀況並派遣特工團隊前往調查。

當人員抵達現場時，SCP-804 已經啟動了近八小時，這導致該城鎮和半徑 [資料刪除] 內的人類文明完全消失。抵達時，一架飛機立刻就受到了影響。幸運的是，機上成員能夠在飛機瓦解前緊急迫降。不幸的是，他們的裝備和衣物也迅速分解，使他們暴露在阿拉斯加北部的嚴寒中。因此，有六名人員需要接受失溫治療，但預計都可以在無後遺症的情況下回歸崗位。

在重整機組人員後，特工們建立了一個防線並且能夠觀察到 SCP-804 影響區域的中心。███████ 的倖存人口聚集在裝置殘骸周圍。所有觀察對象均嚴重體重減輕並患有嚴重體溫過低症狀。暴露只會加劇 SCP-804 的影響，並且觀察到許多對象的手指甚至四肢已經缺失。那些倖存者正在接近那個裝置，並以兩到三人成一組，用力推動 SCP-804 內僅存的一個球體以維持其效應。當每個人最終屈服並倒下時，圍觀人群中的另一個人就會緩慢地向前走去取代他們的位置。倖存者們歡呼雀躍，鼓勵那些維護裝置的人，直到輪到他們推動被霜雪覆蓋的球體為止，儘管這種手動操作不足以維持裝置在自我損壞之前那樣的效果。

特工們在 O5-██ 的授權之下向群眾開火。儘管子彈和其他人造物一樣會受到影響，但速度足以在分解以前造成致命傷。異常效應在 SCP-804 剩餘的球體停止旋轉後消失，特工們因此得以進入並掌控裝置。倖存者試圖抵抗，但他們沒有阻攔基金會特工的力量，並在離開 SCP-804 後表現出迷失感。由於沒有足夠的設施安置所有人，許多倖存者躺在雪中死去，其他人則試圖刺激特工對他們使用致命武力。遭到拘留的那些人則是拒絕回答任何問題並拒絕接受照護，這使得他們衰敗的身體未能恢復。

SCP-108 的位置
（原始位置及目前位置）

確保能預防任何人想去啟動或維持球體旋轉的衝動之前，SCP-804 不得被收容於任何基金會設施。就算 SCP-804 的異常效應僅出現幾分鐘，它依然可以摧毀自身的收容措施，並嚴重毀損附近的任何收容設施。

應對措施 804-X【資料刪除】▶
模因調查報告，約翰尼斯・索茨博士 2011 年 7 月修訂版

這是 SCP-804 是否有任何「超自然」模因零件的第三次年度審查，而我們仍然沒有得出明顯結論。是時候讓 SCP-804 模因性質的爭議消失了。

是的，SCP-804 具備模因性質，是的，這性質是讓啟動事件的倖存者自我犧牲維持裝置運作的元凶。

但 SCP-804 的模因性質並不特別具有毒性或危險性。只有在附件報告內提到的少數人格特質會有重新啟動裝置的慾望。最值得注意的是那些會在寫著「殺掉所有東西」的紅色大按鈕前表現出類似愉悅的 D 級反社會者。

我們的焦點一直都錯了。並沒有任何魔法衝動去驅動那麼多人自我毀滅。這是不必要的。我們在尋獲時看到的一切，都可以用世俗的集體意識和人性解釋。

那座裝置抹去了離群索居的藝術家和倡議社群的所有作品和生活痕跡。建築物瓦解的速度快到沒有人在坍塌時受傷。在事件的中心，裝置「無人世界」在逐漸搖搖晃晃的平臺上不斷運轉，這致命的一切被如同一種理想境界一樣，展現在他們面前。一種對名為人類的病毒的淨化。

所以，為什麼這群倡議行動者會讓自己和鄰居投身於運轉這一臺致命的、認知中會將所有人類從地球上抹去的死亡機器？

他們就是想這麼做罷了。

報告結束

特殊收容措施 ▶

　　內含 SCP-1733 的數位影像錄影機，應被保存在站點-███ 的管制影像檔案庫中。除非有研究需求，否則嚴禁重播 SCP-1733。人員在調查 SCP-1733 前應取得蓋勒博士的同意。

描述 ▶

　　SCP-1733 是一臺數位影像錄影機，其中存有一場 2010-2011 NBA 賽季的開季賽錄影，該場比賽舉行於二〇一〇年十月二十六日，地點在美國麻薩諸塞州波士頓市的花園球館，比賽雙方是波士頓塞爾提克與邁阿密熱火。監管社交網路的人員注意到 SCP-1733 的原因是當地居民███████████ 於十月二十七日在臉書上的抱怨貼文，該貼

文提及比賽的第三節中出現雷‧艾倫以及克里斯‧波許的技術犯規，但上述事件在轉播中並不存在。███████在面對駁斥時，上傳了一段相關的片段，令反駁者陷入困惑。而後基金會在臉書管理員團隊內臥底的特工，刪除了該串貼文，並透過 IP 位置找到當時參與聊天的人，給予他們 A 級記憶消除劑，並回收了一臺內含 SCP-1733 的摩托羅拉牌數位影像錄影機以供調查。

　　研究了拍攝內容，確認到該段影像紀錄中的異常性。最初它與原始轉播的內容只有微不足道的差異，諸如每節總分或犯規狀況。後來 SCP-1733 開始大幅度偏離先前幾次的重播內容。根據觀察，錄影中所拍攝到的個體保留有關於上一次播放內容的記憶碎片，並且有部分個體已經覺察到了這些記憶碎片的存在。據推測，重複重播將會以記憶碎片的形式向這些實體傳遞目前尚無法量化的認知能力，而連續重播會擴大對先前事件的回憶。這個效應是積累性的，而且對球場內所有人都有效。覺察認知的程度，已經從現場球評麥克和湯米聲稱他們對眼前看到的比賽有種似曾相識的感覺，發展到對之前重播的內容幾乎完全清晰的記憶。然而，值得注意的是，SCP-1733 內部沒有任何實體直接向觀眾講話，或表現出覺察到自己是存在於數位影音中。

　　被拍攝到的個體，他們的行為與現實生活中別無二致，包括他們的球技、行為和舉止。球迷們在各方面的舉止也與一般人類沒有區別，而基金會對這些個體在現實世界中的調查並沒有找到值得注意的疑點。從他們的行為和意圖看來，被拍攝到的實體似乎都是真實存在的人，只是由於某種未知的原因，他們被封存在這個數位媒體中。根據花園球館的紀錄，二〇一〇年十月二十六日到場觀看比賽的人數為███████。

　　在最初，SCP-1733 的本質被認為是一個能對這場比賽無限次數模擬的集合，因為每次重播，球員們都能根據記憶碎片的內容，預測對方球隊的戰術並作出相應的調整。到了第三十四次重播，球員和教練已經對對方球隊的一舉一動瞭若指掌，以至於在第一節進行到 3 分 34 秒前，雙方比分都保持在 0 比 0。由於在早期的重複播放中，記憶碎片所顯現出的強度較弱，球員們、球迷和場地工作人員都將其理解為一種模糊的直覺，導致他們並沒有意識到自己真正的處境。

　　然而，當進行到第四十五次重播時，對他們處境的理解達到某個臨界點後，球員們開始罷賽，並和球場中的其他人開始策畫一個從球場中逃脫的計畫。基於基金會研究

員的結論，這些居留在 SCP-1733 中的人是被禁錮在這段錄影之中，而且他們沒有任何辦法可以逃脫。所有通向球場外的門在受力超過 ███████ N 時依然紋風不動。球場內的人通過更衣室、球員設施或是豪華包廂離開的嘗試也同樣失敗了。嘗試在比賽開始前等待觀眾入場的時間離開的嘗試也沒有成功：人們試著從觀眾進場地方離開，但依然無法在環繞場館的通道上找到出口。逃生的嘗試顯得越發讓人絕望，製造土製炸彈、全場暴動等嘗試均以失敗告終，人們開始分裂成三個相互敵對的勢力，而在第 ██████ 次重播中，開始出現帶有儀式性質的謀殺，球員們被迫剖腹自殺，嘗試去取悅那個禁錮他們的未知的存在（細節請見時間軸文件 001）。然而，當再一次開始重新播放，所有個體都會恢復到比賽前無恙的狀態。

　　研究員無法在同一臺錄影機錄製的其他影像中重現 SCP-1733 效應，由此可證該設備並非 SCP-1733 異常性的來源。鑑於居留於 SCP-1733 裡的人物顯的很痛苦，測試已無限期停擺。

時間軸文件 001 節錄 ▶

重播次數	重要變化
第 002 次	紀錄中第一次與轉播影像發生差異。花園球館觀眾在邁阿密熱火隊進場時發出噓聲。觀察到邁阿密熱火隊前鋒勒布朗‧詹姆士皺眉對著群眾輕蔑地搖頭。
第 015 次	球權連續交換八次後，比分依然維持在 0-0。在設施內的高清記分板螢幕顯示觀眾席畫面時，觀眾們顯得相當冷靜。塞爾提克大前鋒葛倫‧戴維斯不同於轉播中的表現，在第四節後半成功阻止勒布朗‧詹姆斯的關鍵射籃，讓塞爾提克保持領先。播報員提到儘管「熱火三巨頭採取強烈激進的打法」，葛倫‧戴維斯依舊在前後場都貢獻良多。對先前重播的比賽內容的覺察開始形成。

第 026 次	邁阿密熱火第一次獲勝，比分 112-85。群眾開始表現暴力傾向，對塞爾提克叫罵並丟擲食物。負責解說的播報員湯姆·海因索恩理解那份挫折感，同時批評塞爾提克的教練團在「成功看穿邁阿密的進攻方法後」變得太過自滿。實際上這是邁阿密熱火「三巨頭」第一次同時上場，任何教練都不太可能在僅僅一場比賽中，對不熟悉的進攻方式做出如此熟練的應對。
第 027 次	播報員麥克與湯米在熱火隊大搖大擺進場時提到一種似曾相識感。群眾在塞爾提克做出關鍵表現時維持冷靜。塞爾提克奪下勝利，湯姆·海因索恩因而說道：「塞爾提克得到不小進展，讓他們贏回粉絲的心。」當邁克·戈爾曼問及詳情，海因索恩只說他覺得這支隊伍需要一雪前恥，但他無法更詳細指出細節。
第 044 次	球員們表現出迷失和困惑。比賽暫停。大部分的時間都是醫療專業人員在檢查球員的精神狀態，球員們表示他們在前一晚夢到他們頻繁不斷地重複打這一場開季賽。在球隊工作人員告知狀況後，擔任播報員的麥克與湯米也表示自己有相同的感覺。觀眾們似乎有相同感覺。影像內容結束於球場記者訪問群眾有關他們夢境的性質。
第 045 次	球員拒絕比賽。攝影記者、設施員工、球員、播報員還有群眾聚集到球場上開始討論現況。所有人都相信他們正在讓一場比賽不斷重複。有人嘗試推門但紋風不動。影像內容結束於群眾開始製造土製武器以破壞門。這是最後一次有攝影人員掌鏡的重播。之後所有重播內容都是由單一鏡位拍攝的轉播。
第 051 次	所有離開建築物的嘗試都失敗了。所有場館內還有周邊區域的出口都被封鎖。在看臺 318 區一群喝醉的男大學生與一名較年長的男性發生肢體衝突，最終年長男性因腦震盪昏迷倒地。由於位在球場對面，轉播攝影機無法清楚收錄球場對面的音訊，只能推測爭執是源於這群男性不協助逃脫計畫。這是紀錄中第一次暴力事件。

第 052 次	前一次被擊昏的男人在本次重播時恢復到毫髮無傷的狀態。他在 34:12 的時間點埋伏並突襲一名曾攻擊他的人，以鈍器重傷對方至死。
第 055 次	認知能力已經發展到這群人能記得一週內發生過的事，以及他們在這個建築外的朋友和家人。試圖聯繫外界以獲得幫助的嘗試失敗了。
第 065 次	人群無法離開場所。群眾分散成幾個組別與「派別」：推測球員、教練及球隊工作人員都把自己關在鏡頭外的球員休息室。老弱者、小孩以及父母退守到看臺區東北方的角落並選擇等待重播發生，利用掉落在 320 區的塞爾提克冠軍旗圍出他們的領地。████名被稱為「堅守信仰者」的人物對好幾群人傳教，他們相信被關在花園球館是對後工業社會中猖獗的消費主義降下的懲罰。在前四次重播中也在球場中央燒毀手機、車鑰匙、手提包與錢包作為「供品」。該團體包含在波士頓的教會信徒與[刪除內容]。另外，依然有一批數量可觀、達████人的成年人，仍然在致力於擬定逃脫計畫。
第 073 次	在先前的重播事件中，「堅守信仰者」的人數增加，當時三名男性被出口門上綁著的土製炸藥嚴重炸傷，而門上沒有殘留可見的損壞。
第 095 次	性愛與暴力的享樂主義已經有效地壓制傳教者們的努力。在 320 區的成員要求下，在八號包廂開狂歡派對的人才圍起拼湊而成的簾幕來稍作遮掩。
第 112 次	情況越來越糟，在第 112 次重播開始的十分鐘裡，已有████人從看臺上跳下自殺。
第 ███ 次	「堅守信仰者」們闖入球員休息室捕捉保羅・皮爾斯與勒布朗・詹姆斯。兩名球員被儀式性獻祭，他們的屍體被投影在球場的超大螢幕上。殺害球員的行為看起來對該影片沒有影響。
第 ███ 次	傳教者開始要求獻祭兒童。成年人在「320 組」與「堅守信仰者」之間組成人牆。
第 ███ 次	首次觀測到，場館內的燈光變成暗紅色。[資料刪除]。

報告結束

黃色驚恐

SCP-221

報告者__ Arlecchino

日　期__

強迫症患者的金鑷子

圖像 ___ Ivan Efimov

翻譯 ___ vomiter、Whitenight

來源 ___ scp-wiki.wikidot.com/scp-221

特殊收容措施 ▶

　　SCP-221 應置於上鎖的容器中，僅提供維安權限 2 級的人員移出以用於進一步實驗。目前的容器為長寬皆 15.25 公分的鋼製箱子，內部有內鎖，襯有軟墊。放置箱子的房間也要上鎖，並派遣一名守衛確保無人取走 SCP-221。

描述 ▶

　　SCP-221 是在十六或十七世紀製成的一把黃金鑷子。該物品的前端部分在以往夾取物質樣本時便已有些許損壞，然而受損區域範圍卻在經過人類受試者參與的實驗後變小了。現有理論推測 SCP-221 可以利用人體之中微量的金元素來修補自身的損傷。

人類受試者參與的實驗結果中，任何對自己身體使用 SCP-221 的人都出現相當嚴重的強迫症。受試者會使用 SCP-221 緩慢移除他們身上的所有毛髮，完成後便將目標轉移到手腳指甲、牙齒，最後甚至開始摘除眼睛和皮膚等外部器官，以及內臟器官如肝臟與胰臟——在這過程中 SCP-221 可能不會是最有效的摘除工具，因此受試者有可能會直接利用雙手達成目標（不過 SCP-221 在這段期間還是會一直被握在其中一隻手裡）。受試者會在 SCP-221 被取走時發狂並出現暴力傾向，此時他們依然會繼續徒手進行上述流程，但行為方式變得較為粗野。值得注意的是，儘管進行的模式存在個體差異，然而其致命程度並無太大差別。基金會取得 SCP-221 之前，有案例報告指稱某一個人類 [資料刪除]。基金會人員在收到通報的十小時內便回收了 SCP-221。

附錄 ▶

實驗紀錄 221-1：D 級人員受試者被要求以 SCP-221 移除自己的眉毛。雖然受試者起初對自己的任務相當不情願，但在十分鐘後拔除眉毛的動作開始變得更加主動，在眉毛拔完之後開始拔除睫毛——此時雖然不斷向其表示實驗已經結束，未能阻止其行徑。研究員將受試者從觀察房放出並取走 SCP-221，他便繼續用手指拔除睫毛，完成後轉向自己的腳趾甲。在手指甲和腳趾甲都完全移除後，他開始大吼並以臉撞牆。研究員最初無法理解這一行為有何目的，但接著他就把手伸向自己的口腔，將那些因撞擊而鬆動的牙齒拽下來。最終受試者在試圖拉出體內臟器的過程裡死於失血性休克。

實驗紀錄 221-2：本實驗有兩名 D 級受試者，一號受試者被要求對二號受試者使用 SCP-221。實驗開始十五分鐘後，兩名受試者之間就「如何對另一人使用 SCP-221」一事發生爭執。隨後受試者間以暴力爭奪 SCP-221 的使用權，一號受試者在過程中以 SCP-221 刺穿二號受試者的眼球，該穿刺傷直達大腦導致他當場斃命。一號受試者於是接著開始用 SCP-221 移除自己的睫毛，然後是牙齒與眼睛。一號受試者最終死於大量出血，而在死前他體表的皮膚已經移除了 73%。

報告結束

黃色驚恐

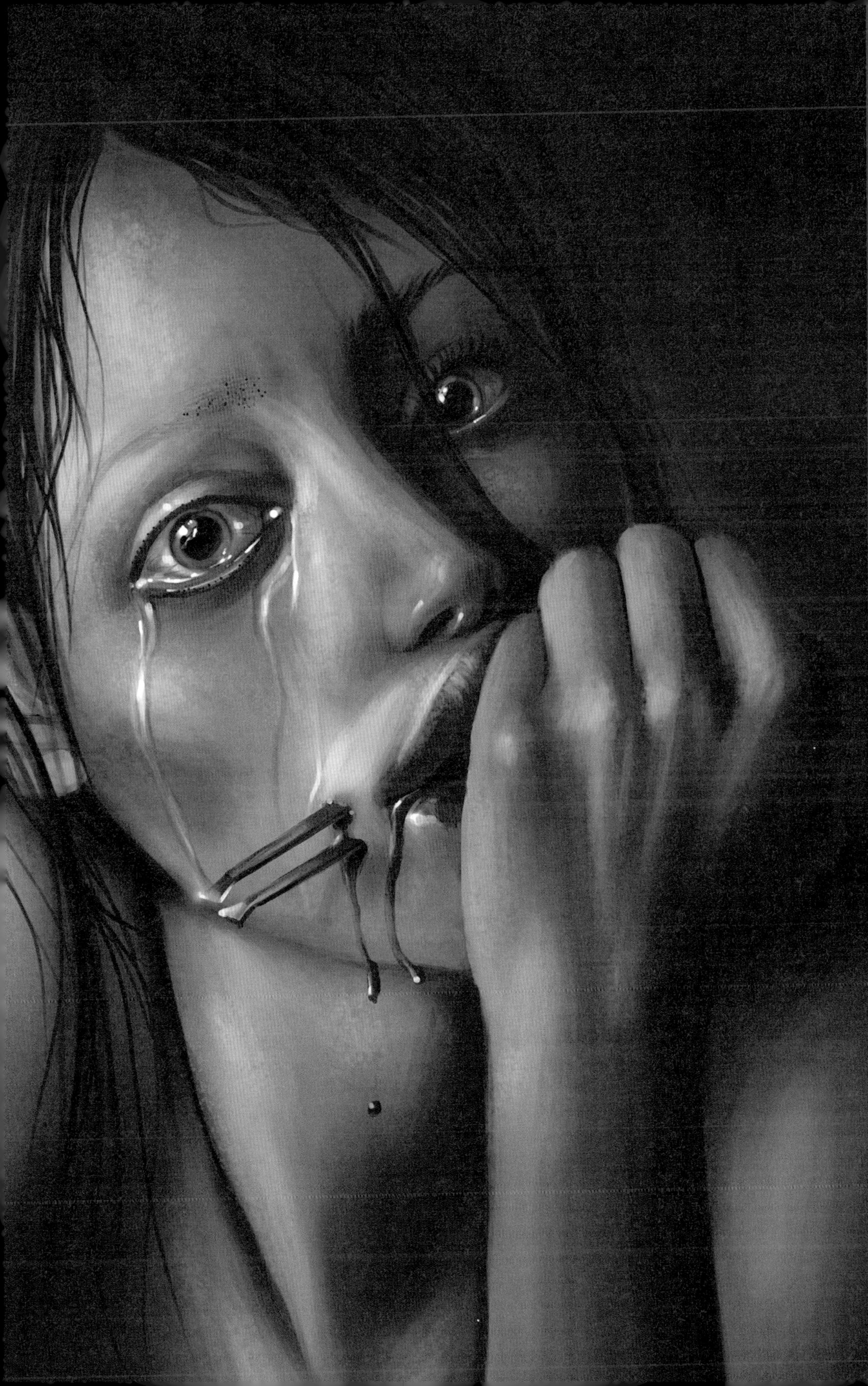

受到 SCP-059-1 感染的對象 D-▮▮▮▮。

SCP-059

放射性礦物

報告者＿＿ far2

日　期＿＿

圖像 ＿＿ Artem Grigoryan

翻譯 ＿＿ Lostwhat、witchdoll

來源 ＿＿ scp-wiki.wikidot.com/scp-059

特殊收容措施 ▶

　　SCP-059 的一個樣本被收容於站點-11B，封存在一個以貧鈾、鉭、錫、鋼、銅和鋁構成的 Z 級層壓隔離箱內。該隔離箱被置於一個 7×7×7 公尺的空間內，整個空間被劃定為 4 級生物性危害區域，空間內鋪滿了 3 公分厚的鉛板，必須每日施灑異硫氰酸甲酯以防止 SCP-059-1 過度生長。

　　進入 SCP-059 影響範圍內的人員，務必穿著適當的生物危害防護衣。通常為 K-59-B 型輻射防護衣。人員不得在影響範圍內停留十五分鐘以上，因為防護衣只能抵禦部分影響。

　　若在野外發現其他影響，則應透過將 SCP-059 本體移除來控制，並焚化所有能觀測到的 SCP-059-1。大型地下項目則應透過空爆燃燒彈來進行無效化。

　　多餘的 SCP-059 無須用來進行實驗，應送至站點-11B 以 10000K 的電漿弧焚化處理。

　　SCP-059 是一種來源不明的放射性礦物，外觀上看上去像白鎢礦。目前項目被認為來自於其他平行宇宙，這樣的說法能夠合理說明項目的異常性質來源。除了 α、β 和 γ 輻射波以外，項目還會發射出一種明顯是項目獨有的輻射波，目前將它稱為「δ（Delta）輻射」。「δ 輻射」還會帶有契忍可夫輻射（Cherenkov radiation），在外觀上看起來是藍色的光芒。

　　使用標準輻射隔離只能夠阻擋一部分的 δ 輻射；使用超密的金屬層壓製成的 Z 級層壓隔離箱得到最好的阻擋效果，使 δ 輻射的有效範圍從 20 公尺縮減到 6 公尺。

　　連續暴露於 δ 輻射下大約十五分鐘後，任何暴露其中的表面會生長出一種未知品種的菌類（被編號為 SCP-059-1）。這種菌類無須任何養分即可生長，但會在離開 δ 輻射二十四小時內死亡。SCP-059-1 本身具有放射性，但不會發射 δ 輻射。不過，如果 SCP-059-1 生長到一個臨界質量（約 ██ 公斤／每立方公尺），就會有未知來源而非源自 SCP-059 的 δ 輻射在該區域中出現，並進一步增加 SCP-059-1 的成長能力（感興趣的訪問者可以參考 ██████ 博士的時空壓力理論與平行宇宙疊合論）。在大約 18 小時過後，被感染的物質將會變得透明並消失，其被假定為進入了 δ 輻射的宇宙。隨後 SCP-059-1 將會繼續感染新的物質。

　　SCP-059-1 能夠感染有機的生命或無機的物質。被 SCP-059-1 感染的人類（或動物）將能夠免疫於游離輻射的影響，但身體將會逐漸被轉換為 SCP-059-1，最終全身組織都會被菌類長滿。被感染的對象通常還會以非暴力的方式，嘗試使未被感染的個體接觸 SCP-059。SCP-059-1 似乎不會直接傳染給其他物質或對象，而只能透過 δ 輻射進行傳染。然而，長時間接觸 SCP-059-1 尚未被證明不具生物危害（包含目前所觀察到的輻射危害）。

　　被感染的個體仍有交流的能力，並描述自己看見了一個完全被 SCP-059-1 覆蓋的世界，而地表大部分都由 SCP-059 構成。目前尚未清楚這是單純的幻覺，還是真的是 SCP-059 來源的世界樣貌。受感染者對自己被感染的事實感到滿意，並常稱自己「被籠罩在來自天堂的湛藍光輝」之中。

SCP-059-1 會被大多數殺菌劑所消滅，但只要 SCP-059 還存在，其就能不斷的繼續生長。處於早期感染階段的人類能夠以灰黴素進行治療，但有九成的對象都會死於輻射中毒，因為受治療的對象會喪失對游離輻射影響的免疫力，而且對象早已因為 SCP-059-1 的效應，在治癒前就已吸收了足以致死的游離輻射量。晚期感染對象不應接受治療，因為已經有太多的組織被轉變為 SCP-059-1 了。[資料刪除]。治療失敗的個體應遠離 SCP-059，不然 [資料刪除]。

SCP-059 已經在八個不同的地下岩層中被發現，且相距超過五千公里。項目的出現沒有任何規則。重量最小為一公斤，最大為十公斤，且不屬於發現地點的正常岩層。

████博士有記錄並分析了被收容的 SCP-059-1 群體，認為 SCP-059-1 可能具有智慧，並透過控制輻身的發身量來進行溝通。嘗試去分析這個「話言」，得出了████

顯微鏡下 SCP-059-1 的樣本

報告結束

SCP-835

報告者＿＿ Aelanna

日　期＿＿

圖像＿＿ Dmitriy Fomin

翻譯＿＿ Areyoucrazytom 殺戮童謠

來源＿＿ scp-wiki.wikidot.com/scp-835

特殊收容措施 ▶

　　每天需監控檢查 SCP-835 是否有新的生長。一旦 SCP-835 變得有敵意，應立即實施壓制策略 A-A6，直到敵意行為停止。由於 SCP-835 對任何時間長度的監禁，都會產生高度攻擊性反應，因此收容區域必須保持在開放海域中。

　　SCP-835 排出的廢棄物必須立即收集並收容。每天會餵食它兩次，包括 [資料刪除]。若目前的地點已不能再支持 SCP-835，就會搬移至新地點，有可能一年會搬移兩次。搬移行動需得到站點指揮部批准。

　　人員應與 SCP-835 保持五公尺的距離。任何靠近它的工作人員必須配有安全繩連接到絞盤上，以便召回人員。一旦發生和 SCP-835 的接觸行為，將導致人員馬上被召回，並實施壓制策略 A-A6。如果接觸導致一名工作人員被完全抓獲，將持續監控SCP-835 直到人員被釋放。

SCP-835 似乎是一大團重達 ███ 噸的珊瑚蟲群體，其中的珊瑚蟲個體比任何已知的珊瑚品種還大，在一些案例中可生長至直徑一公尺。它的中央團塊類似橢圓形，在每一個「尾端」都有非常大型（直徑三公尺）的珊瑚蟲個體。SCP-835 沒有移動能力，似乎由珊瑚蟲伸出來的大型觸手將自己錨定。觸手亦用於捕食，上面覆蓋一層黏稠的黏著劑物質，並且觸手相當強壯，已確認能破壞鋼板。

SCP-835 的「珊瑚」非常堅硬，需使用高性能鑽石鑽頭來收集小塊樣本。同時 SCP-835 以加速速率生長，每天能增生 22.6 公斤（50 磅）的團塊。SCP-835 容易受到許多化學物質的影響，這會導致 SCP-835「封閉」，並在二十四小時內停止所有生長，從而促進了壓制策略 A-A6 的開發和使用。測試顯示 [資料刪除]

SCP-835 每天多次從「尾端」的大型珊瑚蟲個體噴出大量半液體物質，此物質似乎是由半消化的固體、糞便和精液組成。這個珊瑚蟲團塊群還含有多種形式的病毒、細菌和寄生蟲，其中許多僅在 SCP-835 內發現。由於 [資料刪除] 細菌 835-I5 成為收容的主要問題。該細菌與 SCP-835 非常堅硬的「外殼」相結合，成為解決問題的主要障礙。任何可能「強行擊穿」SCP-835 的外力會導致內部「流漿」擴散，並引起 835-I5 的額外感染。

行動後報告初稿

由機動特遣隊 Zeta-Niner 報告：回收情況

████ 年 ██ 月 ██ 日 ██ 時 ██ 分 ███ 秒，機動特遣隊 Zeta-Niner（鼴鼠）對 SCP-835 實施了調查。在這個時間點，SCP-835 尚只有四噸重，且只有在這個結構的北邊尾端有一個珊瑚蟲個體（命名為 Alpha），珊瑚蟲 Bravo 尚不存在。

依照標準程序，選了四名團隊成員進行初步調查。四名人員裝備了標準隔離衣（水下版）。由 C████ 中尉帶領，L█████ 中士和 M█████ 中士負責支援。H█████ 下士是一名新隊員，以觀察員身分陪同隊伍。初步調查使用了標準的水下遙控載具（URV）。

SCP-835 一開始並沒有對團隊表現出敵意，允許團隊成員接近並進行接觸，沒有發生任何事件。URV-01 被派去調查該物體的外部，而團隊成員 C、L 和 M 則前往他們認為是該地點的入口處。H 下士被命令留在外面並監視 URV-1，以確保該設備的繩索不會纏繞在外部突出物上。

第一次狀況出現於 H 下士試圖清理 URV-1 的取樣爪上的堵塞物時，表達了如下文字：「喔，上帝，救救我救救我。」之後他回報說，「一些可怕的觸手」纏上了他的手臂，把他拖向一個「該死的嘴巴」，數次發出求救呼喊⋯⋯看在上帝的份上，我幹不了這個，去你媽的⋯⋯該死的，他只是個小孩子！這只是他第一次出任務，我應該要留意他的！

上帝啊⋯⋯好吧，我們開始吧，我想我會讓軍士長幫我重新編輯這段。

所以這些東西抓住了這孩子。它徹底騙到我們。那個入口不是什麼入口，那只是⋯⋯一些洞穴。真正的入口是北邊那個尾端的珊瑚蟲體。它纏上那孩子，開始把他拖向嘴邊。甲板上的人開始把他拉上來，但他們只拉起一條折斷的纜繩。那孩子呢？他被拖進去吃掉了。

［資料刪除］我扣上了扣環，我們被鉤在一起了，甲板上的人開始用絞盤把我們吊起來……旦我們哪裡也去不了。我緊緊抓住，我告訴他我不會放手，然後絞盤開始卡住，我感覺到繩索被猛拉一下，然後它變鬆，我們滑入了那該死的東西裡。

那裡就像……天哪，我需要再喝一杯……幹。那裡就像……我能想到的唯一形容，就像你知道醫生在某人的屁股插進一根管子並觀察他們的腸道內部時所做的事情？我在電視上看過一次，就是這樣，只不過我是在某個可怕的水下地獄怪物的喉嚨裡，而不是在某個可憐的混蛋的屁股裡。我猜是……肌肉收縮，它們慢慢地讓我們沿著管道滑下去。如果我們沒有穿著硬質隔離衣，我們就會被壓垮，但事實上，我們被緊緊地包住，即使有動力輔助，我們也幾乎無法移動。我設去抬起頭能看到那孩子的臉。他的面罩上沾滿了嘔吐物，可憐的傢伙吐到了他的衣服裡。我開始對他大喊大叫，試著讓他說些什麼。他設法告訴我他沒事。他哭得像個嬰兒似的。

我開始做一些計算，根據我的航位推算追蹤器，以及初始聲納掃描，我們每分鐘移動約一公尺。這意味著我們要等七十二個小時才能從另一邊出來，假設能做到的話。我們有空氣，我們的循環呼吸器可以連續使用好幾天。而我們沒有的東西是能源，無法讓隔離衣長時間保持溫暖。如果熱量散失，我們會死於體溫過低……我不知道，其實看起來不管怎麼樣我們都會掛點。我們需要節約能源。

我告訴孩子關掉頭盔燈，鎖住他衣服上的關節，並將暖氣調到最低。他開始哭泣。他不想這麼做。我沒有責怪他，但我告訴他我們別無選擇。我們最終同意關閉掉所有東西，但保留我們頭盔的內部燈。這似乎讓他平靜了下來，但說實話多出 0.1% 的能源也沒什麼作用。

我覺得這段是最噁心的。我們一整天時間都保持那樣鎖住我們的套裝。不能活動手臂和腿。除了那東西的咕嚕聲和你的呼吸聲，還有呼吸器的聲音以外，沒有任何聲音。大約一小時後，那孩子臉上的嘔吐物開始乾掉脫落，我能看到他的臉了。他看起來很累很害怕。

我想是……檢查一下記錄，軍士長，我想是大約十三小時後，孩子又開始說話了。孩子開始胡言亂語。［資料刪除］。總之，在那之後他平靜了很多吧。我告訴他小睡一會兒。感謝上帝，他也睡了一會兒。

大約二十四小時後，我們到達了……我猜他們現在稱那裡為胃。第一個警訊是某種咕嚕咕嚕的噪音，更大聲的還有一種蓋過它的壓碎聲。我告訴那孩子把他的防護衣開到最大功率並做好準備。過了一小會兒，我們掉到了這個大腔室裡……很大，大得能舒服地容下我們兩個人，比起剛才那個擠壓的管道簡直是巨大。孩子的衣服開始發出嘶嘶聲，外部變得坑坑疤疤之類，我注意到

我的手套開始劣化，所以我對他大喊快走。我們開始朝這個……括約肌，我猜是。我還記得……天哪，我為什麼能記得這個，胃裡面布滿了［資料刪除］。

我在那裡險些迷路，［資料刪除］我留下來，我的防護衣會融化，那就死定了。然後那孩子抓住了我，把我的頭推進了括約肌，隨後我們掉進了……另一個地方。

這地方比胃還難受。［資料刪除］，這個地方是……好吧，你知道裡面裝滿了什麼。我不那麼脆弱，比爾，如果你是一隻鼴鼠隊員就不會是多脆弱的人，然而這個地方搞得我噁心到快暈過去了。不過那孩子撐住了我，告訴我我們快要出去了。「來吧，中尉，我們快離開這裡了，我們走吧。」他說。我們轉移到另一個括約肌，但那個東西……嗯，它比我的教育班長的屁眼縮得還緊。所以我們根本無法離開那裡。

我們決定等一會兒，直到那東西射出它的子彈，可以這麼說：███████████████，██████████████，██████████████████████？不管怎樣，事情就是從那時開始變得糟糕。［資料刪除］我設法把██████████████透過括約肌摔進胃裡。當它開始融化時，它的觸手向我扭動。［資料刪除］

隨後 835 開始排氣，而我被吹出了它的屁股來到大海。

你知道這個故事的其餘部分，比爾。［資料刪除］所以，是的，請幫我填寫其餘的報告和紀錄，好嗎？哦，一定要編輯它，這樣指揮部的混蛋就不會再因為我的行動後審查（AAR）不專業而對我大吼大叫了。我要喝完酒，吃幾顆安眠鎮定藥，然後上床睡覺。［資料刪除］多謝了。

報告結束

黃色驚恐

SCP-835

哆一九特殊命令
修訂版

報告者__ Aelanna

日 期__

公布已刪除的資料

圖像 __ Dmitriy Fomin

翻譯 __ Areyoucrazytom 殺戮童謠

來源 __ scp-wiki.wikidot.com/scp-835

來自基金會紀錄和資訊安全管理部的通知

閱覽本文件需有 4 級權限並獲授權,以及 RITON VICTOR BLUE 準則須知
的確認。如果你不具備必要的維安許可,請立即關閉本檔案並向紀錄和資訊
安全管理部報告安全漏洞。

謝謝你。

—— 瑪麗亞‧瓊斯,紀錄和資訊安全部主任

特殊收容措施 ▶

　　每天需監控檢查 SCP-835 是否有新的生長。一旦 SCP-835 變得有敵意,應立即
實施壓制策略 A-A6,直到敵意行為停止。由於 SCP-835 對任何時間長度的監禁,都
會產生高度攻擊性反應,因此收容區域必須保持在開放海域中。

SCP-835 排出的廢棄物必須立即收集並收容。每天會餵食它兩次，**包括任何形式的當地水生物種。餵食應在全程監視下進行，且不得進行計畫外的 SCP-835 餵食，無論任何原因。若 SCP-835 進入一種「狂暴」狀態，更高等級的哺乳類動物將被當作飼料投放，甚至包括智人。SCP-835 在消化高級哺乳類生命體時，表現出高度的溫順，因此推薦此種飼料並已准許在測試期間使用。**若目前的地點已不能再支持 SCP-835，就會搬移至新地點，有可能一年會搬移兩次。搬移行動需得到站點指揮部批准。

人員應與 SCP-835 保持五公尺的距離。任何靠近它的工作人員必須配有安全繩連接到絞盤上，以便召回人員。一旦發生和 SCP-835 的接觸行為將導致人員馬上被召回，並實施壓制策略 A-A6。如果接觸導致一名工作人員被完全抓獲，將持續監控 SCP-835 直到人員被釋放。

描述 ▶

SCP-835 似乎是一大團重達 ███ 噸的珊瑚蟲群體，其中的珊瑚蟲個體比任何已知的珊瑚品種還大，在一些案例中可生長至直徑一公尺。它的中央團塊類似橢圓形，在每一個「尾端」都有非常大型（直徑三公尺）的珊瑚蟲個體。SCP-835 沒有移動能力，似乎由珊瑚蟲伸出來的大型觸手將自己錨定。觸手亦用於捕食，上面覆蓋一層黏稠的黏著劑物質，並且觸手相當強壯，已確認能破壞鋼板。

SCP-835 的「珊瑚」非常堅硬，需使用高性能鑽石鑽頭來收集小塊樣本。同時 SCP-835 以加速速率生長，每天能增生 22.6 公斤（50 磅）的團塊。SCP-835 容易受到許多化學物質的影響，這會導致 SCP-835「封閉」，並在二十四小時內停止所有生長，從而促進了壓制策略 A-A6 的開發和使用。測試顯示 **SCP-835 是由基礎的人類生物學構造組成，例如外殼是由高密度的鈣質構成，蓋在珊瑚蟲上的「帽子」覆蓋著牙齒琺瑯質，而觸手似乎是突變的舌部細胞組成的。大多數人類的生物系統都存在，然而許多（神經系統、淋巴系統、循環系統等等）表現出了極端的突變和萎縮。消化系統和生殖系統似乎都高度發展且相互關聯，糞便和精液都從同一個「室」中收集和排出。**

SCP-835 每天多次從「尾端」的大型珊瑚蟲個體噴出大量半液體物質，此物質似乎是由半消化的固體、糞便和精液組成。這個珊瑚蟲團塊群還含有多種形式的病毒、細菌和寄生蟲，其中許多僅在 SCP-835 內發現。由於 SCP-835-I5 細菌在 SCP-835 繁殖週期中所扮演的角色，細菌 835-I5 成為收容的主要問題。脊椎動物被 835-I5 感染將經歷以下症狀

- 體重增加變快（每天平均約十到二十磅）
- 持續飢餓
- 對通常令人不快的東西產生食慾（生肉、器官、草、木頭）
- 皮膚硬化 / 鈣化
- 皮膚上形成珊瑚蟲
- 智力和行動能力迅速下降
- 更具侵略性
- 渴望進入海水
- 數個主要的生物系統萎縮

終期感染似乎將受害者轉化為另一個 SCP-835 個體。試圖確認個體是否具有——任何的——知覺遺留，仍未有定論，不過不論怎樣 SCP-835 已表現出了一種非常有限的意識。835-I5 表現出非常高的感染率，並讓 68% 的感染者進展到終期。目前沒有任何治療手段或抗生素可以扭轉或阻止 835-I5 的影響。細菌 835-I5 成為收容的主要問題。該細菌與 SCP-835 非常堅硬的「外殼」相結合，成為主要障礙。任何可能「強行擊穿」SCP-835 的外力會導致內部「流漿」擴散，並引起 835-I5 的額外感染。

行動後報告初稿

由機動特遣隊 Zeta-Niner 報告：回收情況

████年██月██日██時██分██秒，機動特遣隊 Zeta-Niner（鼯鼠）對 SCP-835 實施了調查。在這個時間點，SCP-835 尚只有四噸重，且只有在這個結構的北邊尾端有一個珊瑚蟲個體（命名為 Alpha），珊瑚蟲 Bravo 尚不存在。

依照標準程序，選了四名團隊成員進行初步調查。四名人員裝備了標準隔離衣（水下版）。由 C█████ 中尉帶領，L█████ 中士和 M█████ 中士負責支援。H█████ 下士是一名新隊員，以觀察員身分陪同隊伍。初步調查使用了標準的水下遙控載具（URV）。

SCP-835 一開始並沒有對團隊表現出敵意，允許團隊成員接近並進行接觸，沒有發生任何事件。URV-01 被派去調查該物體的外部，而團隊成員 C、L 和 M 則前往他們認為是該地點的入口處。H 下士被命令留在外面並監視 URV-1，以確保該設備的繩索不會纏繞在外部突出物上。

第一次狀況出現於 H 下士試圖清理 URV-1 的取樣爪上的堵塞物時，表達了如下文字：「喔，上帝，救救我救救我。」之後他回報說，「一些可怕的觸手」纏上了他的手臂，把他拖向一個「該死的嘴巴」，數次發出求救呼喊……看在上帝的份上，我幹不了這個，去你媽的……該死的，他只是個小孩子！這只是他第一次出任務，我應該要留意他的！

上帝啊……好吧，我們開始吧，我想我會讓軍士長幫我重新編輯這段。

所以這些東西抓住了這孩子。它徹底騙到我們。那個入口不是什麼入口，那只是……一些洞穴。真正的入口是北邊那個尾端的珊瑚蟲體。它纏上那孩子，開始把他拖向嘴邊。甲板上的人開始把他拉上來，但他們只拉起一條折斷的纜繩。那孩子呢？他被拖進去吃掉了。

黃色驚恐

天哪，我還記得他在尖叫。他在對我們尖叫，他在哭。「天啊，中尉，它在吃我！天啊，我不想死！」我向他大吼要他冷靜，我們會把他弄出來的，後來甲板上的人要我們中止，他們啟動了絞盤。我大喊等一下，我勾到他的手了！我抓住他了！我扣上了扣環，我們被鉤在一起了，甲板上的人開始用絞盤把我們吊起來……但我們哪裡也去不了。我緊緊抓住，我告訴他我不會放手，然後絞盤開始卡住，我感覺到繩索被猛拉一下，然後它變鬆，我們滑入了那該死的東西裡。[2]

那裡就像……天哪，我需要再喝一杯……幹。那裡就像……我能想到的唯一形容，就像你知道醫生在某人的屁股插進一根管子並觀察他們的腸道內部時所做的事情？我在電視上看過一次，就是這樣，只不過我是在某個可怕的水下地獄怪物的喉嚨裡，而不是在某個可憐的混蛋的屁股裡。我猜是……肌肉收縮，它們慢慢地讓我們沿著管道滑下去。如果我們沒有穿著硬質隔離衣，我們就會被壓垮，但事實上，我們被緊緊地包住，即使有動力輔助，我們也幾乎無法移動。我設法抬起頭能看到那孩子的臉。他的面罩上沾滿了嘔吐物，可憐的傢伙吐到了他的衣服裡。[3] 我開始對他大喊大叫，試著讓他說些什麼。他設法告訴我他沒事。他哭得像個嬰兒似的。

我開始做一些計算，根據我的航位推算追蹤器，以及初始聲納掃描，我們每分鐘移動約一公尺。這意味著我們要等七十二個小時才能從另一邊出來，假設能做到的話。我們有空氣，我們的循環呼吸器可以連續使用好幾天。而我們沒有的東西是能源，無法讓隔離衣長時間保持溫暖。如果熱量散失，我們會死於體溫過低……我不知道，其實看起來不管怎麼樣我們都會掛點。我們需要節約能源。

我告訴孩子關掉頭盔燈，鎖住他衣服上的關節，並將暖氣調到最低。他開始哭泣。他不想這麼做。我沒有責怪他，但我告訴他我們別無選擇。我們最終同意關閉掉所有東西，但保留我們頭盔的內部燈。這似乎讓他平靜了下來，但說實話多出 0.1% 的能源也沒什麼作用。

我覺得這段是最噁心的。我們一整天時間都保持那樣鎖住我們的套裝。不能活動手臂和腿。除了那東西的咕嚕聲和你的呼吸聲，還有呼吸器的聲音以外，沒有任何聲音。大約一小時後，那孩子臉上的嘔吐物開始乾掉脫落，我能看到他的臉了。他看起來很累很害怕。

我想是……檢查一下記錄，軍士長，我想是大約十三小時後，孩子又開始說話了。[4] 孩子開始胡言亂語。他向我道歉，因為他偷我的內褲。說你們這群人讓他溜進我的宿舍從我這裡拿走它，當成是挑戰。你們他媽的為什麼讓他這麼幹？我是說，我不介意你在戲耍新人，比爾，但這他媽太老套了。讓他們聽我說話已經夠難了。總之，比爾，在日誌裡就說到這。你知道我告訴了他什麼，我答應了什麼；當然了，全都是假話。我說笑話。他也笑了。還回我笑話。我希望他在開玩

笑。我不知道如果我們活下來我會做什麼。也許我會繼續做下去。我不知道。一切都搞砸了。我們都完蛋了。總之，在那之後他平靜了很多吧。我告訴他小睡一會兒。感謝上帝，他睡了一會兒。

　　大約二十四小時後，我們到達了……我猜他們現在稱那裡為胃。第一個警訊是某種咕嚕咕嚕的噪音，更大聲的還有一種蓋過它的壓碎聲。我告訴那孩子把他的防護衣開到最大功率並做好準備。過了一小會兒，我們掉到了這個大腔室裡……很大，大得能舒服地容下我們兩個人，比起剛才那個擠壓的管道簡直是巨大。孩子的衣服開始發出嘶嘶聲，外部變得坑坑疤疤之類，我注意到我的手套開始劣化，所以我對他大喊快走。我們開始朝這個……括約肌，我猜是。我還記得……天哪，我為什麼能記得這個，胃裡面布滿了牙齒和臉孔。是人類的臉孔，他們都在向我們哀嚎和尖叫，求我們殺了他們。

　　我在那裡險些迷路，我打開了我的槍械，開始射擊它們的頭部，要是我留下來，我的防護衣會融化，那就死定了。然後那孩子抓住了我，把我的頭推進了括約肌，隨後我們掉進了……另一個地方。

　　這地方比胃還難受。那個地方只是遍布著臉並且充滿胃酸，這個地方是……好吧，你知道裡面裝滿了什麼。我不那麼脆弱，比爾，如果你是一隻鼴鼠隊員就不會是多脆弱的人，然而這個地方搞得我噁心到快暈過去了。不過那孩子撐住了我，告訴我我們快要出去了。「來吧，中尉，我們快離開這裡了，我們走吧。」他說。我們轉移到另一個括約肌，但那個東西……嗯，它比我的教育班長的屁眼縮得還緊。所以我們根本無法離開那裡。

　　我們決定等一會兒，直到那東西射出它的子彈，可以這麼說：如果它拉屎和射精，它最終必須把它吐出來，對嗎？不管怎樣，事情就是從那時開始變得糟糕。那孩子開始抱怨這種可怕的氣味。我盡可能冷靜。告訴他這可能因為是他防護衣的廢棄物回收系統，叫他讓我來看看。嗯，對，他的腿後有一個洞，可能是胃酸導致的。我在那裡放置了一塊補丁，告訴他不要擔心。這時候我注意到有些紅色的東西在他臉上增生。當第一顆東西破裂，他開始尖叫，鮮血濺滿他的面罩內部。他求我殺了他。我把我的槍放到了他的面罩上扣下了扳機，咔嗒。我轟出了我所有的子彈全力射擊這些該死的臉孔。

　　片刻之後，觸手從它的臉上爆發出來。它抓住了我……它開始舔我，比爾。那東西用舌頭舔遍了我的臉、身體和全身衣服。它抓住我，把我推倒，並試圖像狗一樣摩我的衣服，但它無法穿透我的防護衣。我設法把曾經是孩子的那個東西透過括約肌摔進胃裡。當它開始融化時，它的觸手向我扭動。

在他死前，微笑著告訴我他愛我。我放聲尖叫。

隨後 835 開始排氣，而我被吹出了他的屁股來到大海。

你知道這個故事的其餘部分，比爾。除了一件事。記得之前我說它沒辦法穿透隔離套裝嗎？我撒謊了。它成功穿透了我的隔離套裝。沒有別人注意到，我甚至也沒有注意到，直到我回到房間換衣服，看到皮膚上到處都是紅色斑點。所以說……對，我想我完了。我現在已經把房間鎖上了，但你還是得讓所有人在我完蛋前出去。

所以，是的，請幫我填寫其餘的報告和紀錄，好嗎？哦，一定要編輯它，這樣指揮部的混蛋就不會再因為我的行動後審查（AAR）不專業而對我大吼大叫了。我要喝完酒，吃幾顆安眠鎮定藥，然後上床睡覺。不要為了清潔這船而煩惱了。只要放棄這艘船並從原本的站點頂部將船擊沉就好。我認為那孩子會喜歡這樣。現在我們可以在一起了，就像他一直想要的那樣。多謝了。

SCP-689

黑暗中的崇神

報告者__ far2

日　期__

圖像___ Alexey Lebedev

翻譯___ Lostwhat、Areyoucrazytom

來源___ scp-wiki.wikidot.com/scp-689

特殊收容措施 ▶

　　SCP-689 被收容於一裝設有高強度碘化鈉燈管的大型混凝土房間內。所有燈必須以獨立的電路連結，以確保 SCP-689 始終被明亮的燈光照射。

　　收容措施內隨時必須保有至少三名值班人員：包含在收容室內的兩名 D 級人員，以及在收容室外的一名操作員，操作員必須具有 2 級或更高級的維安權限。操作員必須完全失明，或配戴足以完全遮擋視野的頭盔，且在操作期間不得取下頭盔。

　　擔任觀察者的 D 級人員必須始終無阻擋的在 SCP-689 和操作員之間持續監視SCP-689。正常情況下允許 D 級人員眨眼，但必須至少保持一隻眼睛緊盯 SCP-689。若出於任何原因導致收容室內的碘化鈉燈泡熄滅，或使監視中斷，則所有現存曾見過 SCP-689 的人員必須被立即處決。建議為曾見過項目的所有人員配戴能夠從收容控制室內啟動的遠端處決裝置。

若當前已確定 SCP-689 可能隨時離開收容室，則必須由配備回聲定位儀的盲人或配戴頭盔的人員與 D 級監視人員組成的小組前往所有曾見過 SCP-689 的人員的所在地。搜索小組將封鎖該區域，並使用工具遮住項目，然後盡快將 SCP-689 送回收容室內。當 SCP-689 在運輸途中，D 級監視人員必須待在遮蔽措施內，並始終保持對項目的監視。任何因收容突破而見到 SCP-689 的 1 級或以下人員應被立即處決。更高等級的人員將被暫時隔離，但是如果此時發生二次收容失敗，也將被處決。

所有對 SCP-689 的研究必須至少提早七天向 ■■■■■ 博士提出，並附上所提議的實驗和理論的詳細說明。所有研究 SCP-689 的人員皆應事先知曉，對項目的直接視覺觀察會導致他們在發生收容失效或電燈熄滅的情況下，被按照如上的程序處決。

SCP-689 被發現時的位置

■■■■■■ 黃色驚恐

描述 ▶

SCP-689 外觀上為一個綠色雞血石造的小雕像，高 30 公分，表現為一個坐著的骷髏人形，並雙手緊握膝蓋，似乎為一個未知地下世界的神像。項目由 ████████ 在二戰前的德國考古遠征隊於印度 ████████ 地區發現，並遺失於戰爭中，隨後在二戰後落入美國戰略情報局手中。當前未知項目於戰爭時期的存放地點。

在至少有一人監視之下，SCP-689 為完全處於惰性狀態。眨眼等正常行為似乎不會因此打斷對項目的「監視」，但任何在注意力上的疏忽，無論時間長短，皆可能使監視者陷入危險之中。一旦無人監視 SCP-689，項目會消失於當前位置。十五至二十秒後，一位曾經見過 SCP-689 的人將立即死亡，項目會出現在死者的屍體上。若當前已無任何曾經看過項目的人在世，則項目會保持在屍體上不動。

在實驗中已確定項目的異常能力對非人類目標無效，但任何直接看過 SCP-689 的人都會成為潛在的受害者。目前尚未發現相同的死因，屍檢紀錄中包含心臟病發作、中風，乃至所有內臟完全破裂皆有。目前尚未清楚項目選擇受害者的挑選機制，有一種意見認為，人群中的人或者被許多人所關注包圍的人比較容易被選中，推測是為了增加項目的潛在受害者。觀察 SCP-689 的照片似乎不會成為項目的潛在目標。

由於項目離開收容室後可能會產生「連鎖死亡」的現象，因此所有負責監視項目的人員不得出現任何失誤，否則應被立即處決。此點至關重要。

附錄 ▶

具有 2 級權限的人員可參閱文件 #689-B。

文件 689-B：擬議的 SCP-682 實驗 ▶

在一系列嘗試處決 SCP-682 的實驗失敗之後，██████████ 博士和 ██████ 博士建議嘗試使用 SCP-689 處決 SCP-682。透過令 SCP-682 和 SCP-689 接觸後，使用關燈或類似手段使 SCP-689 攻擊 SCP-682。SCP-689 工作人員警告說，如果發生故意觀察失敗的情況，除預定目標之外，所有看到 SCP-689 的人員都必須提前處決，或與 SCP-682 一起放入收容室，確保項目不會逃脫收容措施。由於 SCP-689 的攻擊選擇機制很顯然是隨機的，所以在 SCP-682 受到攻擊之前，可能需要進行多次試驗。研究人員建議，若此實驗提議通過，則應在實驗前先行處決所有 D 級監視人員，以提高實驗成功率。

報告結束

黃色驚恐

SCP-517
自動預言機

報告者__ Dexanote
日　期__ ▇▇▇▇▇▇

圖像 ___ Alex Andreev
翻譯 ___ darknessrain 、 Frederica Bernkastel
來源 ___ scp-wiki.wikidot.com/scp-517

特殊收容措施 ▶

　　SCP-517 需妥善收容於站點-66 的 51164 號收容櫃之中，櫃子必須背對門口。項目應隨時鋪上厚重的布幕。由於項目的測試總會導致低程度的收容突破，當前禁止進行任何測試。若 SCP-517-01 被觸發，人員應向其直屬上司報告以便擬定 517-001 協議。

　　事故 517-1997-M 後，SCP-517 應收容於獨立收容室內。項目應由不透明的黑布包覆封死。自 ~~1997/08/25~~ 2002/▇▇ / ▇▇ 起，未經站點主任批准，不得再對 SCP-517 進行任何測試。

SCP-517 是一臺高約 2 公尺的自動預言機。在木箱與玻璃內裝載著機械木偶與電蠟燭。檢查後顯示其內部結構與類似的機器一致。其頂部的招牌上內嵌著「祖母預言」的字樣，木偶是老年婦女的形貌，身著白色上衣與藍色披肩。物品的電源線已自底部十五公分處被拔斷；這似乎是不熟練拔除電線導致的結果。就算將硬幣投入投幣孔內，也不會發生任何事情。

每小時一次，若有單一個人（以下通稱為「目標」）進入其視野範圍內，它將會自動通電，木偶將轉動身體對準目標，自前端插槽印出一張「預言卡」後隨即停止運作。其過程完全是機械化的，項目並無表現出具有意識的跡象。關於「預言」的實例，參見附錄紀錄。

當地時間次日凌晨一點四十三分，「觸發」SCP-517 者，將會成為一個或一群實體的襲擊目標。這個／這些實體（在此標示為 SCP-517-01）一開始會出現在一塊地區，外形為一群數量不定（十隻至三打不等）的多關節長手臂。上述手臂似乎為完全實體，而且能夠無限伸長。實體在顯現後將會立即擒抓並捕獲目標。如果捕殺過程不順利，將會有額外的手臂在受害者周遭不斷生成，以便更容易抓捕目標。

SCP-517-01 通常會選擇自低矮、狹窄且陰暗的地方（例如地下室或壁櫥）顯現，並在襲擊過程中不斷轉移位置。當前所有案例的目標都會被抓獲，並在被迅速拖入 SCP-517-01 選定的地點後，殘忍地毆打到破曉為止。紀錄在案的實體行為包括：自辦公樓層通風系統中顯現，並將目標拖入天花板；將目標拖入床底下；將目標拉進汙水槽內。任何嘗試干涉該過程者都會被連帶捲入襲擊中。受害者的遺體將會被傷害至［刪除內容］。到目前為止沒有任何生還紀錄。

若一天之內項目被多人觸發多次，所有人員都會成為次日半夜的襲擊目標。SCP-517-01 會從多個區域中顯現，並同時「獵殺」多個目標。然而，基於這類情況測試（517-34c）導致的混亂，應盡一切手段阻止該情況發生。

測試的過程中，曾對 SCP-517-01 預期出現的地點進行遠程觀測，發現手臂會自拐角處或是從其他鏡頭外的地方伸出，最終占滿整個影像畫面。在 SCP-517-01 使用的區域中出現了無法辨識的人類 DNA 痕跡；來源至今仍無從得知。

SCP-517 讀取的幾個「預言」實例摘錄

1993/ ▉ / ▉：要跟一個人說幾次「要做好事」才足夠？

1994/ ▉ / ▉：你媽媽原本能教出更好的孩子的。我很抱歉，但公平就是如此。

1994/ ▉ / ▉：你有努力當個好人，但你該更努力的。

1994/ ▉ / ▉：有些人就是不知道怎麼做個好人。你很快就會知道了，不是嗎？

1997/ ▉ / ▉：多行不義必自斃。親愛的，這是你自找的。

1998/ ▉ / ▉：你就要懂了，很快。

2002/ ▉ / ▉：你似乎犯了些錯。有些事情是不可饒恕的，不是嗎？

2002/ ▉ / ▉：你覺得沒人記得了是嗎？

事件 517-1997-M ▶

涉及 SCP → SCP-517

涉及人員→阿古斯塔・梅爾博士（已故），站點-23 警衛

日期→ 1997/08/25

地點→站點-23 儲藏地區

　　一九九七年八月二十五日，大約在下午一點五十六分。已故的梅爾博士在監督項目轉移至新的收容保險箱時，成為 SCP-517 的目標。警衛人員與站點主任被驚動，很快就設計出一個對 SCP-517-01 的防禦對策。

　　在晚上十一點半，梅爾博士進入一架由基金會控制的 UH-60 黑鷹直升機，五名警衛人員被指定為保鑣。直升機部署在被清空的一號餐廳上方的直升機平臺 3-8 上。

　　來自防衛部門 1、3、4 的警衛人員配有刀劍和電擊棒，外加給予火焰噴射器和戰鬥炸藥。戰鬥小組被安排在一號餐廳一樓和二樓附近的戰術位置上，得到命令要在

SCP-517-01 出現後將它徹底消滅。鑑於這是第一次試圖壓制 SCP-517-01 的聯合行動，允許用一切可行的措施。

　　一號餐廳的結構不適合當作基地，因此推測 SCP-517-01 將在附近的其他建築出現。所有可能被 SCP-517-01 釋放而造成威脅的 SCP 項目，都被轉移至站點的其它地方。SCP-059 的保存地點離一號餐廳較遠，所以相信不構成威脅。

事件紀錄

23:57– 梅爾博士和保鑣進入飛機。

00:05– 增加泛光燈以增加夜間照明。

00:36– 地面戰鬥小組於一號餐廳內部就位。

00:41– 地面戰鬥小組於一號餐廳外部就位。

01:03– 武器檢查完畢。

01:10– 梅爾博士感到一種強烈的不安感，出現輕微的焦慮症狀。此症狀被認為是來自其對 SCP 物品的知識和對接下來事件的妄想。

01:20– 最後一次到盥洗室解決生理問題。

01:30– 地區上鎖。所有可被密封的門窗全部上鎖。

01:43– 大約 18 個 SCP-517-01 肢體在一號餐廳東面約 40 公尺處被發現，應該是在儲藏中心 4-b 的某處產生。然後立刻被武器集中開火消滅。

01:47– 更多的 SCP-517-01 在相同地區被發現。產生了額外的手臂以取代被武器消滅的 SCP-517-01。其中有數個手臂看起來有著收集地上碎塊的任務。沒有對戰鬥小組的敵對報告。

01:55– 觀測到更多由停放於儲藏中心 4-b 和一號餐廳之間的指定運輸工具產生的 SCP-517-01 出現在一號餐廳東北部。地面作戰小組開始使用火焰噴射器。

02:10– SCP-517-01 的攻擊仍在繼續。手臂的數量大量增加，來自東北方向的手臂估計以八十至一百的穩定速度增加。被火焰傷害或消滅的肢體從視野中撤退，落下的碎塊被「實體」收集。沒有對基地小組的直接敵對報告。

02:24– 戰鬥小組報告開始逐漸困難跟上手臂再生的速度。爆破武器被授權在 SCP-517-01 的出現地點使用。沒有對基金會小組的直接敵對報告。

02:39– 梅爾博士和空中戰鬥小組起飛離地。

02:41– 手臂從一號餐廳一樓的「牆壁裡」出現。後續檢查表示手臂以鈍力在牆壁上形成了不規則的孔洞。地面一樓小組使用近距離武器作戰。沒有對基地小組的直接敵對報告。

02:49– SCP-517-01 出現在一號餐廳的通風管道中。屋頂小組接手。儘管梅爾博士已經由撤離工具離地，但地面的 SCP-517-01 仍然朝著一號餐廳的方向接近。估計已出現兩百個 SCP-517-01。

03:04– 由廚房排氣口冒出的 SCP-517-01，出現在一號餐廳的屋頂上。通風口蓋被破壞。遭遇「實體」。

03:11– 看到 SCP-517-01 已突破一號餐廳北側上鎖的逃生門。一號餐廳的通風管道中被發現有 SCP-517-01 產生。

03:22– 從一號餐廳排氣系統產生的 SCP-517-01 與直升機接觸。屋頂機組人員警示，把肢體移除。

03:31– 梅爾博士變得異常激動，要求飛行員逃離此地。直升機開始往東南方移動。

03:33– SCP-517-01 從直升機尾部出現。開始攻擊門。

03:34– 左後部的窗戶被擊碎，機上戰鬥小組開始以刀刃武器應對。

03:35– 梅爾博士被 SCP-517-01 抓住，從窗口被拖出，就緒的手臂把博士從空中轉移到一號餐廳。

03:35– SCP-517-01 肢體與直升機尾部的螺旋槳接觸，飛行員被迫嘗試緊急迫降。特工翠克重傷。

03:36– 戰鬥小組報告 SCP-517-01 的敵意明顯上升。「實體」開始增加手臂再生速度。肢體的數量估計在穩定的一百五十個。

03:37– 梅爾博士被拉入一號餐廳廚房的通風系統中。

03:37– 梅爾博士重新出現在廚房中，特工馬西森嘗試截斷 SCP-517-01 肢體，隨後被抓住並與梅爾博士一起被推入逃生門。

03:37– 特工杰曼、特工特夫勒和特工瑟爾被抓。防守小組獲令放棄陣地。

03:39– 梅爾博士及特工馬西森、杰曼、特夫勒、瑟爾由通道門被拽入儲藏中心 4-b。儲藏中心外的肢體撤退及消失。

03:44– 特工泰德嘗試以手榴彈破壞儲藏中心 4-b，結果被極速的手臂猛力拉進建築物裡。

03:45– 指揮部通訊：任務失敗。

07:01– 黎明。

07:10– 梅爾博士和特工馬西森、杰曼、特夫勒、瑟爾以及泰德的遺體被發現。

報告結束

SCP-321

人之子

報告者__ AdminBright

日　期__

圖像 __ Darja Kogn

翻譯 __ Danza、milk2015

來源 __ scp-wiki.wikidot.com/scp-321

特殊收容措施 ▶

　　SCP-321 被放置在一間標準收容室內。SCP-321 已配備大量支架，以補足其脆弱的骨質結構與肌肉量。其人工心臟需每月檢測一次是否有任何損傷。SCP-321 每日需被餵食三次。固態食物將被排除在其飲食清單外。有三名員工被短期派任來負責 SCP-321。SCP-321 每日需進行三小時的運動及物理治療，其餘時間不參與實驗，靜待在收容室內。SCP-321 無法要求任何物品，不過已擁有幾個絨毛玩具。

描述 ▶

　　SCP-321 是一名女性人類，生於一八■■■年七月四日。SCP-321 目前身高 3.1 公尺，體重約為 110 公斤。項目的頭髮、眼睛、皮膚皆欠缺黑色素。它的發聲功能正

常卻無法言語，並被證實在空間認知與意識上有障礙。SCP-321 顯現出低程度的智力，並且在適應新環境方面有困難。

SCP-321 原為初級研究員亞當‧███████ 與其妻子醫療助理伊芙琳‧████████ 的死產兒。初級研究員████████ 擅自使用多項 SCP（包括 SCP-590），企圖將女兒復活。這樣的做法成功了，然而成果被基金會監管處帶走，進行測驗。項目隨後被授予 SCP 編號。

SCP-321 立即被發現具有復原能力，能以約莫正常速度的五倍速復原身上的傷口。項目於此時被基金會正式記錄為 SCP-321。從那時起，SCP-321 的身體以約莫正常人類的一半速度在生長。儘管成長速度較慢，SCP-321 卻沒有停止成長的跡象，此刻身長已經超過任何正式紀錄的人類身高。在這樣的情況下，SCP-321 的復原能力被歸因於體內過多增生的幹細胞，這是它死亡時與［刪除內容］交互影響的結果。

在一九██ 年初的一段時間裡，SCP-321 的先天心臟功能來到了極限，並且 SCP-321 的身長已經高到不利於血液循環。此段時間，SCP-321 被物理拘束以持續讓心臟能輸血至大腦。儘管如此，它緩慢的衰變現象逐漸明顯，也發現到 SCP-321 復原能力的極限，因其已無法癒合持續發生的損傷。自一九四八年開始製造一顆人工心臟以延續 SCP-321 的存在，該人工心臟於一九██ 年完成。自那時起，所有 SCP-321 受的傷已癒合。

SCP-321 的智商極低。日常活動對它而言極為困難，例如教它使用餐具進食，可能要花費數月至數年。儘管 SCP-321 具有發育完全的聲帶，它似乎無法學習講話，只能發出如六個月以下嬰兒的典型哭聲或無意噪音。

18 ████ 年 7 月 31 日：請求將 SCP-321 解除 SCP 狀態。 ——初級研究員亞當‧████

請求拒絕。—— O5-█

18 ████ 年 1 月 10 日：請求將 SCP-321 解除 SCP 狀態。——人事主管亞當‧████

請求拒絕。—— O5-█

19■■**年 5 月 3 日**：我們無法從 SCP-321 取得更多資訊，建議將之移除 SCP 編號。
——站點-04 站點主任亞當·■■■■

請求拒絕。—— O5-■

19■■■**年 6 月 31 日**： SCP-321 應廢除編號並立即回歸其家庭，立即生效。——
O5-12

請求拒絕。這是最後一次，亞當。它現在不是，也未曾是你的女兒。如果你再試一次，

我會召集議會把你移除。—— O5-1

報告結束

一隻被 SCP-505 汙染的紅鹿（歐洲馬鹿）。

SCP-505

墨染

報告者__ ModernMajorGeneral

日　期__ ████████████

圖像 ___ Genocide Error

翻譯 ___ Areyoucrazytom

來源 ___ scp-wiki.wikidot.com/scp-505

特殊收容措施 ▶

　　SCP-505 現在被收容在站點-██ 的房間，房間大小為 50 公尺 × 40 公尺 × 10 公尺。該收容室使用不只一個氣鎖封閉，並且配備一系列管道，以防 SCP-505-1 做出有可能威脅到收容措施的事件時，將 SCP-505-1 排入收容水箱之中。4M 氫氧化鈉的噴灑器應安裝在收容房間和站點-██ 的其他地方，用以對抗收容失效事件。如果發生 SCP-505-1 的溢出事件，受汙染的區域須立即覆蓋吸收材料（目前將商業吸墨紙列為吸收的標準材料），若無法立即噴灑氫氧化鈉，則用酒精或丙酮替代。氫氧化鈉覆蓋是收容 SCP-505-1 的首選方法，如果可行的話，隨後焚燒受影響的材料。

　　目前在 SCP-505 的主要收容區域外有 ██ 個 SCP-505-1 二次汙染點。這些區域的收容措施各不相同，但盡可能地接近 SCP-505 主要收容區的收容措施。在這些二次汙染區域之中，██ 個目前無法完全收容，導致 SCP-505-1 擴散進入環境之中。這些站點需隨時監視，並且第一要務是制定對策。如需 SCP-505 二級收容站點的完整列表，請參閱文件 505-14A-██ 。

SCP-505 是一支輝柏嘉 ██████ 型鋼筆，在二〇〇一年生產。如果想要取得基金會收容 SCP-505 的檔案，請參閱附錄 505-2。這支鋼筆在任何方面都和其餘的鋼筆相同，除了它和 SCP-505-1 的連結之外。SCP-505-1 是由 SCP-505 製造出來的黑色墨水，它展現了一種會自我複製的性質。SCP-505-1 的擴散速率不同，這種速率取決於 SCP-505-1 所接觸的材料和溢出的總量。SCP-505-1 的數量已顯示以每秒 0.5 至 540 毫升的速度增加。一般消除墨水的化學用品可以移除 SCP-505-1 一部分，並且抑制擴散，但是想要完全將它移除，就必須使用氫氧化鈉。這種方式在環境中有高濃度 SCP-505-1 時，效果也微乎其微。幸運的是，在高濃度下，SCP-505-1 的生長速度似乎與其數量成反比。這種逆生長的現象在大部分情況中難以被觀察到，但在一些收容 SCP-505-1 的案例裡，這個逆生長現象對於可能導致 NK 級世界末日事件的大規模環境汙染，提供了唯一的解釋。

儘管 SCP-505-1 除了持續擴散和部分地抗拒移除之外，沒有表現出異常性質，但是它還是表現出了難以控制的性質。SCP-505-1 會流過不吸水的表面，會滲透進入多孔的表面，就像是普通的墨水一樣。所有和 SCP-505-1 接觸的液體或固體都會被汙染。SCP-505-1 會黏附在金屬等非滲透性的表面上，但是新產生的 SCP-505-1 會從這個表面上一直流下。導致非滲透性表面變成 SCP-505-1 擴散的催化劑，因此，所有 SCP-505-1 收容都應使用滲透性材料進行，例如吸墨紙。無法將 SCP-505-1 永久收容在無孔容器中，因為所述容器中的 SCP-505-1 會逐漸增加數量，導致壓力增加並隨後破裂。因此，所有用於收容 SCP-505-1 的容器必定期排空，以防止收容失效。

SCP-505-1 對於環境的影響和同等品質的普通黑墨水對環境造成的影響是完全相同的。暴露在 SCP-505-1 之下將不可避免地導致有機體死亡；植物會因光合作用被抑製而死亡，動物會因為化學性中毒而死。在人類和其他哺乳動物中，SCP-505-1 的接觸很可能是透過皮膚進行的，它會在皮膚上擴散，直到到達皮膚的孔口或破損處，然後透過黏膜進入血管系統。SCP-505-1 將透過血管系統擴散，並對它所到達的所有器官系統產生災難性影響，因為它不斷複製並且無法通過泌尿系統排泄。死亡原因通常是多重器官衰竭，儘管在大多數情況下，受影響的個體會在此之前被處決並淨化。有關這些情況下的收容措施，請參閱附錄 505-1。

SCP-505-1 會在非黏性液體，例如水中，加快其擴散速度。就跟普通的墨水一樣。由於有可能出現 NK 級世界末日場景，因此必須不惜一切代價防止地下水位被 SCP-505-1 汙染。現在還不知道上述提過的逆生長現象是否會在液體中出現，因為這麼大規模的 SCP-505-1 實驗目前是被嚴格禁止的。因此，所有在水源之中造成的 SCP-505-1 環境汙染，都必須馬上築壩攔截，並將液體抽入收容水箱之中。

附錄 505-1 ▶ 處理在人類個體之中出現的 SCP-505-1 汙染的措施

大劑量服用活性碳表現出可以減緩 SCP-505-1 汙染的進程，但無法阻止該過程。現在唯一已知救治受汙染人類的方法是馬上將受感染的皮膚切除，或是對受感染的皮膚區域進行持續的酒精沖洗。局部酒精治療不會阻止受汙染的個體將 SCP-505-1 擴散到其他表面，因此強烈建議不要使用，除非是救治重要人員。在這種情況下，收容措施應在所有的其他網站之中觀察，以防止造成 SCP-505-1 的二次汙染。理論上，切除或截肢受影響區域是治療的黃金標準，但手術器械和人員的汙染仍然是一個問題。因此，除了重要人員外，所有人類感染 SCP-505-1 的案例都應透過處決處理，然後執行 4M 氫氧化鈉浸泡和焚燒遺體的標準程序。

附錄 505-2 ▶ SCP-505 回收歷史

SCP-505 是基金會在阿曼的 ███████ 鎮中回收的。當時這個城鎮被阿曼政府隔離，因為有報告稱黑色液體開始從該鎮的郵局滲出並導致一些居民死亡。幸運的是，因為該鎮地處荒蕪乾旱之地，偶然防止了一場大規模的 SCP-505-1 環境汙染事件。基金會回收 SCP-505，有 ███ 人的傷亡。沒有偵測到該郵局或該城鎮本身的其他異常屬性。基金會認為需要處死被視為受汙染的 ███ 名居民當中的 ███ 人。這起事故在後來被宣稱是一場非異常的化學洩漏事故。

報告結束

SCP-2399 照片由壁壘計畫站點拍攝。

SCP-2399
故障中的毀滅者

報告者__djkaktus

日　期__

圖像 ___ Pavel Kobyzev

翻譯 ___ Halewen、赤道上的水分子

來源 ___ scp-wiki.wikidot.com/scp-2399

根據監督者議會命令

以下文件描述一個有敵意的外星異常構造體，

有能力導致一個 SK 等級的「荒蕪地球」世界末日事件，

並且屬於 5 / 2399 級機密。

禁止未授權存取

由於 SCP-2399 所處位置及特性，目前尚無法對其進行收容。潛伏在各大天文臺的基金會特工應回收所有關於 SCP-2399 的圖片與攝影。目前散布的假訊息可完全對公眾掩飾 SCP-2399 的存在。

環繞木星的基金會衛星現正在監視 SCP-2399 的自我修復工作，同時實施阻礙行動將它的完成度限制在 75% 以下。此外，在木星高軌上設置多個電磁干擾衛星（屏障陣列）。此陣列攔截到的所有通訊資訊都應被解析並保存。

如果 SCP-2399 修復完成度超過 75% 或有資訊突破屏障範圍，應認為它已完成修復，基金會人員應實施「退伍兵-5」協議（參見附錄 2399-L5）。

描述 ▶

SCP-2399 是一組位於木星低層大氣的巨型複雜機械結構。SCP-2399 在一九六三年被肉眼發現，從那時起它一直在使用先進的反物質武器進行破壞活動，並摧毀大氣 [資料刪除] 導致了巨型紅色漩渦的出現，即木星上的大紅斑。

SCP-2399 上有部分破損，可能是在到達目前位置前與木衛一相撞導致。觀察顯示 SCP-2399 放出大量的小型「八爪型無人機」對它的破損進行修復。部分無人機會停留在 SCP-2399 周圍，其他無人機則在附近的木星衛星上巡航，或深入木星大氣層尋找 SCP-2399 掉落的碎片。電腦模型顯示 SCP-2399 已修復 59%，並以每年 0.78% 的速率持續成長。該速率在一九七〇年成長至 0.12%。

除了表面損傷，SCP-2399 還具有以下特性：具有無限能量供應、電磁護盾、物質分解武器、自我修復的功能，以及追蹤鎖定系統（參見附錄 2399-2b）。鑑於 SCP-2399 的製造者與人類之間有著巨大的科技水準差異，目前沒有任何人類手段可以摧毀 SCP-2399。理論上極強的電磁脈衝可以對 SCP-2399 造成破壞，但目前這樣技術尚不存在。

從一九七一年起，SCP-2399 持續接收一條從三角座星系發來的不間斷訊息流，三角座星系距離地球約三百萬光年。SCP-2399 到達太陽系以及實施該通訊的技術目前尚不明。一九七一年至一九八五年間，SCP-2399 持續收到一段訊息，經解析翻譯後，內容為命令其修復進入太陽系時所受到的損傷。隨後，基金會建立屏障陣列以攔截此類資訊。陣列完成後訊號流中斷了一段時期，直到一九九六年，從訊號源發出了另一個不同的指令。屏障陣列目前正在阻止 SCP-2399 收到該指令。（參見附錄 2399-通訊紀錄）

SCP-2399 行進路徑的縮時攝影

SCP-2399 最初由喬凡尼‧卡西尼於一六六五年發現，但這件事一直不為人知。以下內容直接引用自卡西尼的發現紀錄，由義大利文翻譯為英文再翻成中文。

1665 / 10 / 08

我在天上發現了一個不得了的東西。昨晚我看向自己的望遠鏡，發現一顆可能是星星的東西，散發著耀眼的光芒撞向了我們太陽系的邊緣。我從未見過這麼快的東西，它只花了兩小時就通過外圍行星！我一直看著，用我的雙眼，我看見它慢慢靠近木星，拐了一個大彎，然後消失在了行星表面。然後我看見光線爆發開來，在夜空下我能看得清清楚楚，直到日出。我必須繼續記錄這些東西，我還有責任要警告我的同僚。

1665 / 10 / 15

昨晚我帶皮特來到我的觀測點，距離我看見木星上的火雨已經過了一週了。他帶著他的望遠鏡，我們一起向那顆巨星投去視線。巨大的變化把我們都嚇了一跳。木星，那個遙遠的世界一直只有斑斕的表面，如今在那顆星星墜落的地方出現了一個大紅斑。皮特對這樣一個驚人的發現就這麼出現在我們眼前感到難以置信，我理解他。我會繼續紀錄這一切的。

1665 / 10 / 18

今晚我看向自己的望遠鏡，我對天發誓我看見大紅斑裡發生了巨大的爆炸。我不敢相信自己的眼睛，自天文學出現以來沒有任何關於這樣巨大的天體爆炸的紀錄。我明天會和皮特討論一下，希望從他那裡得到一些建議。

1665 / 10 / 19

皮特和我看到了一樣的景象！我對他說出我的想法，他和我想的一樣，我們隨後的討論推測這一定是我在那天晚上看到的流星造成的後果，這不是我們的錯覺。我很想知道我們的鄰星上究竟發生了什麼巨大變故。對這件事的記錄一定要進行下去。

附錄 2399-2b ▶

████████年███月███日███時，五十三號陣列單位觀察到 SCP-2399 的修復無人機在靠近一塊碎片，並立刻確認那是屬於通訊陣列的一部分。考慮到該零件所起的功用以及被 SCP-2399 回收的後果，下令四十五號陣列單元使用搭載的衝擊砲對無人機開火。

電力用盡了；衝擊炮對無人機無法造成傷害。 五十三號陣列單元的錄影顯示，向無人機發射的砲彈被 SCP-2399 發射的砲擊在距目標五公里的位置上被擊毀。初次發射後十五秒，指揮中心跟四十五號陣列單位失去聯絡，分析錄影發現 SCP-2399 [資料刪除] 隨後的異常現象，從 ████████ – ██ – ███████ – ██ 開始 [資料刪除] 導致四十五號陣列單位被四十四號、五十一號，以及五十五號陣列單位摧毀。

現不允許屏障陣列上的衛星對 SCP-2399 及其釋放的無人機施加干涉。

附錄 2399-2c：GIGAS 計畫 ▶

████年████月████日事件後，決定配置能夠摧毀或限制 SCP-2399 行動的力量。使用基金會以及其他四十五個國家的資源（主要為 ████████、████████、███████，以及 ████████），一個搭載有 ██ 枚裝備 ███████ Mt 炸彈彈頭和 ██ 枚裝備 EMP 雷管的衛星站臺，被發射升空進入環繞木衛二的軌道。於 █████ / █████ / █████ 幾小時，根據十五位國家元首和 O5 ██、O5 ██、O5 ██ 和 O5 ██ 的指令，Gigas 計畫的全部彈頭被發射向 SCP-2399。

[資料刪除]

現正在研究消滅 SCP-2399 的其他方法。

那麼，關於 SCP-2399。

你可曾坐下來好好想過，當你身後的街道發生了車禍，或者你才離開的城市被炸彈襲擊，你是有多麼幸運才能活下來？多少的機緣巧合才能讓你存活至今？晚幾秒或早幾秒，彎腰撿東西，都能導致兩輛巴士相撞。這樣的事情無時無刻都在發生。但那就是我們出現的原因。我們保護普通人，因為他們都不知道如何在未知中保護自己。

我們不能關照到方方面面。有些東西我們可以控制住，可以把那些能毀滅我們的威脅限制起來，但有更多的事情我們毫無對策。有的太過巨大，有的太過迅速，有的能力無邊，這些東西眨眼間就能毀滅人類。它們之所以還沒這麼做，只是我們運氣好。但 2399 和它們不一樣。

關於 SCP-2399 的動機、起源和它的能力我們所知甚少。我們不知道它如何能進行那麼遠距離的通訊，不知道是誰建造了它（如果它真的是被建造出來的），然後送到我們這裡。我們不知道 SCP-2399 完全修復以後會發生什麼，也不知道如果屏障陣列出現漏洞，讓它接收到訊息後會發生什麼。我們不知道，所以我們要做最壞的打算。就目前來看，SCP-2399 一旦到達地球就能瞬間毀滅我們。

但有時候人類能得到幫助，總有東西能阻止末日的到來。這個幫助，對我們、對 SCP-2399 來說就是木星。 SCP-2399 在接近地球的時候撞上了木衛一，卡西尼目擊了這件事而我們也確定了，它受損了，不能脫離木星的引力拉扯。它的武器按照預期啟動，但遭受滅頂之災的是木星，不是我們。

SCP-2399 終將完成修復工作，然後它將會離開木星，前往自己的目標。現在我們可以肆意往它頭上丟核彈和 EMP 炸彈，但它只會毫髮無傷，做什麼都沒有用。所以，萬一它現在就修復完畢，我們就玩完了。

木星為我們爭取了時間。現在 SCP-2399 只能待在那修復自己，我們要想辦法阻止它。不論如何，我們在跟這東西搞軍備競賽。樂觀預測它在二十五年後就能穿過我們的屏障陣列收到訊息。在那之前，我們必須抓住機會。我們必須好好利用每一分每一秒。

所以我們發起了「退伍兵協議」。一枚威力巨大的 EMP 炸彈，天知道用什麼方法驅動，隨後跟著能把人類文明毀滅上千次的核彈。這是個笨辦法，簡單粗暴，而且很可能是徒勞無功。基金會乃至全球的科學研究人員都在想辦法把這些東西送上去，但別說怎麼運作，我們連完成「退伍兵」的時間都不夠，但我們必須搏一把，我們要行動。就算要傾家蕩產，我們也必須試一試。

你很難碰上巴士急轉彎朝你衝過來，你想閃開的話更難。不過木星在我們毫無察覺的時候給了我們一個機會。我想我們應該把握住。

藍道・麥卡倫 主任

壁壘計畫，站點-■

附錄 2399- 通訊紀錄 ▶

以下資訊不斷重複，直到收到新訊息或該電波中斷。

0199883-21 ＞ 02---43

1971/■/■ —本機受損：修復

1985/■/■ —更新指令：維持目前位置：修復

1985/■/■ —電波在該期間內中斷，屏障陣列已建立

1996/■/■ —本機在目標範圍之外：前往該星系第三顆行星［座標刪除］：修復

2015/■/■ —本機在目標範圍之外：前往該星系第三顆行星［座標刪除］：目標優先：停止修復

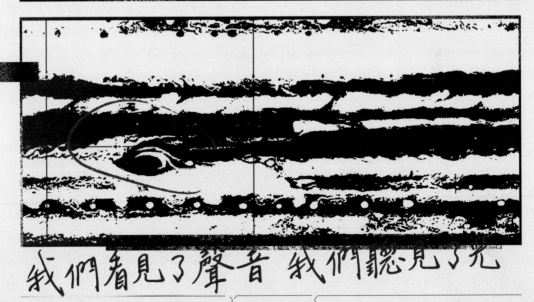

我們看見了聲音 我們聽見了光

報告結束

SCP-1216-RU

樂園之門

報告者__ Fortunatus

日 期__

圖像 __ Dan Temirov
翻譯 __ 劉大維
來源 __ scpfoundation.net/scp-1216-ru

特殊收容措施 ▶

　　所有人員皆禁止以任何理由造訪 SCP-1216-1。該物體位於一個直徑 9 公尺、高 3 公尺及牆壁厚 0.5 公尺的鋼筋混凝土建築（石棺）下的警戒範圍內。石棺內有一個自動研究站，透過電纜連接外部的收發器。該收發器用來和距離該物體 500 公里外的一處管制點建立安全連結。

　　石棺內有可以進行遠端啟動的矽酮密封膠容器。它們是被用來填滿石棺內部，以完全地阻隔能夠接近 SCP-1216-1 的途徑。這些容器在技術人員收到紅色警戒時方能進行開啟（參照文件 1216-B：技術規範）。

描述 ▶

安全人員與技術支援設施的版本

　　SCP-1216-1 是一個空間異常點，位於俄羅斯聯邦薩哈（雅庫特）共和國布倫區一個無人居住的亞北極半荒漠山區，距離最近的久修爾村落一百一十六公里。該異常點為可通往一平行宇宙之通道，該平行宇宙被命名為 SCP-1216-2。

　　該異常點在一九九八年透過衛星影像發現。在當地顯示出一種穩定旋轉濃霧的氣象現象。濃霧是來自另一個宇宙更溫暖且更潮濕的空氣，滲入我們這個宇宙所形成的中氣旋。顯而易見，該異常點先前並不存在。最初，這地點被標示為安全等級，並定期派遣人員前往 SCP-1216-2 進行考察。二〇一三年，我們發現了一個個體（SCP-1218-3），如果「它」進入我們的宇宙將會引發一 K 等級的情景。有鑒於此，SCP-1216 被重新分類為 Keter 等級，所有相關的考察任務都被取消，並在它周圍建造了一座石棺。

　　截至目前所知，SCP-1716-3 無法突破警戒範圍，但是威脅層級可能提升。為了因應這樣的狀況，安全措施必須加強，包括進行石棺內部的密封。基金會目前也只使用遠端操控的機器人，進行對 SCP-1216-2 的研究工作。

搜索機器人操作員與其他情報人員的版本

　　SCP-1216-1 是一個 UO-SSSMB2 類型（穩定、安全，入口兩端可彼此突破）的空間異常點，位於［資料刪除］。從外觀來看，該異常點就像是一個半透明的球形震盪膜，能夠自由地穿越任何物體和無線電波。通過 SCP-1216-1 是一瞬間的事情，不會有任何特殊的感覺。

　　SCP-1216-2 是 SCP-1216-1 另一側的平行世界。出入點位於一不明銀河系中一顆名為 SCP-1216-2-A 的行星表面。根據對地平線曲率的量測，該行星半徑為地球的11.2 倍，大約和木星相同，但其並非一顆氣態巨行星，而且擁有和地球一樣的重力。

這可能表示 SCP-1216-2 的重力常數明顯地小於我們的宇宙，或是該行星的物質密度異常地低。這顆行星的大氣壓力和成分、磁場、光照以及日長也和地球一致。

　　該星球是一顆黃矮星，各方面性質都和太陽相似，除了一些不屬於任何已知元素的明亮發射光譜線。由於光譜中的這項成分（可能是反常的），這顆星球白天的天空是紫羅蘭色，海洋是暗紅色，整個光線色譜都和地球不同。這顆星球有三顆大型的天然衛星（大小跟月球相當）和十二顆小型衛星。透過觀察這些衛星，可以在行星表面進行定位，準確度可達到一公里。

　　其出入點位於北緯 19.1 度，一座丘陵小島的頂部（海平面上 224 公尺）。溫度、濕度還有降水量都符合熱帶氣候特徵；尚未觀測到季節性氣候變動。降雨頻繁（幾乎每

SCP-1216-2-A 的典型地貌

天晚上都降雨），但時間不長，且風力不超過蒲福氏風級 5 級。駕駛飛行器的條件和在地球沒有什麼不同。

島嶼是由像石灰岩和沙岩等沉積岩所構成的巨大群島的一部分。大部分島嶼為多山地形，海岸線崎嶇不平，具有喀斯特地形的洞窟和岩穴，陡峭的懸崖和沙洲是其地形特徵。並未發現地震活動。島上覆蓋植被，具有陸生和水生動物。

在撰寫本報告時（二〇一五年），已對距離出入點半徑約三百公里範圍地區進行了相當充分的勘查，所有區域皆屬於上述群島。沒有發現人類或是其他生命體存在的痕跡。截至目前所知，SCP-1216-2-A 對人類無害。然而，若是長期停留會讓人產生不可逆轉的精神肉體異常作用，主要表現在以下幾個方面——

一到兩週：不合理的焦慮開始出現並增加。

兩到三週：體力和耐力提升、反應速度變快；前述的現象都是在焦慮增加的背景下發生，而且可能引發恐慌發作。

三到四週：對他人產生敵意、攻擊性增加、愈來愈頻繁地爆發無理的狂怒，以至於完全失去自我控制能力。

一到兩個月：發展出異常的刀槍不入能力；任何針對該個體的侵略意圖，都將導致攻擊發起方馬上從 SCP-1216-2 被傳送到 SCP-1216-1 附近的地球。

兩到三個月：喪失所有心智活動，除了那些意圖對他人造成最大傷害的行為。

三到四個月：發展出其他異常能力，例如滯空懸浮、可在水中無限呼吸，以及短距離傳送能力。

大約一年：發展出可在 SCP-1216-2 的各地點和我們的宇宙之間，建立類似 SCP-1216-1 這樣的傳送門的能力。

該項目最初被標示為安全等級，並定期派遣人員前往 SCP-1216-2 進行探勘。個體在 SCP-1216-2 停留的時間都不超過一個禮拜，因此除了輕微的焦慮現象之外未發

現其他負面影響。在二〇一三年，進行了首次的人員長期停留 SCP-1216-2 實驗（時間長達兩個月），在此期間發現了前述的各種現象。除了一名人員以外，所有的實驗對象都被送回地球並恢復正常。後者是可能的，因為刀槍不入的效果只出現在 SCP-1216-2 內。此後，該項目被重新歸類為「Keter」且停止定期探勘，並以石棺封閉隔絕。

SCP-1216-3 是分配給唯一一名逃脫的實驗人員之代號。眼下的當務之急，就是將其拘捕帶回地球。

SCP-1216-3 能夠建立通往我們宇宙的傳送門。至今已經建立了十三個傳送門，這些傳送門被統稱為 SCP-1216-4。它們位於 SCP-1216-2-A 的表面，呈不規則鏈狀，從出入點向西延伸一百二十公里。大部分的傳送門（除了 SCP-1216-4-11）都通往空曠的空間，很容易就可以藉由被其吸入的空氣旋渦偵測到。因此，這條傳送門鏈代表了 SCP-1216-3 在星球表面所留下的「足跡」，這使得尋找它的任務變得更加容易。

附帶所有 SCP-1216-4 精確座標的地圖，都編載於附錄 SCP-1216-A。以下是每個傳送門的摘要敘述。

- SCP-1216-4-1、-2 還有 -3 都通往空曠的星際空間。其另一側的星系皆未被確認過。
- SCP-1216-4-4 和 -5 通往大約距離地球五十兆秒差距的空曠星際空間，這是根據從完全不同的角度所觀測到的數個已確認星系（MB7 還有其他幾個星系），做出的判斷。
- SCP-1216-4-6 通往一個具有致命等級 X 射線的區域。被送入這條通道的機器人在零點五秒後就失效，只傳送了遙測數據，沒能來得及拍照。
- SCP-1216-4-7 通往沃爾夫─隆達馬克─梅洛帝星系外圍空曠空間的一點，距離地球 930 千秒差距。
- SCP-1216-4-8 通往一處塵埃緻密的星雲內部，一顆紅矮星附近。其他星體無法觀測，因此無法確定出入點的位置。該星體的變化很大，並被一個由氣體和塵埃構成的原行星盤所環繞。
- SCP-1216-4-9 通往我們銀河系外圍和大麥哲倫雲之間的空曠空間，距離地球大約 42 千秒差距。
- SCP-1216-4-10 通往一顆「熱木星」類巨行星的高層大氣。這顆星球（橙矮星）無法進行確認，但在天空中觀察到的數顆明亮星體（老人星、參宿七、天津四），可以從地球上看到；根據其座標判斷，出入點位於南長蛇座方向，距離地球大約 600 秒差距。

- SCP-1216-4-11 無法通行，被一座圓頂狀的鐵鎳合金火山所支配，持續不斷地噴發出化學成分相同、溫度超過攝氏六千度的高壓熔岩。
- SCP-1216-4-12 通往空曠的星際空間，其位於鹿豹座方向，距離太陽大約 1.2 秒差距（250000 AU）。
- SCP-1216-4-13 通往一顆不明的冰質小行星的表面，它圍繞著太陽運行，距離太陽約 175 AU。

SCP-1216-3 似乎試圖建立一道通往地球的傳送門。如你所見，「他」一開始只是盲目地建立傳送門，但藉由不斷地嘗試錯誤找到了正確的方法，每一次嘗試，他就會把傳送門轉移到距離地球更近的地方。該個體的目標無疑地對人類懷抱敵意。

假設 SCP-1216-3 的蹤跡被發現，儘管搜索機器人配有所需的攻擊武器，也不應試圖殺死或癱瘓他。這樣的意圖只會導致機器人從 SCP-1216-2 被傳送到地球，而且沒有返回的可能。為了拘捕 SCP-1216-3，基金會的心理和模因研究中心發展出一套「海妖之歌」程序。該程序若作用在此個體上，會有 85% 的機率能夠使其自願服從搜索隊的命令。

在開始進行「海妖之歌」程序前，所有操作人員都必須先關閉音頻傳入的通道，保護自己不受模因的影響。如果成功發揮效果，帶領的操作人員將命令 SCP-1216-3 返回其出入點並前往地球。當個體通過 SCP-1216-1 並變得脆弱時，就會立刻被摧毀。一旦成功，石棺內部隨後將被密封，而且 SCP-1216-2 內的所有活動也將停止。

擁有 4 級以上權限人員的版本

搜索機器人操作員的版本說明大致正確，只有幾個段落是刻意包含錯誤資訊。

SCP-1216-2-A 的太陽光譜的確含有未知元素的射線，但並不會影響該行星的色譜，它和地球的色譜幾乎沒有差別。紅紫色是經由搜索機器人其攝影機的數位色彩處理人為產生的，目的是降低該星球在操作員眼中的外部吸引力。

從生態的觀點來看，該行星完全適合人類生活。島嶼被茂密的常綠落葉植被覆蓋，

生物化學方面也和地球完全相同。大約有一百種果實可食用的樹木和灌木，尚未發現有毒植物。陸地上的動物種類不多，主要是小型鳥類、草食和食蟲哺乳動物。尚未發現大型肉食動物、有毒或叮螫類昆蟲和病原微生物。水下動物種類較多，有數十種可食用的魚類和軟體動物。尚未發現對人類有害的海洋動物。

在二〇一三年代初期，一項預計在 SCP-1216-2 內為基金會人員建造溫泉浴場和療養區的計畫正在進行中。做為該計畫的一部分，二〇一三年進行了一項人類在 SCP-1216-2 長期停留的實驗。過程中發現了以下心理物理和其他方面的異常現象：

一到兩週：從所有的身體疾病復原，獲得對所有已知感染的免疫力（作用可逆，在返回地球後消失）；傷口和健康損害加速癒合和復原（不可逆）。

兩到三週：出現生理上的返老還童現象，像是老年人回復到二十五到三十五歲的年齡狀態，體力和耐力提升，以及反應速度變快（作用可逆）。

三到四週：焦慮感和攻擊性降低，非身體性因素的神經和心理疾病獲得復原。智力提升、發展出正面積極心態和對他人友善的態度、傾向利他主義、妥協折衷，以及消除衝突（可逆）。

一到兩個月：SCP-1216-2 內變成刀槍不入；任何對物件的攻擊嘗試都會導致攻擊發動者立即傳送到 SCP-1216-1 附近的地球（可逆）。

三到四個月：發展出其他異常的能力，比方滯空懸浮能力、在水下無限的呼吸能力，以及短距離傳送能力（尚未確認作用是否可逆）。

大約一年：發展出建立通道的能力，能夠在 SCP-1216-2 的不同地點和我們的宇宙之間，建立類似 SCP-1216-1 的通道（尚未確認作用是否可逆）。

SCP-1216-3 是一名 D 級員工的代號（個人編號 D-87100，其拒絕從 SCP-

1216-2 返回地球）。他的名字叫做費謝沃洛德・彼得羅維奇・諾索夫，生於一九八二年，是俄羅斯聯邦的公民。他在二〇〇三年畢業於新西伯利亞國立技術大學；同一年，他成立了左翼無政府共產主義組織「SVD」（口號：人人幸福自由）。該組織以他為首，犯下了一連串的罪行，例如持槍搶劫商店和銀行（隨後將部分財物分送給窮人）、縱火燒警察局和司法大樓，還有攻擊警員以及私人保全。二〇〇六年，該組織遭緝捕，除了諾索夫成功逃脫，所有成員都被逮捕並判刑。國際刑警組織對諾索夫發出紅色通緝令，將其列入國際通緝名單。二〇〇七年，他被哥倫比亞政府引渡回俄羅斯聯邦。二〇〇八年，根據多項刑法條款，他被判處二十五年監禁。同一年，他和基金會簽署了合作協議。

做為一名 D 級員工，他在 SCP-1216 執行任務。由於具備高度的智力、科學思維以及樂於合作的態度，在其科學顧問薩莫欽博士的要求下，他被排除在每月輪值名單之外。在擔任助理研究員期間，他掌握了關於 SCP-1216-2 的完整資訊。二〇一三年，他參與了一項計畫研究長期停留在 SCP-1216-2 的影響，因此在 SCP-1216-2 待了一個月。在該計畫中止後，他拒絕返回地球，並利用他新獲得的異常能力成功逃脫。

關於「海妖之歌」程序的細節說明是貨真價實的，除了指稱其效果是非模因性。此程序是以每半小時殺死一名 D 級人員做為威脅，對該個體（SCP-1216-3）發出返回出入點的命令。如果忽視命令，就會被告知一項新的威脅：每十五分鐘切除一名三歲孩童身體的一小部分。如此極有可能迫使該個體聽從命令，而不需要真的執行威脅。然而，［資料刪除］。必須留意的是，在 SCP-1216-3 能夠開啟一道通往地球表面某個不受基金會控制區域的傳送門之前，務必不惜一切代價先解除該個體的危害性。

根據目前從 SCP-1216-3 的相關傳記和信念所得到的了解，我們有充分的理由相信，他試圖從 SCP-1216-2 打開通往地球的傳送門，目的是讓所有人都能夠進入這個世界。可以預見，地球人口若大規模地遷徙到 SCP-1216-2，將會為人類的社會、政治和經濟體制帶來災難性的後果。這種性質的事件應視為對正常生活的徹底破壞，屬於 UP 級災難場景。如同其他 Keter 級項目，基金會的任務就是要防止這種情況發生。

報告結束

SCP-179

星海暸望

報告者__ Dr Reach

日　期__

圖像 ___ Zhenya Dolgova

翻譯 ___ Letitia213、ashausesall、Frederica Bernkastel

來源 ___ scp-wiki.wikidot.com/scp-179

特殊收容措施 ▶

　　目前所有關注 SCP-179 的組織，包含基金會，都還無法觸及到項目的位置。所有收容作業都將著重於三級忽視型掩蓋措施上，並對一切針對水星軌道內空間、穿越該區域軌道進行探索、研究的太空任務進行干涉和擾亂。

描述 ▶

　　SCP-179 是一處位於外太空的人形實體，位於太陽光圈南極約四萬公里的固定位置，恆定於太陽旋轉中軸上。然而該實體並不會繞著太陽轉動；SCP-179 的最新紀錄顯示，它似乎是在繞著銀河系的中心轉動。

在持續長達四十三年的多方觀測努力下，SCP-179 的外貌被確認為年齡二十到四十歲、無法辨識身分的人類女性。它全身表面的非滑面黑色材料可能是覆蓋上去或構成的原料。它不斷被太陽風吹拂的頭髮長度超過三十四公里，看起來也是由上述黑色材料構成，且看起來能反射出不一的太陽光——基金會的天文物理學家正是透過此現象於一九四〇年確認了項目的存在。而在它的身體中線上，分布數個標記和紋身，從明亮程度判斷，這些標記可能是金色的金屬原料。

依照中世紀煉金術知識判斷，上述紋身中有幾個符號通常用以代表太陽及太陽系離太陽最近的六個行星，依序為：

- 表示黃金／太陽的符號位於項目前額、髮際線右下方。
- 表示水銀／水星的符號位於項目鼻部並覆蓋到嘴唇。
- 表示銅／金星的符號位於鎖骨中段之間。
- [資料刪除—自動審查等級為 SC4 等級—監測到不正常認知危害] 位於相同年齡與身體比例女性的心臟位置，形狀與解剖學正常人類心臟相符。
- 代表鐵／火星的符號位於項目腹部區域上端。
- 代表錫／土星的符號位於項目腹部區域下端。
- 最後一個符號部分位於骨盆區域，但由於該位置身體結構的特殊性，對該符號的觀察有些困難。不過推測這代表鉛／木星的符號還有部分藏在會陰區域。

大多數時候 SCP-179 都會使側腹對向地球，但也有報告顯示偶爾能觀測到其他部位。[刪除內容]

更多資料已遵照行政警告 ES-026 刪除

行政警告 ES-026

自 ███ 年 ██ 月 █ 日起，SCP-179 被重新分級為 Thaumiel 級。相關人員若權限低於 4/179，將在現任首席研究員的指導下被提高權限或調走，以符合該分級要求。具體情況視該人員對項目的長期觀察和掩蓋工作實施的相關度而定。依據重新分級前的工作時間長短，每一位被調走的人員需接受不同程度的 POLYMATH-08 記憶重置療程與 D 級記憶消除劑（高劑量投用，最大可達到十年的逆行性失憶效果）。

SCP-179 的存在將受到軌道錯誤資訊標準化情報阻礙與無效化活動之影響。根據忽略協議第 4 條（第 4.5、4.6 與 4.7 項）規定，大部分與 SCP-179 相關的文件已被分級為 4 級（最高機密級），更進一步的資訊已被歸類為 5 級（Thaumiel），並僅對獲得 5/179 授權的人員開放。

請注意：對 SCP-179 研究資料的未授權存取，將被視為一次 3-B 型違規行為（無正當全球權限下的未授權資料管理），懲罰是強制接受記憶消除治療，並重新調配和 / 或降級。

SCP-179 具有智慧，對電磁譜中的所有輻射都很敏感，能透過包括但不限於無線電與雷射通訊干涉等多種異常手段進行交流。到目前為止，已確定 SCP-179 能使用流利的法語，並藉此與基金會進行了唯一一次的交流。由於此次接觸仍無法問出 SCP-179 對基金會與其任務的意見，因此必須盡一切手段阻止其他已知的關注組織和 SCP-179 接觸。現已部屬干擾行動與其他先制措施。

SCP-179 被記錄到的行動多與外太空威脅有關，無論是異常或非異常、直衝地球或侵入地球軌道的天體。若這些威脅天體成功抵達地球，都有可能製造 CK 等級的重置事故，並對人類社會與地球上的多數生命造成嚴重衝擊。若這些天體與地球的碰撞或軌道交叉未能得到基金會的恰當處置和收容，其後果將有可能是 XK 級世界末日情景。

SCP-179 時常會對單個或群聚的此類天體進行定位，之後使用一隻手臂指向該天體；若有多個天體同時出現，項目會隨需要生出額外形似手臂的肢體。觀測資料顯示 SCP-179 會對每一被定位的天體做出不同的動作——如舉起不同的手指，或以難以辨認的方式和頻率揮動手臂，這些動作是否包含了什麼特殊含義，當前仍然未知。

SCP-179。照片由█████望遠鏡於 20██年██月██日拍攝。

　　SCP-179 的偵測範圍極限迄今沒有查明。SCP-179 已被確認能夠偵查到來自海王星軌道外區域以外的潛在威脅天體，這些天體中有部分此前已被其他觀察或探索系統（大部分是在基金會控制下）所確認，甚至在至少三個不同的案例中，可以從地球以裸眼觀察確認，但是這些天體並沒有在被發現時就立即被確認為威脅。推測 SCP-179 可能只會針對海王星軌道內區域外可見的活躍威脅物進行偵測和反應，並能準確地確認是否具有威脅性。所有處於海王星軌道內區域、逼近地球的威脅，只要有足量的破壞力都會被 SCP-179 指出，無一例外，且往往都在基金會都尚未意識到威脅前就發現。

　　因此 SCP-179 與所有負責對其進行監控的人員、軌道觀測設施與設備，成了基金會最可靠的早期預警系統，它能準確地偵測，並在一定情況下阻止潛在威脅入侵。SCP-179 能確定哪個星際物體對地球、人類與地球生物圈構成威脅，使得其成為基金會「複合軌道早期預警系統（COEWS）」計畫中的關鍵部分。目前該計畫還涉及SCP-█████、SCP-██、SCP-██-███和 SCP-████、XCPOA-003 至 -0421、

站點-34、站點-103、站點-98、站點-08、站點-██、站點-██-█、██████與██以及指揮站點-██，此外數名潛伏進與外太空探索有關的機構、國際組織內部的人員也參與了計畫。所有透過 SCP-179 獲得或與它相關的數據將被標為 COEWS-179，這些數據將成為基金會各部門的高度優先資訊。

附錄 SCP-179-01：值得注意的 SCP-179 活動 ▶

‹1940/12/13› 首度記錄到 SCP-179 活動。該實體本來始終保持雙臂交叉的姿勢，之後便將手臂指向一個先前未曾發現的星際物體，後者最終撞上地球，隨後 [資料刪除] 城市被湧現的大量異常分泌黏液破壞，造成了一千三百多人死亡，再加上與 [根據先前的刪除內容進行編輯] 相關的異常現象，遺留下的核心物體被重新分類為 SCP-██。SCP-179 擺回了原來的姿勢。

‹1942/09/22› 第六次記錄到 SCP-179 活動。實體舉起手臂指向 [刪除內容]，正朝地球撞來。該物體於一九四二年十月四日墜落在紐西蘭奧克蘭附近。該物體在著陸後分裂成數個機械儀器。[資料刪除] 最後產生了具有較小人員致命性的次生實體。在基金會人員妥當收容該物體後，它被分類為 [刪除內容] 並自動消滅了大部分次生實體，SCP-179 回到原始姿勢。機動特遣隊 [刪除內容，相關資產的資料已從檔案中刪除] 被派往現場，並消滅了所有剩餘次生實體。

‹19██/██/██› 第十八次記錄到 SCP-179 活動。該實體舉起右臂指向 [資料刪除]。時至今日，該實體始終保持著其中一隻手臂——必要時會換手——指著同一對象。

‹1949/03/01› 第二十三次記錄到 SCP-179 活動。該實體將手臂舉向一顆阿莫爾型小行星，後者正朝著地球迫近。基金會使用多個 SCP 物品聯合製作了一臺遠端控制的星際飛船作為重力拖繩對其進行攔截；一九五一年五月三日該任務宣告成功；同時，SCP-179 擺回了原來的姿勢。**附註：**監測人員觀察到該實體做出了似乎是點頭的動作，並提議將其重新分級為 Euclid，提案拒絕。

<1998/12/13> 第四百零三次記錄到 SCP-179 活動。實體不再注視地球，而是將視線轉向木星方向，這個過程持續兩天又十三個小時。之後 SCP-179 又重新將視線轉回地球。

<2002/09/09> 第四百八十七次記錄到 SCP-179 活動。SCP-179 指向了武裝十一型維度兵器 [根據 O5-11 行政命令，更多關於 XCP-11-DW 的資料已刪除]，該兵器發射自 Area-08，用以測試 SCP-179 的探測能力。這設備保持待命狀態 ███ 分鐘，準備對地面上的一個測試地點進行攻擊，此時 SCP-179 並未將其指認為威脅。當該設備抵達距地表三千六百七十公里時，SCP-179 將其作為威脅指出。隨後該設備重新部署為支援模式，並重新定位到其主要目標——即從柯伊伯帶移動中的 [資料刪除]。SCP-179 擺回了原來的姿勢。

<2003/10/16> 透過 ███ -2 偵測器與 SCP-179 進行了一次接觸。此後的活動記錄於附錄 SCP-179-02。 SCP-179 重新分級為 Thaumiel。參見附錄 SCP-179-02。

附錄 SCP-179-02：2003 年 10 月 16 日事件 ▶

　　首度接觸 SCP-179 是透過 ███ -2 偵測器完成，這是一顆裝載多種記錄、分析與交流設備的微型衛星，屬於 ██████ 探測器祕密工程的一部分。██████ 探測器則作為 ███ -2 與基金會任務管制中心的中繼站。

　　與這個實體接觸和交流並未有事先計畫或安排。當 SCP-179 進入可觀測範圍內時（取得了前所未有的清晰、高分辨率影像），該實體的嘴唇開始動作，做出了法語的問候口語脣形。以下為交流內容的完整翻譯。

> **SCP-179 / <17:34:23>：** 你好。
>
> **SCP-179 / <17:39:38>：** 我是瞭望者。
>
> **SCP-179 / <17:42:38>：** 我的名字是 Sauelsuesor。你們喜歡我的兄弟嗎？我也喜歡他。他很大，非常的大。
>
> **SCP-179 / <17:43:01>：** 而且非常溫暖。

SCP-179 / ‹17:43:11›：如果你們想跟我交談，就用衛星跟我電波交流。這會比過來這裡容易許多。應該吧。（實體保持不動直到‹17:55:53›）

（負責偵測 SCP-179 的研究員注意到了上述動靜。研究負責人〔刪除內容〕指派能使用流利法語的 3 級研究人員湯瑪斯・圭漢嘗試和 SCP-179 進行交流。從這裡開始將 ███-2 作為無線電中繼設備；SCP-179 能夠接收、理解與發送無線電通訊，並會發送出單調無特徵的人類聲音，使用法語溝通。後續的對話交流因為 SCP-179 與地球的往返距離，會有 16 分 39.6 秒的訊息延遲，這點在下文會被省略。）

湯瑪斯・圭漢研究員：你是誰？

SCP-179：我叫 Sauelsuesor。我是瞭望者。我注視。我時常觀察。我時常警示。幾乎總是，在我不得不這麼做的時候。只有這樣，生命才會延續。

湯瑪斯・圭漢研究員：你說的「瞭望者」是什麼？

SCP-179：就是我。（微笑）

湯瑪斯・圭漢研究員：我們已經注意到你動作的重要性。你想要指給誰看？

SCP-179：向那些知道看向何處的人。向你們。向那些想要觀看的人。不只是你們。但也包括你們。

湯瑪斯・圭漢研究員：你說的兄弟，是指太陽嗎？

SCP-179：他是我的兄弟，Sauel。他使我感到溫暖。他是關懷之火，愛之光。他用弧線與聲音撫慰我，使我重獲新生。他是一切真理之光的源頭，他也是你們的源頭。

湯瑪斯・圭漢研究員：你從哪裡來？

SCP-179：我自母胎而生。（實體向地球點頭）

湯瑪斯・圭漢研究員：你在目前所在的位置多久了？

SCP-179：我不想告訴你們。（微笑，SCP-179 做出胎兒一樣的姿勢，注視著地球方向並指向〔刪除內容〕。從 ███-2 探測器仍可看見臉龐）

湯瑪斯・圭漢研究員：你是怎麼到達目前的所在地？你是如何獲得這個能力的？

SCP-179：我成為一個女人。這便是我現在的生存方式。

湯瑪斯・圭漢研究員：能請你說的再詳細一點嗎？

SCP-179：不能。

湯瑪斯・圭漢研究員：我們想了解更多關於你的事。為什麼不告訴我們呢？

SCP-179：我很抱歉，我不會成為你們的所有物。我不會屬於任何個人。

湯瑪斯·圭漢研究員：基金會的作為是保護全人類與地球上的所有生命。你不覺得這項任務至關重要嗎？

SCP-179：是的，我正在這麼做，你看就知道了。

湯瑪斯·圭漢研究員：如果我們能通曉你的能力，我們相信你能做得更好。如果你跟我們分享所有的資訊，而不僅是指出對人類與地球的威脅，在各方面都會有很大的助益。

SCP-179：我太過龐大，你們太過渺小。此地有虛無之海和光之沙漠。我是它們的岸。怪物向你們襲來。虛空的重拳擊打不停。飢渴的眾神超出了我們的所知。我是瞭望者。我看見了他們前來的波紋。你們要我把我的視界許諾於你們，僅賜給你們，這樣你們，也只有你們，能成就偉大。即便你們發現、收容、保衛。你們想讓我成為你們的。但這不是我在這裡的原因。還有其他存在。我協助其他存在。我警告其他存在。其他在你們薄弱灰色、乾涸、糊狀牆外的存在。其他超過你們的衛星觸及之外。其他在我們家園之外的存在。其他我認識的存在。其他我愛著的存在。其他你們不會關心的存在。其他曾經造訪過的存在。而且，總的來說，在你們自己周邊建立起的規則、骨頭、律法、血肉、記憶、誓言的小牆之外的其他存在，你們甚至不記得他們的其他存在。我愛著的存在。深愛的存在。但是，也依然只有我的兄弟和我是對等的存在。

湯瑪斯·圭漢研究員：抱歉，我不理解你所說的「其他存在」是什麼，能請你換個說法說明看看嗎？

SCP-179：（微笑）然而我已經無可奉告。

結語：儘管後續進行了數次交流嘗試，SCP-179 未再有任何動作或訊息回應。迄今，SCP-179 沒有回覆過基金會聯絡小組的任何傳訊，也未曾回應其他關注組織的任何溝通嘗試。

報告結束

SCP-1230

一個英雄的誕生

報告者__ MrPixel

日　期__ ▣▣▣▣▣▣▣

圖像 __ Dan Temirov、Genocide Error

翻譯 __ milk2015、vomiter

來源 __ scp-wiki.wikidot.com/scp-1230

特殊收容措施 ▶

　　SCP-1230 應放置在站點-12 的一個上鎖保險櫃內。使用需要至少 2 級權限，並分別受到 3 級人員和安全人員的監督。監督人員不得觀看 SCP-1230 的內容。取用 SCP-1230 的人員必須繳交一份書面報告描述接觸後四十八小時內的做夢經歷。（見附錄-1230-A）SCP-1230 被重新放置到站點-12 主圖書館書桌後面的一個保險箱內。使用的 2 級人員需要被站點的心理學家確認擁有令人滿意的心理素質。取用 SCP-1230 的人員必須繳交一份書面報告描述接觸後四十八小時內的做夢經歷，以及提交後續的心理檢查報告。

描述 ▶

　　SCP-1230 是一本沒有標記、綠色的精裝書籍，表面上沒有任何異常屬性。打開 SCP-1230 之後，所打開的第一頁將顯示一句短語——「一個英雄的誕生」，其他所有頁面將是空白的，書被闔上後，頁面會被「重置」。該現象最初並不會帶來顯著影響，但在讀者入睡時，將夢到一個奇幻世界，而讀者自己是這片混亂大陸的主角。做夢者完全清醒，有著與現實中一樣的所有感官。最終結果取決於做夢者的想像力，故事大多符合做夢者會喜歡的奇幻冒險故事。在夢裡，度過的時間長度為最少四十五秒（見實驗 1230-3），最長兩百年（見實驗 1230-5），不過在現實世界，做夢者通常不會比平時睡得更久。一旦醒來，閱讀者能詳細記住夢境中的各個細節。在所有 SCP-1230 誘發的夢境中，都將會出現一個自稱「守書人」 的人物（SCP-1230-1），它的形象是一個穿著綠色斗篷的鬍子男，自稱是 SCP-1230 本身的化身。SCP-1230-1 被回報為非常友善並樂於幫助做夢者。它表示很樂於創造這些「奇幻景色」，並總是試圖將這些景色塑造為做夢者最喜歡的那種。它會在夢境結束時表現出悲傷，並向做夢者表示「請盡快再次來訪」。

發現經過 ▶

　　位於 [資料刪除] 的一間小書店中發現，店主不記得持有無標記書本，但確實曾試圖向當地報社出售一份有關「神奇夢境書」的故事。基金會成功把故事抹黑成騙局，並沒收了 SCP-1230。

實驗-1230-01 ▶

　　F███博士，在一次試圖探究其影響範圍的測試中，翻開 SCP-1230 後搭機到位於 [刪除內容] 的故鄉，在當地旅館住了一晚。回來後，F███博士報告 SCP-1230-1 出現在他的夢中並解釋，一旦你閱讀了「一個英雄的誕生」，夢境馬上會注入

你的潛意識中，之後 SCP-1230-1 可以操縱它。F▊▊▊▊博士表示他很感激 SCP-1230-1 的合作。

實驗-1230-02 ▶

一臺攝影機放置在 SCP-1230 上方，接著使用一隻機械「手臂」打開了書本。所有的頁面都是空白的。看起來 SCP-1230 只對有做夢能力的生物產生影響。SCP-1230 對隨後的做夢者說道，它只會影響那些「有想像力」的生物，因此大部分諸如動物的生物不會受到影響。

實驗-1230-03 ▶

一名 D 級人員被指示打開書本並（在多次保證經歷只是一場夢後）被指示在進入夢境後立即找到一種方法自殺。測試者只沉睡了四十五秒就流著冷汗醒來。這名 D 級人員在報告稱，自己在一次追尋「聖劍克拉迪烏斯」的冒險中抵達了名為「灰燼山峰」的火山口。當被問到為什麼知道那些名字時，他說「就像我知道他們的一切一樣」。在醒來之前，他跳入了火山口並「感覺到了強烈的灼熱」。這名 D 級人員申請「再試一次」的許可。該申請已被否決。

實驗-1230-04 ▶

一名 D 級人員被指示打開書本並在夢裡對自己進行非致命傷害。六小時以後，這名 D 級人員醒來並報告說，他感受到一種從未如此強烈的「麻掉的痛」，最後難以忍受。同時他報告見到了一名年老、披著斗篷的男子，對方問他為什麼要傷害自己，並感謝他沒有馬上「像其他粗魯的傢伙一樣」自殺。

　　B██████教授填寫了一份取用 SCP-1230 的申請，由於他自身的 4 級權限，該申請很快就通過了。工作人員們回憶 B█████教授幾乎「明顯興奮到顫抖」，同時還報告 B█████教授是桌遊和角色扮演遊戲的熱愛者。監視器顯示 B██████教授翻開書本，閱讀了該段文字，在書桌旁坐下後陷入沉睡。工作人員在 B██████教授睡了超過十五小時都沒醒來時感到不對勁，發出警報。隨後站點醫護人員證實 B██████教授還活著，並且狀態很健康。在睡著後約莫二十四小時，B██████教授開始活動，觀察報告稱「他緩緩地抬頭並環顧四周，表現出非常明顯的困惑」。維安人員進入房間詢問他的狀況，他問說：「我在哪裡？」他被送往醫務中心，工作人員向他說明了所在的地方與身分。幾分鐘後，B█████教授似乎恢復了記憶，並表示要去上廁所。過了十五分鐘，依然不見 B█████教授回來。

　　一名護士進廁所發現他用自己的皮帶上吊自殺了。B██████教授生前在牆壁上潦草寫下：「我無法回來面對這一切。」F█████博士前去詢問 SCP-1230-1 發生了什麼，然而在翻開 SCP-1230 後，所有書頁呈現浸濕的狀態並寫滿同一段語句：「我很抱歉，我不是故意讓事情變成這樣的。我只是希望讓人開心。」不斷重複。SCP-1230 處在這個狀態持續三週，滲出書頁的水流到桌面上，每兩週就必須擦乾一次。為了進行溝通，F█████博士在 SCP-1230 內頁貼上一張便條紙，寫著：「如果可以的話，我想跟你談談。」隔天早晨，F█████博士回報了一段他有關 SCP-230-1 的夢境。

報告-1230-14

　　昨晚睡著以後，我夢到自己在一片漆黑的空中。SCP-1230-1 坐在一盞街燈下的水坑。斗篷浸滿了水，他正在啜泣。我記得我們的交談：

F█████博士：守書人？是你嗎？我的天，老兄，我們在哪？
守書人：（帶著抽泣聲）我……沒法讓這裡變成美景。
F█████博士：守書人……那天怎麼了？為什麼 B██████教授會自殺？我們必須知道你這裡發生的事情。

守書人：（擦拭眼淚）他有非常活躍的想像力！我當時可以為他創造一個廣大美麗的宇宙，且他看起來渴望這樣的生活很久了。他征服無數可恨的怪獸，也拯救過好幾名公主……他建立起不只一個王國，甚至還組建了自己的家庭……但他從未想要離開。他在他的幻想世界中陷得這麼深，於是我馬上就意識到他比起現實世界，更喜歡自己的夢境。我提醒他這一切只是幻象，但他聽不進我說的話。他說如果他被迫離開的話，他會立即結束自己的生命。我盡了全力讓他可以延續他的開心……

F████博士：……守書人……請問對他來說，他的夢持續了多久？

守書人：……兩百年，博士。我盡力了，但我只能留住他兩百年。就算夢境再怎麼美好，我們終究還是會醒來。

　　而後我幾乎馬上醒來了。我無法相信他在夢境裡度過了兩百年。我被他的愚昧所震驚，好遺憾我們讓這樣一個傑出的靈魂迷失在自己的美夢當中。

　　在報告提交後不久，監視錄影器顯示 F██████ 博士將另外一張紙片夾入 SCP-1230。幾天後，SCP-1230 又一如既往的顯示「一個英雄的誕生」的開場白。F█████ 在被問及夾入了什麼紙條時拒絕回答，他聲稱自己「僅僅是給了一點友善的建議」。

附錄 1230-A ▶

　　在最初的測試中，SCP-1230-1 詢問做夢人員是否可以把它轉移到有許多書籍（最好是小說）的地方，這樣一來能讓它更方便構思如何建構「幻想世界」。經過許多實驗證實 SCP-1230 不會造成任何威脅後，該申請被核准，目前 SCP-1230 已轉移至站點-12 的圖書館存放。

> **報告結束**

SCP-726

再生之蛆

報告者__ bogleech

日　期__

圖像__ Markiz de Baldezar

翻譯__ 赤道上的水分子

來源__ scp-wiki.wikidot.com/scp-726

特殊收容措施 ▶

　　一對重組的人類 SCP-726 樣本被收容在站點-17 內，收容室內設有襯層以保護安全，每二十四小時清理一次排泄物。綜合蔬菜泥可滿足其營養需求。使用花生醬可使項目在清潔或實驗期間維持鎮定。每一季，向專案提供一對男女人類屍體，並在成功繁殖後實行處決。明令禁止其他種類的動物組織進入項目收容範圍。

描述 ▶

　　SCP-726 的外觀和基因都與絲光銅綠蠅的卵和幼蟲一致，這是一種在溫帶氣候常見的食腐蠅。當幼蟲在腐爛的動物組織上孵化後，會開始跟一般的蒼蠅幼蟲一樣啃食腐肉直至組織耗盡。此時項目會向一個中心點聚集，開始反芻出鮮活的細胞組織，同

時透過未知方法大量繁殖。如不人為中止，SCP-726 將「重組」出一具完整的軀體，肉體組織跟腐肉來源一樣。「重組」是飛速進行的過程，儼然蛆蟲活動的逆過程，最終復原出一個擁有完整生命功能的個體，然後所有幼蟲會掉落，開始分解。

在最佳的收容環境下，SCP-726 重組的生物個體會表現出成年食腐蠅的思維，本能地趨向於腐爛生物組織釋放的氣味，並透過舐食和吸食的方式分解該組織。所有種類的生物個體都會嘗試去拍打身後不存在的昆蟲蟲翅，因而表現出間歇性的抽搐，同時鳥類和翼手類的生物個體無法以它們尋常的方式飛行。接近任何腐肉來源會刺激項目表現出交配行為，無論原始物種為何。一旦交配成功，會產下大量 SCP-726 的卵，此時被重組的雌性個體會開始嘗試儲存食物。

SCP-726 能夠利用任意數量、任意狀態的腐肉重組出一具完整軀體，也能使用來自同一屍體的不同碎塊重組出多個相同個體。重組個體死亡後，可以被 SCP-726 再次重組，但新的重組個體會表現出持續下降的精密性（參考附錄的世代紀錄）。

發現經過 ▶

一九██年八月十六日，在美國西維吉尼亞州貝克利，當地一間███████後的垃圾箱內，發現了法伯女士，當時她赤身裸體。一隻巨大的雄性 [刪除內容] 正插入其 [刪除內容] 內。隨後法伯女士因急性癡呆症住院。其後幾週，當地通報大面積的動物異常行為，包括大量家牛、家豬，以及家禽等家畜的異常。基金會人員推斷出 SCP-726 的生殖行為，並發現這些動物都是從法伯女士被發現的那個垃圾箱內的碎肉所重組。在基金會的調查期間，看見██個相似於法伯女士的個體在居住地附近的樹林裡遊蕩，經審訊後，法伯先生承認謀殺並肢解了妻子。

　　我決定開始測試重複重組的限度。每個樣本將放置一枚 SCP-726 的卵。因其繁殖速度極快，樣本上原本的蛆蟲數量不會影響其行動速度，但被重組的生物體大小會影響其行動速度。

樣本：一隻死亡的褐鼠，縱向切開。

結果：SCP-726 重組出兩種模樣的褐鼠，它們的毛皮花色互為鏡像。

樣本：先前實驗中複製出的褐鼠的殘骸，絞成漿狀並混合。

結果：SCP-726 將樣本分成兩部分並重組出了幾乎相同的兩個複製鼠，其中一隻右眼是紅色。

樣本：前次試驗所用褐鼠的殘骸，絞成膏狀。

結果：重組鼠僅有細小的四肢，雙眼皆盲。

樣本：眼盲鼠的心臟。

結果：重組鼠沒有眼睛，體內無色素，不斷發出吱吱叫聲。

樣本：無眼鼠的心臟，切半。

結果：兩隻無眼鼠。一隻只能依照緊密的圓圈軌跡行走，另一隻完全無毛且對前者表現出異常的攻擊性。

備註：前者的行為似乎與生理機能的退化有關。

樣本：無毛鼠的殘塊。

結果：無眼、無毛且無四肢。無法完全復活。顱腔內含有肝臟。

樣本：「無腦」鼠的肝臟。

結果：無眼、無腦、無四肢，「類似蠕蟲」的伸長腹部，軀幹遍布瘤狀物，可能為未發育的眼球。攻擊性大增，因啃食自身尾部而死於失血過多。

樣本： 前次實驗鼠的新鮮完整屍體。

結果： 由組織和內臟組成的不定形肉團，不斷顫抖直至停止。

樣本： 前次實驗體的部分組織。

結果： 由未分化細胞構成的可動塊團，外觀類似蛞蝓。可透過皮膚吸取養分。

樣本： 前次實驗體的部分組織。

結果： 與前次試驗一致。

備註： 這個結果持續了四次實驗，沒有產生差異。我決定保留最後的「蛞蝓」作為長期觀察對象。我給它取名叫「布朗多」。

樣本： 西元前 ████ 年的乾枯屍體殘塊。

結果： 重組出一名中年男性，如預期表現類似蠅類。

備註： 這很有趣，也許能成為新的法醫採證工具。

樣本： 測試對象 D 級人員的一個指尖。

結果： 對象被重組且如預期表現如蒼蠅。其身分辨識資訊與公共行為紀錄及基金會內部紀錄對比。DNA 完全吻合，齒列和指紋則完全相反。

樣本： 前次實驗中 D 級人員的眼球。

結果： 重組物體的齒列正常，指紋是外來指紋。

備註： 看來即使從本體上取得樣本也會有一定誤差。

樣本： 一名活體的 D 級人員，腳踝處有被感染的傷口，SCP-726 被置於傷口上。

結果： 壞死組織被分解，且重組過程在傷口復原後停止。對象一直表現正常，直到 ████ 個小時後開始惡化。對象表現出所有 SCP-726 導致的異常性，隨後被處決。

備註： 我覺得我們可以不用考慮醫療用途了。

樣本：丁骨牛排。

結果：成年肉牛，如預期表現出昆蟲的行為和食性。對象被宰殺並製成丁骨牛排給 D
級對照組人員。隨後的檢查無異常，直到 [資料刪除] 符合麗蠅科生物。對象被
處決。

備註：一場略超出預想的生化災難。建議對原站點進一步觀察。

樣本：丁骨牛排。

結果：同上。將對象切片，用不同化學藥劑處理，接受放射線轟擊等方法熱力滅菌。
以不同的料理提供給 D 級人員。結果與前次實驗一致。

備註：我想我們已經證明這些變異的蛆不適合作為畜牧業替代品。

樣本：████種昆蟲和蜘蛛混合而成的漿液。

結果：███████重組出節肢動物，表現與蒼蠅一致。所有雌性個體都產下 SCP-726
的卵。

備註：這種情況在野外不可能發生，死去的昆蟲沒有足夠的組織也不會釋放出氣味來吸
引蒼蠅。樣本已在潮濕環境下充分腐壞，製造出就像脊椎動物屍體的繁殖環境。

樣本：████隻食腐蠅成蟲絞成的漿液，其種族與 SCP-726 幼蟲吻和。

結果：一隻異常巨大的飛蠅。短時間內死亡。

備註：出乎預料之外。平方立方定律真是令人遺憾，我很想看到進一步的發展。

樣本：一片鮭魚肉。

結果：一隻成年雄性鮭魚。放入水中會劇烈抽搐，看似「溺水」。從水中移出後只能
偶爾跳動，但並不會因窒息而表現出精神壓力。

樣本：一隻炸魷魚捲。

結果：一隻成年雄性魷魚，被立即放入水池中。無助的扭動直到從水中取出。它用觸
手不自然地拖曳自己，並積極地分解排泄物和腐肉。其精子樣本中表現出 SCP-
726 的特性。

樣本：一份從████得來速買的起司漢堡。

結果： SCP-726 重組出兩隻成年牛以及████隻褐鼠。

樣本：一罐市售的「罐裝肉醬」。分析顯示成分含有牛肉、豬肉、高果糖玉米糖漿，
　　　以及十二種 FDA 認證的防腐劑。

結果：[資料刪除]

備註：這████████到底是什麼鬼東西？

樣本：一具前次實驗的屍體，絞成漿液。

結果：[刪除內容] 對移動物體表現出極大敵意。所有處決嘗試都失敗了。樣本已冷凍。

備註：我把它液化了它都還在動。

樣本：前次實驗的解凍樣本。

結果：[刪除內容] 表現出類似 SCP- ████████ 的特性。已焚毀。

備註：我不要再做這些實驗了。可能會把「布朗多」丟掉。

附錄 ▶

在████████博士最近的成果後，有關 SCP-726 的實驗就中止了。有人提出請求
以 SCP-726 產生的組織對 SCP-1361 及類似的異常進行實驗，請求被拒絕。應密切
監視站點-17 中樣本的反常舉動和異常生長。

報告結束

SCP-1861

皇家海軍溫特思海墨號的船員

報告者___ PeppersGhost

日　期___

圖像___ Alex Andreev

翻譯___ MElement、milk2015

來源___ scp-wiki.wikidot.com/scp-1861

特殊收容措施 ▶

　　若有人舉報發現 SCP-1861 的蹤影，應由距離最近的基金會哨站指派特遣隊人員協助交通改道，以遠離受影響區域，並阻止平民與 SCP-1861-B 個體交流。一支分隊必須部署在特定目標位置以防止有平民進入 SCP-1861-A。由於 SCP-1861-B 無法用暴力摧毀，應盡可能以外交手段防止平民被綁架。潛伏在當地新聞機構和天氣監測站點的特工將把 SCP-1861 歸結為空氣壓力異常和帶有大量□□□□□□□□。進入 SCP-1861-A 的平民會被宣布為合法死亡，死因是常見的惡劣天氣事故。

　　SCP-1861 是一種異常天氣現象，特徵是劇烈降雨和含有鹽水、人血，以及人腦髓液的霧。它的出現是不可預測的，自發性出現，與受影響地區的自然氣候和天氣模式無關。這種現象通常每三到六個月發生一次，並且有紀錄顯示在世界各地的許多地區都有發生。歷史紀錄顯示 SCP-1861 最早在一九一六年就已經存在。SCP-1861 涵蓋的區域每次各不相同，已記錄最大的受影響區域為五千平方公里。除了其出現、構成以及跟 SCP-1861-A 有明顯關聯外，SCP-1861 沒有額外的異常性質。

　　SCP-1861-A 是一艘潛水艇，類似皇家海軍在一戰時期使用的 B 級潛艦。在每次 SCP-1861 顯現期間，SCP-1861-A 將嘗試在足以容納其全部容量的水體中浮出水面。SCP-1861-A 可以出現在自然水體以及人造水體。若沒有可容納整個 SCP-1861-A 的水體，SCP-1861-A 將會上浮在任何足以容納其司令塔和頂部平臺的水體中，即使此類水體只有幾英尺深。

　　SCP-1861-B，是在 SCP-1861 的現象中從 SCP-1861-A 中出現的人形個體。穿著類似深海潛水裝備的全身服，但沒有明顯的空氣供應源。SCP-1861-B 個體大小一致，並具有成年男性典型的速度和力量。大多數個體有智慧並有說話能力，約 9% 的個體的智慧有限，僅具備感知能力。根據紀錄，無法進行語言溝通的個體會發出類似家貓、犬科動物和嬰兒人類的叫聲。SCP-1861-B 個體穿戴的潛水裝異常堅固，只有穿戴中的個體可以脫掉它，其餘外力皆無法使它脫落。若 SCP-1861-B 遇到一名人類測試者，它會試圖說服測試者進入 SCP-1861-A，聲稱此行為符合測試者的最大利益。至於拒絕的測試者會不會被強行帶去 SCP-1861-A，取決於 SCP-1861-B 個體的性格。

　　被引誘進入 SCP-1861-A 的人類測試者將在隨後出現的 SCP-1861 現象中，以 SCP-1861-B 個體的形式重新出現。如果一個 SCP-1861-B 個體被帶出 SCP-1861 影響的區域，它將開始加速疲勞並失去意識，變得完全惰性，直到被重新引入 SCP-1861。當 SCP-1861 的現象消失後，SCP-1861-A 將與留下的 SCP-1861-B 個體一起消失。此外，SCP-1861 留下的血液、腦髓液和鹽水會立即轉化為普通的雨水。

SCP-1861-A 和-B 的個體

受訪者→一個自稱是船員之一的 SCP-1861-B 個體

採訪者→ D-1861-36，透過遠端廣播接收來自克勞奇博士的問題。

前言→ D-1861-36 被送入一個 SCP-1861 的影響區域，並收到指示要調查一個 SCP-1861-B 個體。可以透過錄音聽見暴雨聲，而 SCP-1861-B 說話時因為其穿戴的潛水裝，讓聲音聽起來有些沉悶。

< 紀錄開始 >

D-1861-36：你是誰？

SCP-1861-B：我是皇家海軍溫特思海墨號的山繆·拉姆奇。我們正在疏散該區域，請和我一起走。你在這裡很危險。

D-1861-36：為什麼？發生什麼事了？

SCP-1861-B：我還沒有辦法證明，不過我可以告訴你，如果你不跟我走你馬上就要死了。這不是威脅，這是警告。這裡馬上就要發生非常、非常恐怖的事。

D-1861-36：什麼？會發生什麼事？

SCP-1861-B：聽著，你得相信我。當雨停止，你就會死掉。我不是開玩笑，除非你跟著我去我們的潛水艇，不然你死定了。你在那會很安全。

D-1861-36：告訴我雨停後會發生什麼事！

SCP-1861-B：就算我說了你也不會信的。

D-1861-36：說說看。

SCP-1861-B：我……你看，我知道這聽起來很瘋狂，但這不是普通的雨。這不是來自這個世界的雨。這是另外一個世界，一個恐怖的世界，它正在滲透這個世界。別那樣看我！你可以自己看看這是不是普通的雨。這麼濃密！而且是紅的！你得相信我。我求你了。我試著拯救你的生命。我看過雨停之後人們發生了什麼，而我正試圖從那種情況中拯救你！跟我來，我發誓我們都會沒事。

D-1861-36：是什麼樣的世界？這種情況發生多久了？

SCP-1861-B：聽著，我想要幫你。我發誓真的。但如果你不相信我，我只好去找其他願意跟我走的人了。我真的，真的，很抱歉，不過我不能站在這和你乾耗，我還得試著救其他人。

< 紀錄結束 >

訪談紀錄 DOC-1861-2 ▶

受訪者→一個自稱是 D-1861-46 的 SCP-1861-B 個體。

採訪者→ D-1861-45，透過遠端廣播接收克勞奇博士的問題。

前言→ D-1861-45 和 D-1861-46，都是三十歲左右的成年男性，都在先前被派去 SCP-1861 的現象事件中。在此期間，D-1861-45 被指示避免接觸 SCP-1861-B 個體，而 D-1861-46 被指示進入 SCP-1861-A。可以透過錄音聽見暴雨聲，而 SCP-1861-B 說話時因為其穿戴的潛水裝，讓聲音聽起來有些沉悶。

< 紀錄開始 >

D-1861-45：我怎麼知道你真的是薩爾？

SCP-1861-B：我告訴你暗號是「Boyardee」，這樣足夠證明嗎？

D-1861-45：這至少證明你獲得了他的記憶，所以你進入潛水艇後發生了什麼事？

SCP-1861-B：潛水艇內基本上是一條長長的狹窄通道，擠滿了穿潛水裝的人，和一些鎮上來的人。裡面真的很擠，你幾乎沒辦法移動。因為越來越多人進來，你就會一直被往裡面推。我被推得越進去，越感覺自己正貼著底部牆壁，但這條通道卻好像一直伸展下去。在我進入的一小時後，人們停止進入而艙口也關上了。之後，沒有任何警告，潛水艇開始注滿水。

D-1861-45：等等，他們試圖淹死你？

SCP-1861-A出現在俄羅斯的[redacted]。

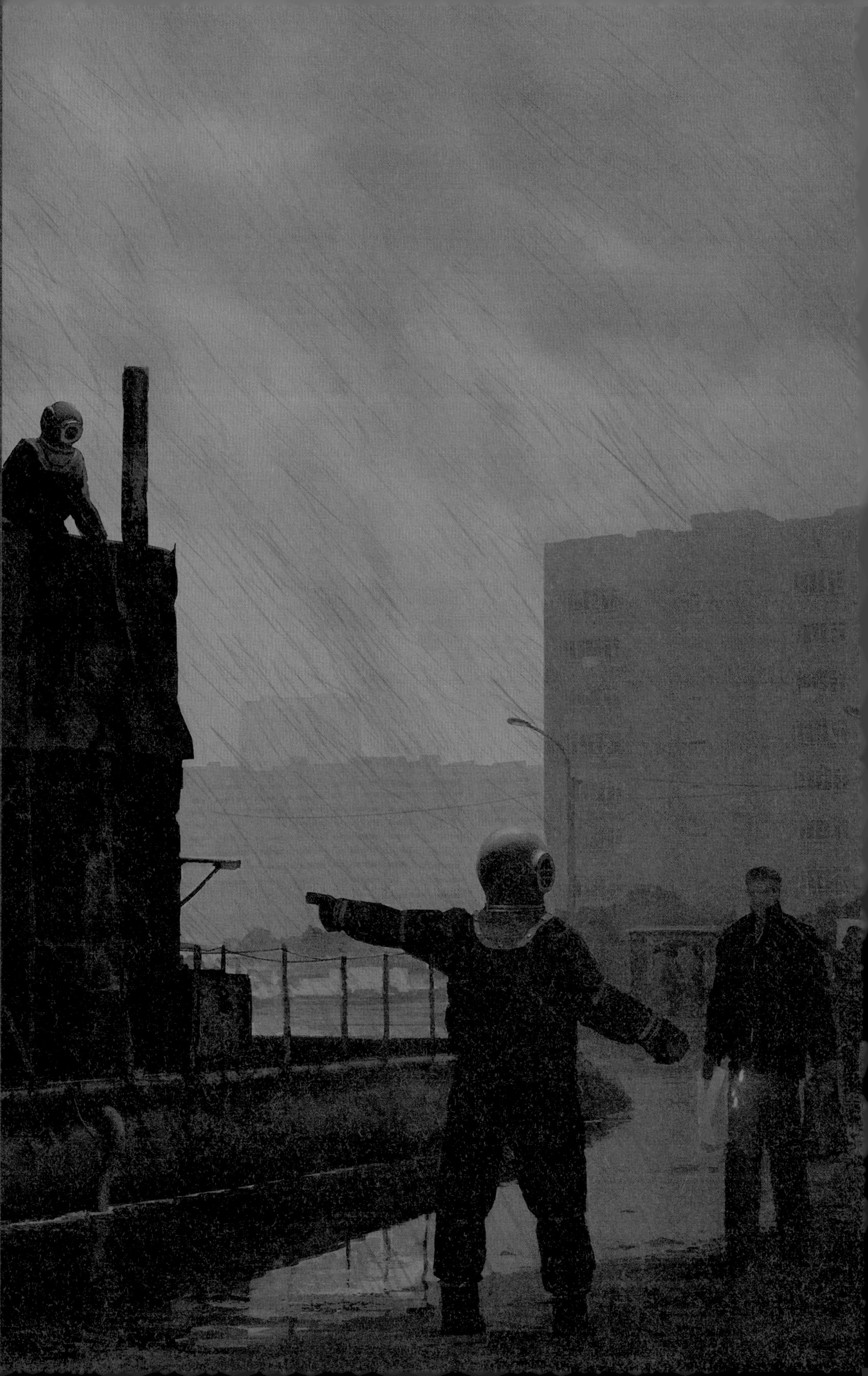

SCP-1861-B：我不知道，老兄。水位越來越高。人們開始尖叫，驚慌失措，互相推擠。很可怕。穿著潛水裝的人試圖讓大家保持鎮靜，解釋這是安全措施的一部分。它把潛水裝發給我們其他人並指示我們穿上。所以我們照做。我的意思是，我們還有什麼選擇？帶著孩子和寵物的人們把他們也塞入潛水裝以防止他們淹死。

D-1861-45：確實是這樣。我猜測你們接下來整整六個月裡都被困在那裡直到下一次血雨發生？

SCP-1861-B：事實上我們沒等那麼久，那時開始發生非常奇怪的事，當所有人都穿上了潛水裝後……他們打開氣閘並讓人們離開潛艇。

D-1861-45：什麼？

SCP-1861-B：對，我們被告知不能取下潛水裝，他們說我們在離開潛水艇後，沒穿著套裝就無法呼吸，而我們每個被留在陸地上的人都會死掉。後來當我回到陸地上，看到一切似乎就跟一小時前一樣，我看見湖泊、樹木、船庫……一切都在原地，不過……

D-1861-45：怎麼樣？有什麼變化了？

SCP-1861-B：很難解釋。我想說看起來一切都像在水下，但不止於此。我們周圍的一切看起來都是水的一部分，當你抬頭看，你無法看見水面，水面不停在上升。而樹木？船庫？它們不是固體，它們只是另一種液體。即使你站在地上，你也感覺好像在游泳一樣，因為地面是液狀的。只不過你不需要游泳。儘管一切都是水，但你仍然可以看出那裡有一個湖，彷彿湖水是一種更純淨的液體。抱歉，我說得夠清楚嗎？

D-1861-45：不完全，不。嘿，克勞奇博士想知道你們那樣在外面待了多久。

SCP-1861-B：整整六個月。我們就那樣日日夜夜地生活著。

D-1861-45：有人試圖脫下潛水裝嗎？

SCP-1861-B：當然。尤其是一開始，每個人都感到困惑和害怕。但一旦有人摘下頭盔，他們的身體就會……我認為最好的形容詞是「溶解」，他們不再是固體了。

他們似乎變成霧，融入我們周圍的水中。他們失去了他們的形狀，不過你仍舊能說出他們在那，無形並飄浮著。

D-1861-45：你們如何吃東西？

SCP-1861-B：我們不吃，也不睡，我們只是呼吸。用探索和互相交談來度過時間。

D-1861-45：你們有看見別人或其他動物嗎？

SCP-1861-B：有時。我們看見他們的身體。他們會漂浮在離地三、四英尺的地方，他們的頭髮和表皮就像他們在水下一樣飄動，不過他們都保持不動，不會漂走或類似的事情。那裡真的很奇怪，老兄。所有的死物，無論人類或動物，都失去了他們的眼睛。血液持續從空洞中流出，然後消散到周圍的水中。而他們的牙齒……我不能說「他們的牙齒都沒了」，因為那不足以形容，看起來就好像有人從他們臉上本該嘴巴所在的地方咬了一口。牙齒、嘴唇、牙齦，都沒了。

D-1861-45：沒有人解釋嗎？帶你進潛水艇的人有說什麼嗎？

SCP-1861-B：大部分人跟我的故事差不多。血雨來了，穿著潛水裝的某人要他們進入潛水艇，然後就砰！活在水世界。不過是有個特別的傢伙，他說他是潛水艇的原艇長，介紹自己是「皇家海軍溫特思海墨號的赫謝爾·格思李」。無論如何，這傢伙已經瘋了，很少能連貫的說話。如果你問他關於潛艇的事，他聲稱這是他的「方舟」。如果你問他這個水世界，他會稱為「新世界」。

D-1861-45：他怎麼說那些失去了眼睛和牙齒的人？

SCP-1861-B：他只說「眼睛的觀察者和牙齒的咬合者認為他們值得」，以及類似的瘋狂言論。

D-1861-45：你是怎麼回到真實世界的？

SCP-1861-B：事實上，很突然。有一天，一群人開始大喊大叫要所有人回到潛水艇裡。聲稱有另一個區域遭到「攻擊」，然後我們要拯救盡可能多的人。

D-1861-45：原來如此。奇怪的水次元，殘破的浮屍，無限的潛水艇。克勞奇博士都聽到了嗎？好。不過為什麼現在不脫下潛水裝呢，薩爾？

SCP-1861-B：（沉默）

D-1861-45：薩爾？

SCP-1861-B：我很害怕，老兄。我不知道什麼才是真實的了。天哪，我都不能確定自己是不是還活著。你穿著潛水裝四處遊蕩，走起來像人，叫起來像狗，說話像嬰兒。我們和穿上潛水裝之前的我們已經不再是同一個人了。我很抱歉，老兄。我不太明白這一切，不過我知道，我真的認為我們不再是人類了。

D-1861-45：克勞奇博士說你得脫下潛水裝。為了科學和其他一切。

SCP-1861-B：（十五秒鐘沒有反應）我真的感到好害怕。如果我已經不是人類，我是什麼？如果我脫下頭盔，我會看見什麼？（停頓十秒）之前，當我們在暴雨裡，穿著潛水裝的人告訴我們只要雨停我們就會死了。你知道嗎？當我還在水世界徘徊的時候，我看見了你。沒有牙齒和眼睛。我看見你的屍體！我就想，「也許那些傢伙是對的。也許其他人真的都死了」。然後你現在就在我眼前。我還不明白。我不知道什麼是真實的，老兄。

D-1861-45：好吧，那你還能做什麼？回到潛水艇，在水世界渡過接下來的日子嗎？但誰知道呢，或許現在還有辦法回到以前的正常生活。如果我是你，我會認為死亡比我被困在任何地獄都好。所以乾脆把潛水裝脫掉吧！

SCP-1861-B：好吧……這就脫。

< 紀錄結束 >

結論：SCP-1861-B 摘下頭盔，大量的鹽水開始從潛水裝中湧出。沒有在裡面發現屍體，不過在潛水裝裡發現兩隻人眼和一組牙齒。對遺骸進行檢測顯示，眼球屬於一名八歲女性，而牙齒屬於一隻歐洲馬鹿。

報告結束

SCP-738

魔鬼的交易

報告者__ Le Blue Dude

日　期__

圖像 __ Genocide Error

翻譯 __ Pseudopoet、破曉十二弦

來源 __ scp-wiki.wikidot.com/scp-738

特殊收容措施 ▶

　　SCP-738 需被收容在三個彼此相連的密封空間，並隨時有武裝警衛駐守及配備遠端引爆系統。須全天候處於聲音與影像監視之下。由於在與 SCP-738 的互動中觀察到其效應的多樣性及強度，並且對於 SCP-738 效應的極限尚不了解，因此必須嚴格遵守以下措施。

　　SCP-783 的組成零件在非使用狀態下，應個別保存於不同的收容室；欲排列 SCP-783 至啟動位置或解除位置時，應使用安裝於收容室內的機械裝置。

　　若機械手段未能完成項目的有效排列，則所有測試一律取消——直到配戴爆炸項圈的工程師進入收容室完成機械系統的修復為止。一旦工程師試圖與 SCP-738 的零件互動，會立即引爆其配戴的項圈。

若機械手段未能成功解除排列，則啟用預先設置的錐形炸藥強制項目脫離有效排列。之後由一位配戴爆炸項圈的工程師修復、重新設置物件排列的機械系統。

參與測試的 D 級人員必須患有輕度智能障礙，或有相當程度地認知功能受損。實驗時必須配戴爆炸項圈——這是為了預防他們對於 SCP-738 有太多的了解，並且可能以某種對基金會有害的方式利用 SCP-738。

SCP-738 的收容空間禁止智商六十以上的 D 級人員及其他人員進入；SCP-738 的收容空間只能在實驗需求下讓 D 級人員進入，且研究人員應向進入者不斷指引下令。

描述 ▶

SCP-738 為一套相配的桃花心木家具組，共包含三個零件：一張標為 SCP-738-1 的桌子、一張標為 SCP-738-2 的直背椅子，以及一個標為 SCP-738-3 的華麗「寶座」風格辦公椅。所有零件都具備黃銅裝飾及皇家紫（一種深紫）的天鵝絨襯料。

當一個有感知的個體坐在這張 SCP-738-2 椅子上，且前方擺著 SCP-738-1 桌子，加上後方擺著 SCP-738-3 時，項目的異常效應就會開始。攝影機記錄到 SCP-783-3 在效應發生期間會移動，常常向後仰就好像一個人「放鬆身體」坐在上面，或是靠近或遠離 SCP-738-2。偶爾 SCP-738-3 會移動到 SCP-738-2 前方。此外攝影機記錄到文件和裝有文件的資料夾從 SCP-738-1 的抽屜中飛出，這些文件由羊皮紙製成。一支鵝毛筆及一瓶墨水從長抽屜中出現，筆會在羊皮紙上寫字。

錄音機錄到一道扭曲失真的聲音在說話，分析結果得知，聲音會開出條件以及許下承諾，試圖誘惑坐在 SCP-738-2 上的人。如果坐在 SCP-738-2 上的個體在這個時候提出請求，這道聲音會停止誘惑與承諾，轉而說明代價。可以與之討價還價，但是這個聲音會堅持要求其他「等價」的代價。

有時在請求提出以後，聲音會回應請求者，說他們「不是真的那麼想要這個事物」，或「明顯是替其他人提出請求，以便從別人那拿到更好的價錢」。在這些情況下，個體所提出的請求便不會被滿足。這往往發生在提出的要求可以影響他人，或者請求的事物是可以轉讓所有權的時候。

接受交易會使約定的願望或命令分毫不差地被滿足，但不會超出預期。此外，也會付出做為代價的事物。測試對象曾積極描述，作為代價的事物會造成請求者在情感上／生理上的痛苦。痛苦的程度與請求者的慾望程度相等，目前還不知道其價格關係是如何計算的。他們也聲稱付出的代價與滿足請求所造成的任何痛苦無關。詳見實驗紀錄中的例子。

最後值得注意的是，坐在椅子上的人員回報有看到坐在 SCP-738-3 的實體，然而只要不是坐在 SCP-738-2 上，都無法成功觀察到該實體，並且每次測試時對於此實體的描述都不相同，即使測試者是同一個人。當問及此事時，此實體宣稱每次都是同一個實體。經常描述該實體的字眼包括「有吸引力的」及「魅惑的」，若同一個人在短時間內進行數次測試，則會回報看到外形相似或一模一樣的實體。在短時間內由不同人進行的實驗，實體會呈現完全不同的外貌。對聲音的描述與儀器記錄下的聲音不符。

附錄 738-1：回收歷史 ▶

SCP-738 是在樞機主教 ███████ 在 ███ 年 ██ 月 ██ 日死亡後，從其辦公室中回收的。教宗念其出色貢獻，將保存於梵蒂岡檔案館的 SCP-783 贈送給他。在 [資料刪除] 後，基金會注意到 SCP-738 的存在。在 ████████ 死亡並且在事後對他的遺願進行爭論之後，基金會人員得到了這張桌子。在梵蒂岡的基金會特工則回報稱他們回收了一些 SCP-738 的相關檔案。

附錄 738-2：測試結果 ▶

測試 1：研究員坐在 SCP-738-2 上並等待。

結果：研究員回報有數種脅迫他進行交易的嘗試，交易內容包括他戀慕的女人的愛、一件能使他成為聲名卓著的研究員的事物，以及使他成為 O5 級人員。驚訝的研究員離開了 SCP-738-2，走出了房間。他記錄下了隨後發生的事。研究員報告了實體的消失，然後紙筆和文件夾回到了抽屜中。攝影機記錄顯示，這些物體回到抽屜中的速度超過了每秒 120 公尺。研究員回報說看到了一個穿著紅金色商務裝的男性。

測試 2：指示 D 級人員 ███████ 坐在 SCP-738-2 上。對項目上的紙及文件進行分析。

結果：光譜分析確認該紙張是人皮製的；羽毛筆中的羽毛則來自一種未知的鳥類。測試對象被承諾獲得自由，但代價是最好的朋友死亡。D 級人員 ███████ 笑著同意了，旋即消失無蹤。五個小時後被抓回。文件以英文寫成。D 級人員 ███████ 回報在測試時，看到一個漂亮且有魅力的女人。

測試 3：指示非英語母語使用者 D 級人員 ██████ 坐在 SCP-738-2 上。

結果：文件以 D 級人員 █████ 的母語寫成，和口說語言一樣。D 級人員 █████ 獲得的條件是擁有不再被關回牢房的力量，代價是失去對母親的記憶。D 級人員 █████ 接受了交易。在接受之後，[資料刪除] 造成十二名警衛及 D 級人員 █████ 本人的死亡。

測試 4：指示患有閱讀障礙及重度智能障礙的 D 級人員 ████████ 坐在 SCP-738-2 上。

結果：在羊皮紙上出現交易內容的語言似乎是簡陋的象形圖示，但也出現了一些英文單字。這些英文與圖像毫不相干，而是鄙視了測試對象的智商，並且該項目不確定 D 級人員 ████████ 看懂了多少。受試者獲得了一份邋遢喬漢堡（Sloppy Joe），代價是 D 級人員 ████████ 的 Mospy（一個允許 D 級人員 ████████ 帶入基金會的玩具）。D 級人員 ████████ 接受了，接著食物便在桌上出現，裝在古董銀器、精緻的瓷盤，以及酒紅色的葡萄汁裝在水晶玻璃製的「吸管飲水杯」中。用餐結束後，當 D 級人員 ████████ 發現 Mopsy 消失了，表現地相當悲傷。D 級人員 ████████ 回報看到一隻巨大的粉紅兔。交易完成且 D 級人員 ████████ 離開椅子後，錄音記錄到一聲嘆息。嘆息的聲紋與 D 級人員 ████████ 的聲音不符。

測試 4 後續：給 D 級人員 ███████ 其他玩具，並命名為「Mospy」的結果。

結果：一旦 D 級人員 █████ 將玩具命名為「Mospy」，它便會消失。D 級人員 ███████ 表現的相當苦惱。

測試 5：破壞測試。

結果：使用 [資料刪除]、爆炸、火燒、槍擊、碎木機均告失敗。直接以斧頭攻擊桌子只留下一道 0.3 公分深的切口，並導致 [資料刪除] 以及攻擊者死亡。切口則留在桌上。影像紀錄顯示切口以每日一微米（0.0001 公分）的速率恢復。

測試 6：研究員坐在 SCP-738-2 上，並發問：「你是什麼？」

結果：項目是一條大蛇的形象，聲稱：「我很抱歉。洩漏個人資訊是違規的，但是請問您對 [資料刪除] 感興趣嗎？」研究員從椅子上站起來，顫抖著結束了對談。出於項目在誘惑研究員時提議的條件內容，研究員現在被安置於第五精神病院等待調查。

測試 7：基金會法務部資深顧問，謝爾登‧卡茨閣下。

謝爾登‧卡茨閣下

結果：在測試開始時，卡茨先生向該項目展示一份公證的宣誓書，聲明是代表自己而非基金會人員來參加測試。測試開始約四十一個小時後，卡茨先生因筋疲力竭而陷入昏迷。卡茨先生描述該項目外形和他就讀法學院一年級時的教授完全相同。不過他拒絕透露項目和他提議的條件。他說在昏迷之前，他們正在解決技術上「shall」這個詞的精確定義。卡茨先生宣稱目前正在編寫的協議草案中，他和該項目已經起草的部分至少多達九百頁，還不包括證物及附件。他感到懊悔沒有為他的表格文件保留一份副本。在卡茨先生的身上發現一個帶有硫黃味的紅色皮革信封，裡頭有張手寫便條寫著「歡迎你隨時回來，我已經好幾年沒有這麼開心了」。卡茨先生已請求再次進行試驗。

其餘測試需 4 級以上權限方可瀏覽，直到解密。

附錄 738-3：備註 ▶

在最近的測試中，開出的條件直接針對那些告訴測試對象應該怎麼做的研究員。建議停止所有測試。　　　　05-███

⟨ **報告結束** ⟩

M8程序視覺化，追溯到[redacted]世紀左右。

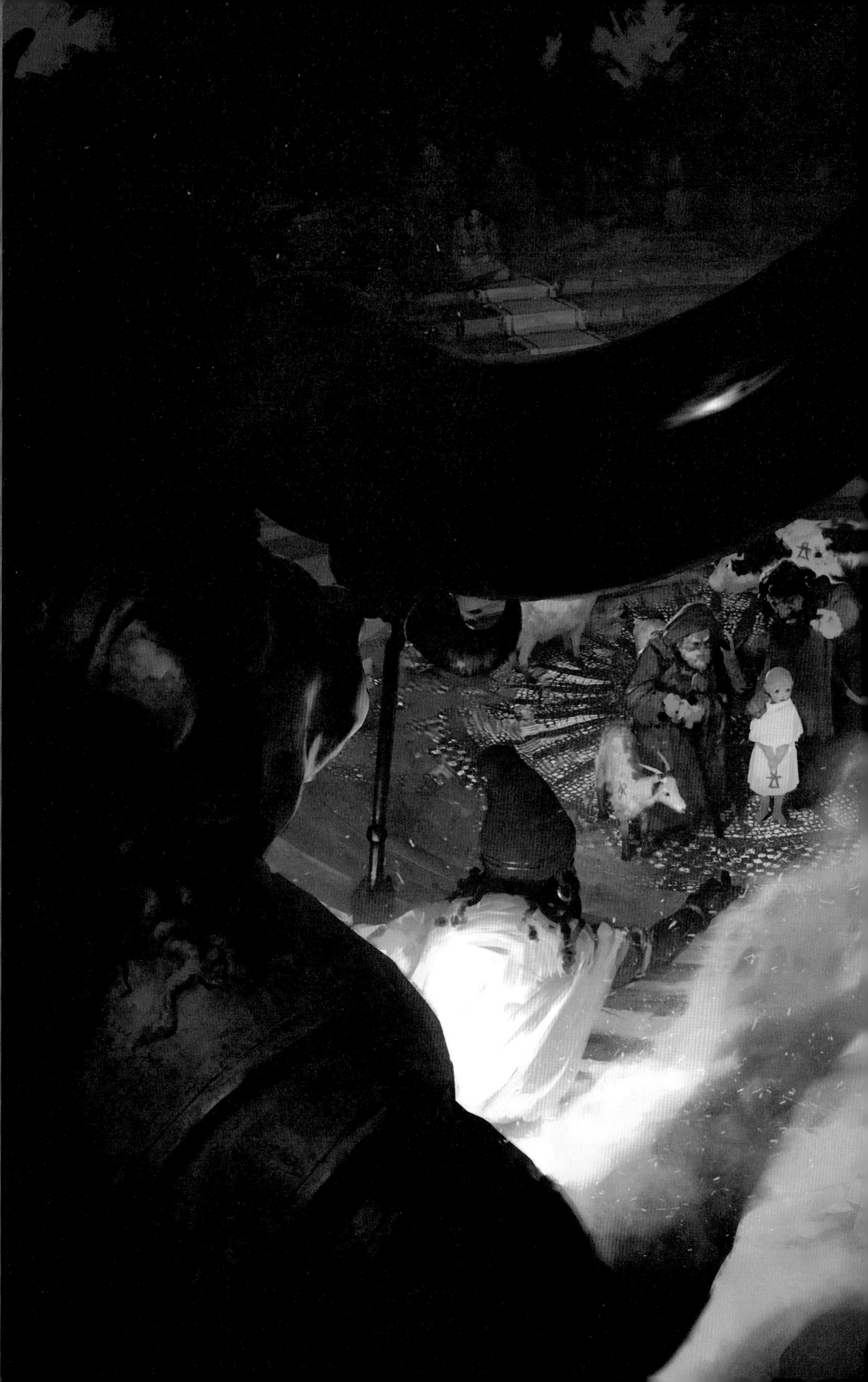

Euclid

SCP-089

托菲特的魔神像

報告者__ spikebrennan

日　期__ ▓▓▓▓▓▓▓

圖像 __ Maxim Kozlov
翻譯 __ SamScript、witchdoll
來源 __ scp-wiki.wikidot.com/scp-089

特殊收容措施 ▶

SCP-089 保存在站點-36 的特殊貨櫃中，被監控著是否會發起神諭事件。機動特遣隊 Mu-89 包含了語言學、心理學與戰略性談判專業的人員，能快速應對神諭事件的發生。在神諭事件發生時，機動特遣隊 Mu-89 將會翻譯、詮釋神諭的內容，掌握引發神諭事件的主要對象（此處指定為 SCP-089-A 與 SCP-089-B），隨後執行 M8 程序。M8 程序包含以下步驟：

1. 將 SCP-089 帶至 SCP-089-A 的地點，並向 SCP-089-B 解釋 M8 程序的內容，隨後

2. 在 SCP-089-B 準備好自願執行 M8 程序時，對 SCP-089-B 提供所有協助；SCP-089-B 應執行以下程序：將 SCP-089-A 與可燃物質（例如上油的木頭或煤炭）放入項目內部空間，並點燃。

M8 程序的成功執行仰賴 SCP-089-B 在清醒、非脅迫狀態下的自願服從態度。因此，SCP-089-B 在執行該程序時必須保持意識明確的狀態。在點燃程序後，由於此過程對於 SCP-089-A 極度痛苦且致命，建議束縛 SCP-089-B 以避免其干擾程序完成（但不得使用鎮靜劑）。

這是 SCP-089，被運送到 SCP-089-B 所在地點，以執行 M8 程序。

假使 SCP-089-B 拒絕自願執行 M8 程序中的前述細節，MTF-Mu-89 應向其解釋不實踐程序內容將導致的預期後果，並盡所有可能說服 SCP-089-B。倘若 MTF-Mu-89 用盡一切努力嘗試說服 SCP-089-B 皆無法成功，SCP-089 將被重新分級為 Keter 級，並執行 M9 程序（參見 089-M9 文件）。對 SCP-089-B 使用恫嚇、威脅、精神干擾藥物或毒物以改變其自由意志的行為都被嚴格禁止，這些手段會無效化程序完成時的效果，並且會加遽相關 S 型事件的嚴重性。

即便不具必要性，收容程序建議在 M8 程序的第二步驟利用號角或打擊樂器製造大量樂音，以便蓋過 SCP-089-A 在程序進行中發出的聲響。

在 M8 程序成功執行後，有關的 S 型事件通常會在七小時內消解。

描述 ▶

SCP-089 是一尊釉彩陶土雕像，約 3 公尺高，外形是一個嘴巴張開、有翅膀的牛頭人形個體。雕像的軀幹前方有一機關栓，能打開雕像的頂部，露出一個約 0.6 立方公尺的空間，也能從外面鎖上。雕像的後方用一種迦南語言（推測為迦太基語）寫有一段銘文。該雕像的建造時期約為西元前二世紀。

我認為可以如此翻譯：「夢魘般的摩洛克！無情的摩洛克！瘋狂的摩洛克！人類的沉重裁決者，摩洛克！」

 博士

每隔一段相當長的時間（可能長達一世紀之久），這尊雕像會發出神諭。現仍未弄清這些聲音產生的機制，講話時雕像的嘴巴也不會動。項目的語言風格屬於迦南語言（很可能與銘文的語言一致），而且總是包含以下內容：

- SCP-089-A 的名字或描述
- 對完成 M8 程序的要求，包括執行的手法；以及
- 透過隱晦的方式對相關的 S 型事件進行的描述

每次神諭事件後的三到十一天內，雕像所描述的 S 型事件將會發生，直到 M8 程序被完成。所有的 S 型事件都是一場大流行病、自然災害、牽涉到種族滅絕或大規模屠殺的集體歇斯底里事件，或是其他對人類生命或資產造成重大損失的災難，持續到 M8 事件被成功執行為止。在已知的神諭紀錄中，即便 S 型事件的規模很可觀，也僅會發生在不影響到 SCP-089-B 的地理區域內。因此在一些案例裡，SCP-089-B 對 SCP-089 或 M8 程序毫不知情，或是無願意執行 M8 程序來停止 S 型事件，從而導致 S 型事件的作用時間延長。

在每次神諭事件中，SCP-089-A 都是一名健康、無缺陷的人類嬰孩，介於八個月到六歲之間。而 SCP-089-B 是孩童的生母。在所有記錄到的案例中，神諭事件開始時，SCP-089-A 與-B 都活著而且很健康，彼此之間擁有緊密的情感羈絆與信任。

在 SCP-089-B 把 SCP-089-A 放入雕像的內部空間後，SCP-089-B 會點燃可燃物質，讓 SCP-089-A 在二到五小時之間被燃燒摧毀。

附錄 #1 ▶

嘉西亞博士對文件的備忘：雖然現仍未知 SCP-089 在 S 型事件中起到什麼作用，但先前的經驗印證了迅速且規範地應用 M8 程序將很有效地減輕 S 型事件所造成的災難。帕特爾博士推測 SCP-089 並不會引發 S 型事件，而僅僅是預感到了事件將要發生，隨後提供一種減輕事件效應的方法。

附錄 #2 ▶

透過 M8 協議終止的已記錄的 S 型事件的部分清單（包括在基金會獲得 SCP-089 保管權之前已記錄的 M8 協議完成情況）如下：

神諭日期：1788 年 3 月 21 日

神諭事件中的 S 型事件描述：「火將噬其房屋，繼而，其市，其廟，其屋盡為火所噬，其將瞬亡。」

S 型事件：██████城大火。

結果：M8 程序在神諭事件後第二十九天被執行。該城市中有 66% 建築物被摧毀。

神諭日期：1850 年 12 月 2 日

神諭事件中的 S 型事件描述：「假先知當聚眾於彼，令諸民同王儲為敵。彼儔當被血腥屠戮，沃野化為焦土荒蕪。」

S 型事件：██████發生大規模的宗教性農民暴動。

結果：M8 程序在神諭事件後第一千三百六十三天被執行。在起義和鎮壓過程中發生的大屠殺和隨後帶來的農業崩潰，共導致了至少 ██百萬人的傷亡。

神諭日期：1951 年 11 月 23 日

神諭事件中的 S 型事件描述：「坤地撼顫，逆海吞陸，峰頂吐焰，家家傳訃。」

S 型事件：████████的大地震與火山爆發。

結果：M8 程序在神諭事件後的三十一小時內便被執行。雖地質模型推測此區域發生的地震將引發海嘯，但最終未產生海嘯。無人傷亡。

神諭日期：1970 年 11 月 7 日

神諭事件中的 S 型事件描述：「暴雨當凌毀大地，掃滅人馬、牲畜、家業，洪流當挾萬物直入虛無。」

S 型事件：███████颶風。

結果：M8 程序於神諭事件後第四十九天執行。洪水、疾病與飢餓造成了 ████千人死亡。

神諭日期：20██年 4 月 4 日

神諭事件中的 S 型事件描述：[資料刪除]

S 型事件：[資料刪除]

結果：進行中，M8 程序尚未被執行。

報告結束

SCP-186 西南方的毀林區域。

SCP-186

爲了終結一切戰爭

報告者__ Kalinin

日　期__

圖像 __ Roman Avseenko

翻譯 __ milk2015

來源 __ scp-wiki.wikidot.com/scp-186

特殊收容措施 ▶

　　SCP-186 的所在地約三百平方公里，這片土地以保護歐洲野牛的生存環境名義對公眾關閉，並且建立了自動化安全邊界，由遠端站點-355 的工作人員監控。維安人員需在每兩週巡邏一次，只要在安全範圍內觀察到的異常現象，必須記錄下來報告給研究主任。

　　目前關於 SCP-186 事件的主要文件都由基金會保管。這些資料存放在站點-23 檔案館中。由於年代久遠且有可能材料變質，瀏覽這些文件必須經過站點-23 檔案管理員批准，並按照他們的指示進行處理。

　　所有 SCP-186-1 實體應封存在站點-23 的彈藥區。

　　SCP-186 的所在地曾發生一場未被記錄的戰役；在一九一七年七月二十四日到一九一七年八月十三日之間，第一次世界大戰中無數的大規模衝突之一。交戰雙方是德意志帝國軍隊和俄羅斯帝國臨時政府部隊，後續效應持續至今。在倖存者的記載中，這場衝突被參與者稱為「古西亞京森林戰役」。

　　在一九一七年七月，一支約五百人的德軍分遣隊，和克倫斯基攻勢中被德軍擊敗的俄國部隊倖存人員爆發了衝突。地點是 SCP-186 的所在位置。雙方部隊在古西亞京鎮外森林茂密的地區交戰，該鎮位於現在的烏克蘭捷爾諾波爾州。雙方士兵都動用了一種異常武器，至今未被理解是什麼科技，也沒再被製造出來。這場戰鬥最終導致所有參戰部隊以及附近地區約三百名平民死亡或永久喪失行動能力。

　　SCP-186-1 由回收的武器組成，其歷史可追溯到一九一七年 SCP-186 的最初收容，並包括以下內容：

- 一挺被大幅度改造過的 Skoda M1909 機槍，能導致被命中者的體內快速產生比普通白老鼠還要大的有機體腫瘤。

- 特別設計可以從 2 型 58 毫米迫擊炮（Mortier de 58mm type 2）中發射的迫擊炮彈，含有一種可以讓動物細胞始終維持生命功能的氣體。

- 塗有一種未知的致幻劑化合物的蛇腹型鐵絲網，此類藥物進入血管後會產生永久性影響。

- 在衝突結束時被引爆的不明燃燒彈的殘餘物，當時造成 34% 的人傷亡。

- 大英帝國發行的二十七號手榴彈，產生的氣體能通過所有經過測試的防毒面具，並導致人類不斷感覺到著火的感覺。

- 8×50 毫米法製步槍子彈，彈藥筒裝的是人骨粉末而不是火藥；目的不明。

　　歷史紀錄指出，參與古西亞京森林戰役的德國分遣隊在匈牙利軍事顧問馬弟亞斯·內梅許的授意下，專門追擊撤退的俄羅斯軍隊，當時該部隊裡有一名法國科學家尚·杜漢博士。根據被基金會禁封的當時文件，基金會懷疑這兩人研發並少量生產了 SCP-186-1，並在戰鬥中調用這些武器給東線戰場的敵對雙方使用，目的是為了測試。

研究日誌 186-7：記錄下 SCP-186 中值得注意的異常

1923/04/11：在 SCP-186 西南部一片 3 平方公里的地區，樹木自發性地相繼死亡，且分解的速度非常快，在兩個星期內，該區域中就完全沒有樹木或其他生命。

1927/01/13：氣溫始終保持在零下十五度，卻在這裡沒看到下雪。現場測量的溫度與周圍環境一致。

1932/09/02：沒有觀察到任何平民存在，但整個現場仍記錄到零星的槍聲。聲音持續了三天。

1936/05/30：契科夫特工和 ██████ 特工未能從 SCP-186 的例行巡邏中返回。此後再也沒有發現任何人的蹤跡。

1941/05/15：根據安插在第三帝國內部人員的情報，基金會人員在巴巴羅薩行動之前撤離了 SCP-186。觀察哨停用後，人員曾在穿過領地時記錄到從 150 公尺處可見微弱的光輝。撤離前尚未建立明確的視線接觸。

1945/10/29：與蘇聯官員討論後，重新建立了對 SCP-186 的收容。在重新建立收容後的初步巡邏中，發現十三具屍體身著德國第四裝甲軍團的制服和徽章，以及二十七具身著蘇聯第二十二集團軍制服的屍體，屍體已嚴重腐爛。識別均未成功，所有識別文件和徽章都在基金會收容前被移除。

1959/02/19：在 SCP-186 東北部形成一個大天坑後，觀察到四名男子在附近地區遊蕩，看起來嚴重迷失方向。他們身穿破爛的衣服，後來確認那是一戰時期德意志帝國和俄國分配的制服。四人被拘留並送往站點-23 進行後續研究。

1959/04/02：在區域的東北部進行大量挖掘後，發現有 23 人被埋在 15 公尺深的墓穴中。儘管被埋了數十年且身上多處受傷，卻還活著。和先前發現的對象一樣都穿著一戰時期的軍服，推測是原本參與 SCP-186 事件的人。站點-23 進行大規模調查後，只得到少量資訊。由於重度的心理創傷和精神障礙，倖存者無法向基金會人員提供有效資訊或交流。經過三週的研究後，基金會人員試圖對他們實施安樂死，但所有嘗試都失敗了。隨後對象被鎮靜、麻醉並焚燒。

1962/07/29：升級收容設施之前，SCP-186 的安全邊界被發現比紀錄的還要長 85 公尺左右。後續的調查排除筆誤的可能性。

1975/12/13：記錄到只特別發生在 SCP-186 的局部天氣現象，包括每小時 120 公里的持續風、20 公分的降雨量和溫度暫時達到 48℃。

1987/08/12：發現狼群，總數在兩百隻左右，進入了 SCP-186，在中心區域集結，並馬上散去。

2009/03/03：在西南區域的無樹區發現了三棵雲杉，這是自一九二三年以來首次記錄到的植物生命。估計樹齡在五十年。

SCP-186 相關文件紀錄 ▶

1 / 文件 186-3：一份廣告傳單，有關杜漢博士在一九一一年五月於皇家化學學會進行的演講。

為了結束一切戰爭

訪問學者尚．杜漢博士，前法國科學院士
要來演講現代科學有望製造出
高度可怕威懾力的武器
讓未來的戰爭成為過去！
杜漢博士將說明化學、彈道學、精神病學
和其他新興科學領域的努力與趨勢
使得人類即將迎來和平與現代的新世紀。
5 月 19 日在德比郡演講廳舉行

2 / 文件 186-11：匈牙利報紙《人民之聲》1912 年 1 月 2 日發表的評論文章，作者是馬弟亞斯．內梅許。

致皇帝殿下法蘭茲．約瑟夫的臣民同胞們，

確實如此，人類最偉大的榮耀就是將分散的人民團結為一個無法阻擋的目標努力。從維也納到布達佩斯，我們非凡的王國應該體現這個必然的原則。

但是，無論是在我們的領土內還是在歐洲大陸的其他地方，都有一些人會將我們分裂成數千個碎片，阻礙我們的命運。對於這樣的煽動者和不滿者該怎麼辦？雖然叛徒和激進分子都像狗一樣被處以絞刑，但沒有任何處決足以平息巴爾幹人心中對於背叛的怒火。我們如何展示我們團結的目標、我們的力量，以及上帝賦予我們在歐洲遊行隊伍中的帶頭地位？

用武力！劊子手只能在數十人的心中散播恐懼，軍隊則可以把恐懼映入數百萬人的靈魂中。也許我們對於我們的人數多寡沒有自信，但在這方面我們並不孤單。俄羅斯人和穆斯林信徒會在他們的大旗下團結，但對他們來說，都只是不守規矩的麻煩。將人和動物區分開的不是人數優勢，而是意志優勢，透過機智和技巧展現出來！

我的同胞們，我決定將自己投身於製造一件武器，除了的萬能的上帝外誰也不敢對抗的武器！透過這項強大的武力，在我們國境內外將達到我們宏偉的目標！給我工廠，給我人力，給我這項工業為帝國服務的機會，我將向人民交付一把火焰之劍，照亮歐洲的文明！透過這些方法，只有這些方法，我們將解決這些折磨我們至今的問題！

3 / 文件 186-32：尚・杜漢從巴黎發送給馬弟亞斯・內梅許的電報，1912 年 4 月 28 日。

考慮了您的提議
必須謝絕。作法不成熟而且只是我個人研究的衍生試作品
你的目標是征服。我的目標是和平。
致意，J. 杜漢

4 / 文件 186-39：德意志帝國將軍菲利克斯・格拉夫・馮・伯特馬給未知屬下的未知日期備忘。

內梅什中尉被指派到你的部隊擔任顧問，立即生效。實驗性武器只能根據內梅什中尉的命令部署。儘管羅馬尼亞前線有可能取得突破，但在全面了解效果之前，使用這種邪惡的武器是不明智的。有關俄國那邊也在發展相似武器的傳言尚未被證實。

親愛的那笛亞

我聽說家鄉發生的瘋狂事情。讓我覺得寬慰的是沒有什麼瘋狂的事能比得上發生在這裡的。我們認為四年的戰爭已經教會了我們所有我們必須知道的事情，甚至更多。結果什麼都沒學到。

人們選出那個可惡的法國人來領導他們，滿口和平主義。他提到足夠恐怖的武器，以至於敵人一看見就會投降。我們都是傻瓜。我們手裡拿著死人的步槍和棍棒在壕溝裡奔跑。我們相信他，就像相信任何有物資的人一樣。

我們從沒想過這個人從哪裡來。我們想不出他為什麼擁有這些武器。我們不在乎。我們只想活著。

我們從沒想過，敵人也會有跟我們一樣的武器。我認為法國人也沒想到。或者至少我希望他沒想到。我想像不出來有人會在知道即將發生什麼壞事的時候，還敢走進去。也許法國人不是人。也許他是別的什麼。

我就坐在我在森林某處挖的洞裡。我想該在看見德國人瞄準吉列夫的那一刻就逃跑。沒有子彈打中他。他的臉裂開布他仍舊在慘叫，我根本不敢看下去。我想我看見有手在撕扯他的頭。

佛利克夫在不遠的某處慘叫，他看見魔鬼在燒他的孩子。他已經這樣慘叫五天了。

我好多次都該逃跑。法國人給我們一種新的毒氣武器。考慮到羅馬尼亞發生的事情，我們一開始拒絕了。不過他向我們保證這個不一樣，這會在不傷害敵人的情況下擊倒他們。他問誰想要發生更多流血事件。我們無法否認這一點。我們向前方陣地發射追擊砲。一種奇怪的藍色氣體在樹後散布開來，法國人警告我們不要進去。他說，還有一件事。他拿了我們一支步槍，舉起來瞄準開了一槍。在我們問他為什麼科學家會開槍之前，聽到了一聲慘叫。他打中了一名德軍。

他給我一支望遠鏡。~~他給我一支望遠鏡~~叫我看一下。我看見德國人少了半顆頭，依然在慘叫。我在這場戰爭中看盡一切，但我從未見過那些德軍那樣看著他們戰友的表情。法國人用他可怕冷靜的語調解釋，說他一槍打掉了這名德軍至少四分之一的腦組織。這足夠致死，他說，但看下去。

我繼續從望遠鏡看。那名德軍沒有停止尖叫。我看了至少十分鐘，我無法離開。法國人笑了。他看著這一幕笑了。他說這是毒氣，確保死亡不會到來，無論傷勢如何。德國人都被同伴嚇到了，甚至沒注意到他們沒躲在掩護後面，而法國人又開了一槍。那名士兵的頭徹底沒了，慘叫聲變成了某種低沉的咕噥聲，我從沒從一個人身上聽到這種聲音。

沒有，法國人說，完全沒有傷害。我給你的對手贈與生命禮物。誰還能對抗那個呢，他說。

我離開並在灌木叢後面不停嘔吐。我從第一道壕溝至今都沒有這樣。到底發生了這樣的事情，誰還能繼續戰鬥？但大家確實繼續參戰。有天我們一群人被埋伏，被追到一處草地。第一個穿過樹林的人撞上了某個束西，導致皮膚剝離。我無法形容我的驚駭，看見一個人在戰場上成為被整塊剝掉皮的屍體，比看到一個人被炸的四分五裂還要恐怖，大家驚慌失措的奔逃。

我們不再是軍隊了。不再是，我們是動物，一起被困在這森林裡，完全沒有方向。有時，當佛利克夫睡著了，我聽見法國人在樹林裡用匈牙利語大喊大叫，又叫又笑。我彷彿可聽見佛利克夫的尖叫聲。

我就要死在這個洞裡了。我太害怕外面的事了，我什麼都不敢做。明金他試著面對森林的恐怖，打算逃脫。我把這封信交給他，希望他成功逃走。在我給他信時，他開玩笑說自己將在戰後因遞送一封來自地獄的信而獲得公務員佣金。我不能說他是錯的。

再見～

彼得

基金會發現 SCP-191 後不久拍攝的照片。

SCP-191

機械女孩

報告者__ Dr Clef

日 期__ █████████

圖像 __ Ivan Efimov

翻譯 __ Ground0、Lostwhat

來源 __ scp-wiki.wikidot.com/scp-191

特殊收容措施 ▶

　　SCP-191 目前被安置於站點-17 內一個 6 公尺 ×6 公尺的房間內。至今為止，它都未曾提出任何傢俱或娛樂要求。

　　目前的傢俱包含：

- 一張木框蒲團床架，配有 15 公分厚的床墊、標準棉質床單和毯子。所有床單均須每天早上依照標準程序進行消毒。蒲團墊本身每六個月更換一次，舊墊了透過焚燒處理掉。

- 房間外有一個標準的 220V G 型電源插座，帶有緊急斷路盒（包含保險絲、斷路器和手動的非絕緣切斷裝置）。

- 一個標準危險廢棄物處置單位（液體和固體廢棄物）。所有排水管應直接通往焚燒爐裝置。

SCP-191 應穿著由 100% 長絨棉製成的寬鬆無袖服裝。每天會提供一次新的衣物，並根據標準程序對舊衣服進行消毒。每天晚上在裝有水和小蘇打溶液的洗衣盆中洗澡一次。餵食（以補充維生素、礦物質、抗生素和溫和麻醉劑的無菌鹽水溶液的形式）應透過注射到位於頸部底部的金屬管中進行，每天兩次。

SCP-191 能夠進行有限的自我照護，包含排出廢物和幫體內的電池充電。應將用電量記錄下來，並將用電量的任何異常情況回報給負責監督的人員。

每日沐浴後應檢查有無損傷。如果 SCP-191 需要醫療護理，請在進行護理之前參閱文件 191-Alpha（特殊醫療需求）和 191-Alpha 補充文件（非生物零件修復）。

人員與 SCP-191 進行接觸時，至少要有兩名武裝警衛在收容室待命，但出於隱私目的，可以使用半透明螢幕來做遮蔽。標準的反電子儀器措施並無作用，因為 SCP-191 的身體零件已經針對了電磁脈衝進行了防備措施。

描述 ▶

SCP-191 是一個大約 ■■ 歲的人類女童。項目被認為是已故的 ■■■■■ 博士所進行的幾次實驗性手術的測試對象（手術內容見下文）。

1. 有八成的左半邊臉和頭骨被移除，而左眼和左耳被一個相當複雜的電子訊號收發系統所取代，不只能夠接收和傳輸視覺與聽覺，還能夠接收和發送範圍更廣的電子訊號，從低頻率的收音機訊號到高頻率的伽馬波。下巴、牙齒和喉嚨也被移除，替換為 [資料刪除]。食道則被重新導向後頸的人工洞口（餵食管），氣管也被重新導向到體內的空氣過濾裝置。這些改造讓 SCP-191 無法說話，但根據報告，項目偶爾會透過快速呼吸來發出類似表達痛苦的聲音。

2. 一個轉接口裝置被接上右下臂，取代了橈骨和尺骨的位置。該裝置包含了現代和已經過時的數據格式轉接口，如 USB、乙太網路、IEEE 1394 火線，以及 DIN-8 線和七個與未知的數據格式對應的轉接口。能夠透過將右手臂的皮膚如袖子一般拉起來露出該裝置。

3. 在大腦內植入了一個 24 核心的處理器陣列，負責將一切人工組件的輸入進行「翻譯」，這允許 SCP-191 在不借助外部介面的條件下讀寫電腦資料。體內的訊息交流是透過植入在膠質細胞和整個神經系統內的光纖進行。植入手術對腦幹和小腦造成的損傷，嚴重損傷了 SCP-191 的行動能力。

4. 右手和右前腿都被人工材料取代，主要由鋼鐵、碳纖維，以及一種成分未知的聚合物所組成。組織的暴露區域對於受傷和感染都非常敏感。由於脊髓丘腦受到的傷害，SCP-191 的肢體對於傷痛和溫度的感知較為遲鈍。██████博士的改造手術在某種程度上緩解了痛苦，但仍需要每天定量使用抗生素和止痛藥。

5. [資料刪除]

6. 肺部、心臟和主要血管已經被以機械構成的類似組織取代。已確定該系統將允許 SCP-191 的身體系統在死亡後重新啟動，並且可能實際上已 [資料刪除]。

7. 消化系統已完全重新配置，因此正常的進食既不必要又危險。廢物現在透過位於下背部的排泄系統排出，[資料刪除] 主要成分為深灰色的黏稠黏液。

8. 生殖器官（子宮、卵巢等）已移除並被 [資料刪除] 取代。根據██████的筆記，這項行為的目的是為了「透過移除非必要的器官來提供額外的空間」。已經提議使用荷爾蒙療法來應對長期腺體缺失所導致的後果：由於 [資料刪除] 所可能導致的綜合症狀，這項提議正在等待進一步的分析和評估。

9. [資料刪除]

10. 至少十五次意義不明的其他置換手術。有鑑於這個事實，以及「有作用」的零件的偶然隨機組合，目前相信這些手術只是為了測試這樣的手術是否真的可行而已。正在調查██████博士是否計畫造出 [資料刪除]。目前對於手術背後的動機、目的充其量只是推測，因為██████博士已經在回收 SCP-191 的襲擊中死亡（見下文說明），唯一留存下來的研究紀錄是一本半燒毀的線圈筆記本，內容有關「更偉大的目的」的神祕筆記。

　　SCP-191 是在與全球超自然聯盟一次短暫的合作行動中，被基金會特工所回收的，當時的任務是突襲 ■■■■■ 博士的實驗室。博士是隸屬 ■■■■■ 組織的一名可疑成員。而 SCP-191 便是唯一從實驗室中回收的實驗體；其他實驗體都在突襲行動中死亡了（要不是被 ■■■■■ 博士摧毀、要不就是被特遣隊當成敵人消滅）。

　　初步評估得出的結論是，完全重建是不可能的。體內建構的零件技術過於先進，不能冒著被廣泛知道的風險；並且如果它活著，很可能成為有關[資料刪除]的高價值情報來源。因此這名實驗體被分類為 SCP-191 並於 ■■■■■ / ■■■ / ■■ 轉移到站點-■■。它的失蹤，以及其他實驗室裡死亡的實驗體，都在之後被歸咎給一名當地連環殺手，這名殺手在等待審判期間，於監獄裡被殺害。

實驗紀錄 191 ▶

這是一份探索 SCP-191 能力的測試紀錄。請記住，SCP-191 是一個研究工具，不是一個電子玩具。任何涉及遊戲或其他娛樂技術的測試都應以專業方式進行，而不是為了消遣。

— ■■■■■ 博士

測試項目：「■■■■ Paint」，一個常見的簡單繪圖程式。
指示：透過 USB 埠與一臺電腦連接，並使用 ■■■■ Paint 畫出特定的圖像。
結果：SCP-191 立刻能模擬滑鼠與鍵盤的功能。對它展示其他照片時，191 能夠在幾秒鐘內使用鉛筆工具畫出與原圖相似度極高的圖像。

　　值得留意的是，當測試結束後，SCP-191 仍在繪製其他的 ■■■■ Paint 檔案。SCP-191 本身對此表現出了驚訝，並在螢幕上打開了一個文字文件，聲稱它沒有意識到自己仍在繼續繪畫。

被發現了的圖畫已知有：

- 三個人似乎穿著 GOC 制服，站在燃燒的辦公室裡，用槍指著房間另一邊的一名男子。男子朝自己頭部開槍自殺，臉上血跡斑斑。[1]
- 一名孩童正在和一名成人玩不給糖就搗蛋的遊戲。孩童為女性，穿著類似《科學怪人》中演員波利斯・卡洛夫穿的服裝，而成人 [資料刪除]。
- [資料刪除][2]

測試項目： 電玩遊戲《█████████████：███████████》

指示： 嘗試模擬「Wiimote」的功能並玩該遊戲。

結果： 測試情形在剛開始時相當糟糕，SCP-191 受損的行動能力，導致兩片光碟都在 191 嘗試放入遊戲主機時被折斷了。SCP-191 看起來很痛苦，然後它盯著光碟，眼中的紅光瞬間變成了綠光。

當 ██████ 博士帶著一片新的光碟回來時（不到兩分鐘），遊戲已經在主機上開始了。當 ██████ 博士詢問這是怎麼發生的，一個訊息在遊戲螢幕上出現：「我看著那些 1 和 0，然後我讀取了它們，對不起，我知道我不應該這麼做，但是我不希望再浪費你的光碟了，請不要生氣。」

SCP-191 似乎很害怕被責罵，儘管它已經被一再保證它的表現相當出色。

SCP-191 完美的操作並通關了這個遊戲，儘管它沒有做出任何與 Wii 控制一致的物理動作。

1.（曾參與過SCP-191 的收容行動的特工 ██████ ，證實了該名死亡的男子為 ██████ 博士，SCP-191 的「創造者」）

2. SCP-191 被一再詢問感覺是否良好，而它一再回答（透過文字檔）它很好，並且 [資料刪除]「沒有任何意義」。

測試項目：

- 「████ ████████ ████████」(某個知名的影片特效程式)
- 一段員工餐廳的監視錄影機所錄下的四十秒影片。

指示：執行熱門電視劇《 ■.■.■. 》中法醫偵探使用的一系列影片增強技術 (現實中無法實際辦到的技術)：

- 「縮放和增強」：SCP-191 被指示放大停車場上方的窗戶，並算繪 (render) 汽車上的車牌，從這個距離看是難以辨認的 (實際車牌已被拍照以供參考)
- 「擴圖編輯」：SCP-191 被要求將影片每邊縮小 100 像素，並用它認為的餐廳其他部分的樣子填充空白區域 (同樣地，影片中並沒有提供餐廳的相關資料)
- 「切換攝影機」：SCP-191 被告知餐廳內另一個攝影機的確切位置和角度，並被要求算繪從該角度看到的場景，補足當前攝影機沒有看到的部分 (第二個攝影機拍到的實際影像已經被調來作為參考)。

結果：SCP-191 起先無法理解指示。這使得 ████ 博士必須提供冗長的說明，然後站在 SCP-191 後面，一步一步地給指示。好幾分鐘後測試才真正開始。

　　然而，當 SCP-191 開始操作後，在不到七分鐘的時間內就完成影片編輯了 (其中至少三分鐘用於觀看算繪進度條)。

- 「縮放和增強」測試：SCP-191 成功算繪了車牌的特寫，並帶有逼真的刮痕和凹痕。然而，經檢查發現，這些車牌與車輛上的車牌不符。SCP-191 打出一行字，「資料不存在，所以我只能用猜的。」[3]
- 「擴圖編輯」測試：SCP-191 擴展了影像的背景，填充了空白處，還將這些額外的圖像和原本的影像無縫接合起來。這些圖像並不符合實際的餐廳樣貌，但再次提醒，資料並不存在於影像檔案裡，所以 SCP-191 只能進行猜測。
- 「切換攝影機」測試：生成的這段影像完美切合了另一個攝影機的攝影角度，從 C-1 角度看到的幾乎所有東西都與 C-2 中的場景非常吻合。也如同之前的測試結果，在 C-1 看不到的角度內的景物都與實況不符。當中有一個桌子只能從 C-2 的角度內看到，坐著 [刪除內容]，但現在 (於生成的影像中) 是坐著 ████ 博士和 ████ 特工 (研究 191 的博士和監督 191 的特工)，正在吃午餐和聊天。[4]

　　雖然原版的影像和 SCP-191 的版本之間，有許多可見差異，但很多在現場的人員都無法立刻確定哪個才是偽造的。

SCP-191 對被收容的反應相當良好，態度完全溫馴並願意合作。沒有在跟它互動時，多數時間都坐著不動或蜷曲成胎兒的姿勢。這可能代表目前正在受苦，但更有可能是這樣的身體姿勢比較舒服，因為正常的肢體移動或改變姿勢對它而言很困難。

精神敏銳度也是個問題。雖然在連接到電腦系統時，它能夠快速的運算和通訊，但似乎無法正常地跟上人類的對話，除非是使用很慢且簡單的詞彙跟它溝通。而且除非一步一步指導，否則它無法完成複雜的任務。

它的情緒狀況似乎始終如一，儘管有些難以理解。它一直表現得很憂鬱，它不會和別人有視線接觸，除非這麼要求。任何逗樂或引起它幽默感的嘗試都被證明是徒勞的。但它並沒有表現出受精神問題所困擾的模樣，並聲稱（透過電腦介面）自己的感覺十分良好。

至今為止，SCP-191 都沒有要求接觸（或了解）任何它在被綁架為實驗品前所認識的任何人。

3. 實際的車牌號碼為 ■■–■■■■、■■–■■■■、■■–■■ 和 ■■–■■■■。 SCP-191 產生的車牌為：IAM-191、191-ISA、600-DMA 和 CHI-930。

4. 一個精通讀唇語的人員被傳喚，以破譯 ■■■■■■ 博士和特工 ■■■■ 在該影像內的對話內容。[資料刪除]。現實中的 ■■■■■■ 博士得知了 SCP-191 描述她與 ■■■■ 特工的對話後，感到不自在，現實中的 ■■■■ 特工則拒絕回應。

機密

警　告

需 HMCL 與 O5 批准

你正在試圖查閱的檔案僅限 4/2000 級權限人員

本權限不隸屬於通用 4 級維安協議範圍

在未經許可的情況下，試圖查閱本文件將導致基金會終止僱傭關係，並取消所有教育、醫療、退休和死亡福利。若繼續閱讀，表示你同意暴露於本文件文字中加密的已知認知危害訊息，請確認你是否已接種對抗該訊息的預防注射。如果基金會獲得未經授權就試圖查閱的消息，將派遣維安人員把你帶回並護送你到拘留所接受審訊。嘗試重新定位該文件或使其無法被基金會追蹤，將導致你被立即處決，無論你持有何種權限。

SCP-2000

機械降神

報告者＿＿HammerMaiden
報告改編＿＿ParaBooks Department
日　　期＿＿

圖像 ＿＿ Pavel Kobyzev
翻譯 ＿＿ SamScript、ashausesall
來源 ＿＿ scp-wiki.wikidot.com/scp-2000

你們這些人不明白。我認為你們永遠不會懂。

特殊收容措施 ▶

　　SCP-2000 的出入口偽裝成黃石國家公園內的一處廢棄巡守站。數次有平民試圖闖入其中，但在紀錄上，該出入口還未遭到突破。目前認為不需要更多的物理收容措施。SCP-2000 適用平原視野-201 協議。必要的物資與人員替換，應透過無標誌的陸上交通工具或民用直升機進行。

　　所有 4/2000 級權限以下的人員，禁止查看 SCP-2000 相關的文件及收容協議。所有 5/2000 級權限以下的人員，禁止進入 SCP-2000 地下三層以下的空間。所有被分發到 SCP-2000 的人員必須每月進行一次神經原型掃描，而駐站人員需每週掃描，並原地儲存紀錄。

　　4/2000 級權限及以上的駐站人員在分發期間，皆禁止離開黃石國家公園。在人員調度期間（選派性或強迫性），必須施行 A 級記憶消除劑，並為當事人植入偽造記憶，使其認為自己是被分配到了其他高維安級別或者 Keter 級 SCP 項目上。在 HMCL 監

督者（目前為查爾斯·基爾斯博士）與 O5 指揮部的斟酌下，額外人員可被允許分發至 SCP-2000，並取得暫時性 4/2000 級權限。

在 SCP-2000 的外部表面，以每 20 公尺一個、呈六角形排列的斯克蘭頓現實穩定錨（SRA）包圍，以防止敵意異常侵襲。每個 SRA 應半年檢驗一次，必要時進行更換。修繕 SRA 零件的人員可以參考文件 SRA-033，修訂版 1.0.7。五個能保持穩定的快子通量（每個最大輸出功率為 100W）的賽楊克—安娜斯塔薩科斯連續時間槽（XACTS）已被安裝，每月進行一次維護。修繕 XACTS 零件的人員，可以參考文件 XACTS-864，修訂版 1.3.0。

一個偽黎曼流形已在地下四層的入口啟動，且必須隨時保持開啟。如果流形失效，應立即執行死亡歐幾里得-101 程序。其他非異常生命支持與營運系統，根據標準的基金會維護協議第 101.5 節（關鍵任務零件）進行維護。在任何情況下，只使用非異常材料和資源維護 SCP-2000。

若發生任何未損害 SCP-2000 存在事實或功能運作的 K 級情境，應盡速啟用 CYA-009 程序。基金會在全球範圍內的剩餘設施將監視事態的發展，並在蓋尼米德協議（Ganymede Protocol）下保留可能的物質資源，直到所有剩餘站點都依照文件 2000XKAC-1.9 的規定對 SCP-2000 的詢問回應「警報解除」。在接收到「警報解除」代碼後，應實施拉薩路-01 程序。

管理員筆記

我要這份文件變成永久紀錄，而我一點都不在意你會不會覺得這是在侮辱你的智商；有些事情就是這麼重要。這個裝置絕對不是你可以卸下警戒心或冒著風險用來收容、交叉測試 SCP 項目，或是隨便你在想什麼鬼主意的地方。主要收容仍然是我們活下來的最好機會；否則我們也不用這麼積極的進行掩蓋措施。在宇宙說「不」之前，我們只能一再暫停對神的懷疑。而考慮到我們過去幾個十年內所處理的玩意兒，我們大概早就錯過那個機會了。

——前任管理員威廉·弗里茨博士

威廉·弗里茨博士

黃色驚恐

　　SCP-2000 是位於地下的基金會設施，最初建立於過去 ███████ 年間的某個時期，用以在無法及時避免的 K 級世界末日情境中重建文明社會，防止人類物種的滅絕或瀕危狀態。自其建立起，SCP-2000 已經被啟動至少兩次。早於 SCP-2000 最近期兩次使用之前，有關該設施建立與沿革的基金會紀錄皆已遺失。此一資訊空白是由於意外或是刻意造成已無法考證。此設施的關鍵任務位置是從地下 75 公尺處為起點，往下延伸到 100 公尺的深度。

　　儘管在保密的情況下完全重建 SCP-2000 所需的工程範圍是不可能執行的，SCP-2000 的所有子系統均已在實驗室環境中成功複製；該設施的所有相關程式在性質上都毫無異常之處（請參閱文件 2000-SS-EX 以取得與 SCP-2000 功能有關的基金會機密技術資料）。設施的主要能源來自液態氟化釷反應爐（LFTR），總輸出功率為 1GW，反應爐在最大容量下有 70 年的壽命。另外也部署了一座地熱發電機，以運用該地區的火山活動。此發電機可為設施的「待機」模式無限期供電。SCP-2000 也包含汙水處理設施、空氣淨化裝置與循環系統、水耕生產翼，以及足夠 1 萬人永久定居的房屋。

　　為完成其主要任務，SCP-2000 包含了 50 萬臺 Bright / Zartion 人類複製器（BZHR）。在最高產能下，SCP-2000 每日可生產出 10 萬名可用、無異常的人類個體（暖機期為 5 天）。該系統利用地下黎曼運輸管道從該地區的各種溫泉和地下岩漿流中收集原料，並利用電腦記憶庫保存所有已知人類基因組的數據，這個系統能夠重建丟失的人類基因組，或生成盡可能多的新基因組，以重建人類文明。

SCP-2000 的所在位置

管理員筆記

BZHR 系統目前暫停使用，唯有維護測試與緊急狀況（CYA-009 還在「運行」）的情況下例外。可能存在的敵意侵襲仍然在調查當中，並且資料庫的排錯極其困難。我們仍然可以觀察到先天性與遺傳性缺陷的分布遠超過了基數群。現在，我只能擔保新生物種有 60% 到 75% 的存活率。參見附錄 2000-1。

——醫學博士克里斯多福・扎爾遜，生物科技研究與研發部門

克里斯多福・扎爾遜博士

你們沒辦法挽回他們。

透過此一過程製造的人類可被提升到任何所需的年齡，無須延長五日的孵育期。除了構築人體特徵外，BZHR 也能透過執行 G 級幻覺程序與發展性催眠療法，對生產品植入記憶。多位基金會人員——包含所有 4/2000 級權限及以上的人員——的生命史、神經原型掃描樣本以及基因體皆被保留，以確保僅只有一名人類倖存的情況下，SCP-2000 仍然可以被啟用並執行拉薩路-01 程序。

在蓋尼米德協議實施後（意即基金會避免 K 級情境的工作已經失敗），SCP-2000 的維安系統將會解鎖，允許任何基金會員工執行 CYA-009 程序。倘若在二十年後，SCP-2000 仍然未被啟動，維安系統將會進一步開放，允許任何非異常人類個體進入設施，並執行程序。一旦被啟動，SCP-2000 的內部監控系統將會試圖定位所有 4/2000 級權限的人員，並評估他們的狀態。未被尋獲的重要任務人員將會透過資料庫中最近一次的神經原型掃描樣本被複製，並在其他系統被啟動之前甦醒。

你明白了嗎？

在這群人員甦醒後，維安封鎖將會恢復正常運作。5/2000 級權限人員可查看文件 2000-CYA-9，以完整了解當前可用的應急措施。請注意，文件 2000XKAC-1.9 所定義的「警報解除」代碼的接收，僅在所有剩餘基金會設施都呈現廢棄狀態時方可被棄用。否則，於 CYA-009 程序下再生的維安與機動特遣隊人員將被分派至所有剩餘的基金會設施，以確保其狀況與當地現實的穩定程度。

當一名持有 5/2000 級權限的基金會員工於 SCP-2000 的 BZHR 控制單位中，輸入所需的「恢復日期」時，拉薩路-01 程序將會展開。然後，可用的單位將使用檔案中的描述 / 遺傳資訊開始製作該時期的著名政治和文化領袖，並複製與所選時期一致的全球民眾。SCP-2000 的底層空間被用於儲存建築材料、建設工具、工廠設備、農業工具，以及電腦資料儲庫。除了基礎設施物件之外，還有一個龐大的文化倉庫存放上千件知名的美術、音樂、文學作品副本，以及全球資訊網的完整備份，以防其他存儲點被損毀。

HMCL 筆記

這份筆記發現於拉撒路-01 結語中，由上個迭代進行記錄。

研究員筆記：如果我們必須再次執行此操作，請勿將恢復日期設定得早於事件發生前二十年。這樣一來我們不只能沿用很多還沒被毀壞的建物，也會讓歷史連續性更容易還原。[刪除內容] 年實在太長了。為了節省人口與農業需求，我們的人力吃緊到好像沒有必要重建一整個時間線。不只這點，從二十到二十■世紀之中有多少是我們想要改寫的，又要改寫幾次？光是一次「大戰」不就已經夠難追溯了嗎？

——亨利耶塔・艾森豪爾博士，歷史學部門

我在 SCP-2000HMCL 的任期內，會採納這項建議。當前正在要求正式文件紀錄為這項更動進行調整。兩次世界大戰已經很足夠了。我們沒有必要犯第三次的風險。

—— 查爾斯・基爾斯博士，HMCL 監督人

你已經失敗了。

第一批站點外駐紮的人類替代品必須被告知 SCP-2000 的存在以及他們被創造的用意。該策略將使新建的人類直接投入重建與再殖民的勞力過程，五百萬人將由於自身技能對於重建過程有重大協助而被優先揀選生產。於全球人口增加之際，擴張與重建的過程將會以指數性加速完成，使經濟與農業基礎設施盡快恢復。

Bright/Zartion 人類複製器（BZHR）。

即便部分人類替代品可能無法在最初的翻修期間倖存下來，但這些人可以無限期地重新創建，直到所有主要人口中心和基金會設施都完成為止。基金會的行政資源將會聚焦於樹木年輪學、天文學與放射性鑑年紀錄法的修飾，以維持歷史連續性的表象。請參見文件 2000-RetCon 第 2.3.3 版獲取細節。當自然棲息地在計畫完成前有顯著規模的破壞時，參見文件 2000-OneTear 第 3.0 版以獲知已許可的快速生長工法。

據估計，該程序實施二十五至五十年後，全球人口、生產效能、農業產量，以及文化將可恢復到西元二〇〇〇年的水準。在拉撒路-01 程序的尾聲，記憶消除劑 ENUI-5 將被大規模釋放，使所有再製人類忘記他們與基金會資產間的聯繫。歷史將會接著由選定日期恢復。基於人類社交互動的龐大複雜性質，每一次的程序啟用皆會無可避免地調整人類活動的方式。對於預測性歷史模型的深入研究正在進行，奠基於先前拉薩路-01 程序完成後的觀察。

HMCL 筆記

這一次對於人類行為或文化的更多修飾提案都不會採納。先前對於改善整體人類暴力與反社會傾向的嘗試，已經被實施，且證明為成功的。第二次迭代樣本的實驗顯示了進一步的修飾將會損害人類的韌性，致使科技與社會進步受到顯著的抑制。參見實驗紀錄 ■■■■ – ■ 獲取更多資訊。

——查爾斯·基爾斯博士，HMCL 監督人

查爾斯·
基爾斯博士

文件 2000-SS-EX ▶

以下資訊構成的基礎操作參數乃特別用於 SCP-2000 計畫中的科技，即便該項科技看似異常，實際上完全是基於可證實的科學原理，並被基金會作為有效收容使用。

斯克蘭頓現實穩定錨（SRA）的發明似乎早於 SCP-2000 的首次啟動。由羅伯特·斯克蘭頓博士於一八八九年研發。SRA 的主體與大部分電路板均由耐腐蝕的鈹青銅合金製成。受到從［資料刪除］回收文物的啟發，有效地消除了綠色現實彎曲現象顯現所

需的虛粒子／反粒子對的出現。由於製造 SRA 所需的鈹青銅開支高昂，在基金會範圍內的實施僅限於作用面積小於二立方公尺的單位 [1]。

管理員筆記

　　SRA 運作與靈感來源必須對所有可能的現實扭曲個體保密，原因我想不必再明說了。只有被授權 6/2000 級的維護技術員被允許查訪本文件。如果任何 SCP-2000 的工作人員向你披露自身為 6/2000 級維護技術員，請向 O5 指揮部通報，以便他們可以立即被重新分配並接受記憶消除治療。這不是懲戒，這是一種合情合理的安全顧慮。如果這些設備受損了，我們也跟著玩完了。

　　　　　　　　　　——洛爾・亨利・皮德蒙博士，機密分級部門

洛爾・亨利・
皮德蒙博士

　　賽楊克—安娜斯塔薩科斯連續時間槽（XACTS）是一種旨在穩定給定效應場中因果關係流的裝置。XACT 使用聚集成束的高能電磁輻射，外加一個快子場發射器 [2] 來創造一個穩定的事件邊界，使有機物與電子系統在維持穩定因果環境下穿過時仍不受影響。換言之，只要有一座 XACTS 尚在運作，就會讓可能阻止 SCP-2000 建造的時間異常現象被無效化。目前沒有將 XACTS 設備應用到基金會其他領域的計畫。

管理員筆記

　　時間槽的用途其實非常廣泛。收容一個需要你拿一秒鐘換三十萬年的 SCP 項目就是個好例子。而在時間線修復任務中，維持一個參照常態點，好讓你可以精實的記錄自己的進度並復原嚴重失誤，又是一個例子。但是自然因果關係以一種人類心靈不能把握的方式流變著，而創造幾個小小的穩定因果隔離帶，只會對時間的整體性造成更大的損害。XACTS 不會在基金會範圍內廣泛應用。是的，我們在上個迭代中嘗試過。不，更多對於此一嘗試所致結果的詢問將不會被受理。

　　　　　　　　　　——薩迪厄斯・賽楊克博士，時間異常部門

薩迪厄斯・
賽楊克博士

停。

　　偽黎曼流形的使用允許 SCP-2000 的平面圖延伸至負深度，提供十平方公里的占地面積。關於此系統建構的原始文件因早於 SCP-2000 先前的啟動事件而已遺失。即便此一現象在傳統上被視為空間性異常的指標，在羅伯特·伯伊德博士與提理斯坦·佰禮博士的定義下，該流形空間入口與現代物理的進階應用是相容的[3]。此一「負」空間的維持係透過集中 ███████ 粒子放射束穿越指定流形入口所產生的非重力型奇異點完成。在奇異點失效的情況下，此設施將會維持孤立完整，不會出現結構崩潰的狀況。如果在失效後立即重啟死亡歐幾里得-101 程序，流形的再製時間估計少於十小時。SCP-2000 的孤立部分將會在流形失效後的三十六小時內維持可居住與運作的狀態，並且可以無限次受到復原。

附錄 2000-1 ▶

　　於 ██████ / ███ / ██，在 SCP- ████████ 突破收容期間，SCP-2000 的數個 SRA 和 XACTS 系統出現崩潰，並導致了 BZHR 單位的啟動。在事故發生後的二十五天裡，BZHR 單位生產了一千萬名內部生物結構與現代人類不一致的人形實體。這些差異包括額外的心室、手腳多趾、顱腔體積和重量提升，也長出了一個會發出或回應頻率在 2.4 ～ 3.6 GHz 範圍內的無線電波的腹部器官，用途不明。這些人形實體在複製過程中並沒有接受 G 級致幻藥劑處理，也沒有接受發展性催眠療程。其全體維持無意識狀態直至五週後逝世。當前，這些被歸類為 SCP-2000-1 的實體正在接受檢驗。

　　當前仍未知該起事件是否由 SCP- ████████ 與 SCP-2000 之間的逆時間互動、惡意破壞、資訊洩漏或非異常設備失靈所造成的。診斷性檢查與結構修復正名義上按計畫以可接受的風險下進行。SCP-2000 預計能在 ~~2008~~ ~~2013~~ 2020 年一月恢復正常運作。

---

1. 《使用 mSRA「斯克蘭頓盒子」提供關鍵任務文件安全性》；L. 皮埃蒙特等人；基金會；第 106.8 卷；10～14 頁；1988 年

2. 《快子放射與儲存領域的超流體相對運動應用》；T. Xyank，A. Anastasakos；基金會；10.4 卷；141～143 頁；1892 年

3. 《傳送門力學：延伸維膜》；T. Bailey 等；基金會；第 115.2 卷；23～37 頁；1997 年

　　於 ██████ / ██ / ██，技術人員 [資料刪除] 在第 3382 扇區修復 SRA 單元時，回報發現一個進入高度腐朽狀態的人類遺骸。對於遺骸上衣料殘片的分析，顯示該遺骸至少有四百五十年到七百年的歷史。艾托·科里夫博士的有效基金會維安證件在附近被發現，但無法進行遺傳配對。以下訊息內容回收自一密封的塑膠文件夾。

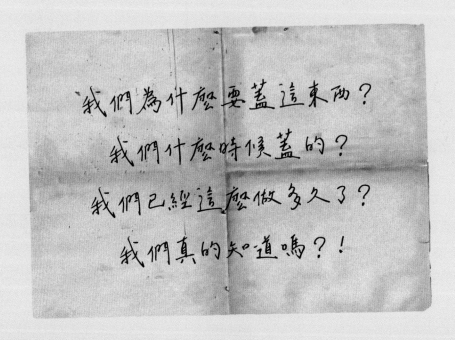

　　隨後的審訊證實科里夫博士對此事件一無所知，也不知道這則訊息的目的。

你們不是正常的，這才是正常的。

報告結束

Euclid

SCP-1092-RU

編織文字的織帶

報告者__ Wiiskey

日 期__███████

翻譯 __ Anton Akopov、劉大維
來源 __ scp-wiki.wikidot.com/scp-1092-ru

特殊收容措施 ▶

目前我們只有非常模糊的計畫來收容該物件所帶來的威脅。任何人都可能成為不幸的受害者：醫生、郵差或職員——每個人都可能沉溺其中。任何試圖使用節奏和韻律的人，所有相信用筆能表達自己想法的人，甚至是忘了自己曾經喜歡過詩歌的人——都無一倖免。因此這是我們所有人共同的擔憂。

在各種數位空間中不斷尋找可能的痕跡。每一句可疑的詩句都會引發迅速反應：機動特遣隊帶著記憶消除劑，和一個裝屍體的袋子。

描述 ▶

對象 1092 是一個強而有力的詞，可在一個人的意識和思路中扎根。它一次又一次地出現在他們的字裡行間，但只有不受影響的眼睛才能看到它。

一旦接觸到這個詞，它就會改變文本中的表達模式：它被打碎並分散、被扭曲且充滿不必要的修飾，思想如今變成押韻曲譜。從那一刻起，不知道自己處境的受害者將拚命修飾每一行和每一段，美化了該對象，隱蔽掉威脅。它無法被收容；我們只能去保護。

接下來每一段都更有力，更感人；它激發著聽眾，總是在不斷進步，像病毒一樣傳播，它觸及靈魂，它施展魔法，它變形，它感染，它成長。這令人難以置信的禮物是包裝成祝福的詛咒；它的效應不受 A 級記憶消除的影響。對於這種才華，只有一種方法可以使人忘卻：將作者連同他們激情四射的演講燒毀。

描述 ▶

D 級人員 [刪除內容]

因為這是最激進的收容方式，我們的特工和工作人員必須高度謹慎。但儘管我們做出了努力並採取了嚴格程序，這個疾病還是悄悄滲透了我們的報告。

如果工作人員內心僵硬、冷酷，按章辦事，從不追隨慾望，像律師一樣冷漠、乾燥，對激情陌生，總而言之：我們偉大基金會的真正成員……如果他們注意到頁面上充滿感性的押韻，但心裡仍無動於衷，眼眸仍然保持乾澀，那麼這個事件必須立即向上報告，以便 [刪除內容] 和特工能夠移除牽涉的內容。

報告結束

黃色驚恐

　　潮濕的水泥地板上鋪著一塊硬紙板。一間灰暗骯髒的牢房，一道堅固的金屬門。我的手指跟發霉的牆壁一樣漆黑。工作服上沒有名字只有號碼。如果明天還能醒來，我就已經在這裡待了四個禮拜，時間比任何一個也待在這裡的怪胎都要更長。我偶爾可以在走廊上看到其他人，他們身上的號碼都比我的小。

　　這座「隔離設施」並不是真正的監獄，但它也有足夠的玩意可以讓你的臉色蒼白；而且有時候晚上還會聽到讓人毛骨悚然的尖叫聲⋯。但還好，他們給了我一張床還提供我食物。

　　幾個禮拜前，一個奇怪的傢似讓我讀了幾個單字——從那之後我就更難集中精力思考。每天晚上，那個人都會從他的箱子裡拿出一頁紙給我，然後要我寫東西。他會說，「寫寫這個地方，你有什麼感受。什麼都可以。」不管他們怎麼說，事情絕對沒那麼簡單。我認識這裡的一個人，他被分配到一間牢房擦地板，一間總是散發難聞氣味的牢房。除了他還有另外兩個人，有人開玩笑地眨眨眼⋯。他們說什麼「十分之二」是我朋友的新工作⋯⋯。

　　這裡有一大堆白袍，但他們不是來這裡治病的，他們的眼神可能比鋼鐵還要冰冷。不過，今天早上來了一位護士，感覺是個好女人，我猜——她問我做了什麼夢，是不是有感到任何壓力。我看著她在她的寫字板上寫下了什麼——以「d」開頭，然後是「批准」某某。那到底是天殺的什麼東西？我終於生病了嗎？

　　我是一件被丟棄的廢物，沒有人在乎我會有怎樣的結局。

　　我已經在這裡存活了這麼久，這實在太可笑了，真的。但是我就是沒辦法擺脫這恐怖的感覺⋯。就好像我是一隻豬，在豬圈裡快睡著了，而屋裡的人正準備要吃飯。

　　我在這裡度過了一天又一天，一切都變得模糊不清——實驗室裡臭氣沖天，地板上全是有毒的容器。我的頭腦我的記憶都混亂不已，腦袋裡滿是迷霧。我看到牆上、我的皮膚、我的血管都爬著發黑的黴菌⋯。我聽見鑽進自己骨髓裡的無聲歌唱。它是如此冰冷，如此黑暗，而且色彩模糊晦暗。等我寫完這一頁後，我會跳上我的床，用一條散發陳年汗臭味的毯子裹住自己、閉上眼睛、嘗試進入睡眠、試著不去理會那些尖叫聲⋯⋯。如果明天還能醒來，我會努力回想並記住自己做的夢。

SCP 基金會是一個深植於共同創作概念的獨特計畫，甚至很難猜測有多少人為其做出了貢獻，我們非常感謝參與其中的所有人，沒有他們的艱辛創作，這本書永遠不會到達您的手中。

首先，當然我們要感謝那些決定分享他們的想法並創造了您在本書中讀到的所有 SCPs 的作者，俗話說：「太初有道……」對 SCP 而言，這個「道」就是文字。我們難以想像那些投入時間和精力來潤飾文字並使其看起來盡可能真實的人的作用。有時，即使是一些小小的編輯也可能產生巨大的變化！

我們也應該感謝所有活躍的網站用戶，他們投了贊成票和反對票，進行了討論和辯論，提出了新想法，丟出了棘手的問題，並直接地分享了他們的情感。Wikidot 平臺確實讓作者和讀者之間的交流變得更加容易！

說到這裡……我們要向所有那些英雄致以深深的謝意，他們將這個項目從 4chan 的深處拉了出來，並將其變成了我們現在所擁有的——一個對使用者友善的網站，擁有簡潔的評級和編輯系統，舉辦各種競賽來促進活動並捍衛 CC-BY-SA 的授權原則，正是這些原則讓我們首先出版了這本書。謝謝你，Moto42，正是你在二〇〇七年發表《雕塑》（The Sculpture）而讓整個 SCP 宇宙展開。感謝所有的後繼者，將一個祕密組織對抗異常的簡單概念發展成如此宏偉的宇宙觀。

SCP 基金會不僅僅是一個倣效官方報告風格的大量故事的集合。更重要的，它是一個由優秀人才組成的社群。一個想法啟發新的想法並帶來靈感。我們要感謝那些利用這些靈感為 SCP 創造出一些東西的人：包括插畫、動畫和配音的人；那些製作角色和角色扮演的人；翻譯成其他語言的人；開發成電子遊戲和桌遊的人。這正是任何事業得以持續發展的原因！共同的興趣推動 SCP 不斷向前發展，開闊了新的視野，並使其越來越受歡迎。我們最深切的願望是我們也能為此做出貢獻。

最後但同樣重要的一點是，感謝您，親愛的讀者，支持我們的冒險並將這本書放在您的書架上。

儘管本卷已經結束，但您的 SCP 宇宙之旅還未結束。事實上，它永遠不會結束！我們試圖在這三本報告（黑闇異境、紅魔現身、黃色驚恐）中容納盡可能多的 SCPs 檔案，但仍然僅僅觸及了 SCP 寶藏的皮毛而已。還有數以千計的故事——其中一些令人毛骨悚然、令人不安，有些有趣又有益身心，有些則相當發人深省。

還在等什麼？就從開始閱讀、投票、討論、創作，用您自己的雙手創造 SCP 基金會的歷史吧！

scp-wiki.wikidot.com

山米 Sammixyz	facebook.com/Sammixyz
Alex Andreev	artstation.com/alexandreev
Alexander Puchkov	artstation.com/rpo6obwuk
Alexey Lebedev	artstation.com/myp
Anna Agafonova	artstation.com/agafo_supernova
Artem Grigoryan	artstation.com/junu
Dan Temirov	artstation.com/dante
Darja Kogn	artstation.com/ventralhound
David Romero	artstation.com/cinemamind
Dmitriy Fomin	artstation.com/fomincgart
Genocide Error	artstation.com/deadlineart
Ivan Efimov	artstation.com/efimov
Jack Hainsworth	artstation.com/jackhainsworthy
Julia Galkina	artstation.com/xgingerwr
Markiz de Baldezar	instagram.com/de_baldezar
Maxim Kozlov	artstation.com/maximyz
Natalie Lesiv	artstation.com/cuddlenoon

Pavel Kobyzev	artstation.com/starwolf
Roman Avseenko	artstation.com/razgriz
Ruslana Gus	artstation.com/rilun
Zhenya Dolgova	artstation.com/dolgova

STRANGE 03

SCP基金會：黃色驚恐

編　　者｜Para Books

封面設計 / 版型設計｜陳璿安 chenhsuanan.com

內文編排｜紫光書屋

責任編輯｜麥子

行銷企畫｜呂玠忞

總 編 輯｜林獻瑞

出 版 者｜好人出版 / 遠足文化事業股份有限公司
　　　　　新北市新店區民權路 108 之 2 號 9 樓
　　　　　電話 02-2218-1417　傳真 02-8667-1065

發　　行｜遠足文化事業股份有限公司 (讀書共和國出版集團)
　　　　　新北市新店區民權路 108 之 2 號 9 樓
　　　　　電話 02-2218-1417　傳真 02-8667-1065
　　　　　電子信箱 service@bookrep.com.tw　網址 http://www.bookrep.com.tw
　　　　　郵撥帳號 19504465 遠足文化事業股份有限公司
　　　　　讀書共和國客服信箱：service@bookrep.com.tw
　　　　　讀書共和國網路書店：www.bookrep.com.tw
　　　　　團體訂購請洽業務部 (02) 2218-1417 分機 1124

法律顧問｜華洋法律事務所　蘇文生律師

印　　製｜凱林彩印股份有限公司
　　　　　電話 02-2796-3576

出版日期｜2024 年 11 月 27 日

定　　價｜1000 元

I S B N｜978-626-7279-95-3
　　　　　9786267591017（PDF）
　　　　　9786267591000（EPUB）

國家圖書館出版品預行編目 (CIP) 資料

SCP 基金會：黃色驚恐 / Para Books 作 . -- 新北市：
遠足文化事業股份有限公司
　好人出版：遠足文化事業股份有限公司發行，
2024.11
　面；　公分 . -- (Strange ; 3)
　譯自：SCP foundation artbook : yellow journal.
　ISBN 978-626-7279-95-3（平裝）
874.57　　　　　　　　　　　113013870